いつか陛下に愛を2

Aryou

Aryou Presents

fairy kiss

この作品はフィクションです。
実際の人物・団体・事件などに一切関係ありません。

いつか陛下に愛を2

fairy kiss

一．はじめての王宮出

らんたった～らんらん～ぱん、らんたった～らんらん～ぱん。

リズムを口で表現しながらダンス教師のパルデニ氏が目を光らせている。

「ナファフィステア妃、足元がふらついてらっしゃいますよ。もっと、しっかり姿勢を保って！」

簡単に言ってくれるものだ。

こっちは、四十センチ近くも背が高い男相手に、背中をそらせているし、腕は高く上げているしと、動きづらいドレス姿でエビぞり姿勢キープがどれだけ苦しいか、わかってる？　第一に相手との歩幅が違いすぎるのだから、ふらつきもするわよ！

そう思いながらも、私は顔に作り笑いを張り付けたまま、足を踏ん張った。ふんっ。

あ、間違えた。

「うっ」

短い呻《うめ》き声は、私ではなく相手の男性のもの。私が彼の左足の爪先《つまさき》を思いっきり踏みつけてしまったのだ。もちろん、すぐに退いたけれども。違いすぎる歩幅のせいで、私のステップは跳ぶような軽さ速さを要求される。跳んだ先の着地点には、私の全体重がドンと乗るわけで。一応、私はこの国の標準的成人女性より遥《はる》かに軽い体重だけど、男性には何の慰めにもならないだろう。

今日の練習時間中、このような惨事ははや何度目かのこと。男性はひたすら私から視線をそらし、口端を笑顔になるよう引き上げ固定してるけど、きっと内心では私に対して罵詈雑言《ばりぞうごん》を浴びせているに違いない。私が妃《きさき》という立場なので、口にも顔にも出さないだけで。

この男性、明日は来ないだろうな。このままでは、彼の足先骨折が、そう遠くない未来に現実となりそうだから。

パンッパンッ。

「はいっ、今日はここまでにしましょう」

パルデニ氏が手を叩《たた》きながら、終了を宣言した。そして、私の相手を務めた男性に笑顔を向け、

「お疲れ様。貴方《あなた》はとっても素晴らしかった。あんな下手な人の相手をさせてしまってごめんなさい」

と、労《ねぎら》いの言葉をかけた。さりげなく肩に手をおき、親密な様子を醸《かも》し出している。

パルデニ氏はダンスの先生だけあって美意識は高いし、私の相手をしてくれた男性もがっしりとした体型でも夜会服をすっきり着こなした青年なので、二人並んだ姿は悪くない。ただ、パルデニ氏の思惑が透けて見えるのが微妙なだけで。

私はそれを横目に見ながら、解放された腕をだらりと下ろし、よろよろと数歩離れて脱力した。やっと終わった。腕が怠《だる》い。足が怠い。とにかく疲れた。優雅なダンスを習っているはずなのに、私にはハードすぎる。

私はソファに雪崩《なだれ》込みたいのをぐっとこらえて、男性の方に向き直った。

パルデニおネェ先生は、まだ男性に擦り寄っている。あぁいうタイプが好きなのよね、骨太で夜会服を着ていても筋肉感あふれる体型の四角い顔の男性が。

「お疲れ様」

私は男性に声をかけて微笑《ほほえ》んだ後、侍女のリリアに視線を移す。

リリアは心得たもので、男性にさりげなくドアの方を示し退出を促した。男性はパルデニ氏から離れると、私に礼をする。その表情はよく見えないけれど、きっと彼も私が声をかけてホッとしているに違いない。私が声をかけないと、おネェ先生はいつまでもベタベタと彼に触れながら、会話を続けるからだ。

私は名残《なごり》惜しそうに男性を見送るパルデニ氏に言った。

「先生、背の低い男性を練習相手にしてちょうだい」

私が毎回こんなにハードに飛び跳ねないといけないのは、体格差のせいだと思うのよね。身長が極端に違えばリーチが違う。そんな相手とのダンスが優雅になるわけがない。しかし。

「陛下はあのくらいの体格でいらっしゃいます」

先生は、小馬鹿にするような表情を浮かべて、私の提案をばっさり切り捨てた。まぁ、この先生は私にだけでなく、女性全般をこんな風に見下してるんだけど。

この変なおネェ先生、ダンスセンスは超一流らしい。貴族社会では非常に高く評価されていると いうから、先生のそういう好みも一般的ではないとしても後ろ暗いものではないらしい。

「自身の拙さを相手のせいにしてはいけません」

私を冷笑で見下ろす先生だけど、他の貴族の人達のような陰湿さはないので、実はかなり楽だったりする。彼は、こちらの機嫌を窺《うかが》ったりせず、嫌みな視線も種類が全く違う。本当に下手くそだと思っているのが伝わってくるけど、それは事実だし。

「最初のステップを覚える時くらい、あんなデカい男性相手でなくたっていいでしょ？」

「貴女《あなた》に合わせた背の低い男性など見つかりません」

ええええ、そうでしょうとも。先生の好みは、背の高いガッシリとした骨太な男性だからねっ。

少しの間もなく即答され、私はむうっと先生を睨《にら》んだ。そうしたところで、先生は涼しい顔をしているだけ。

しかし、今日こそ何らかの変化を起こさなければならない。男性の足を踏みつけたり蹴ったりし続ける私にも良心があり、悪いなとは思っているし、早く上達したいと切実に願っているのだ。

まずは、リーチの差を含めて身体《からだ》に覚えさせることよりも、ステップを覚えることを優先すべきじゃないだろうか。私は妃だから、陛下とダンスした時にどう踊れるかというのが、先生にとって重要なのはわかるけど。

「陛下には弟がいたわよね？　その王弟殿下ならどう？」

私は頭に閃《ひらめ》いた言葉をそのまま口にしていた。陛下には、確か十歳くらいの弟がいるはず。

この国の王様は何人もの妃を持つのに、子供は数人しかできないらしく、陛下の兄弟は腹違いの弟一人だけと、以前、セグジュ先生から聞いたことがある。王様の子供なら、男でも女でも王位を継げるみたいで、男子の人数がという話ではなく、本当に生まれる子供の数が少ないのだ。

今は陛下の妃は私だけになったので、私は王宮の中でも王宮奥という陛下と同じ居住空間で暮らしているけど、本来なら、妃は後宮という女ばかりの閉じた場所で生活する。そこは毒を盛られたり嫌がらせされたり陰謀渦巻《いんぼううずま》くところだから、王様の子供が少ないのはそういう理由も無関係ではないだろう。今後、妃が増えて、また後宮で暮らさなくてはならなくなったら、妃業から別の職に転職した方がいいかもしれない。今の私は三食昼寝付きで、本当に気楽な生活を送っているけど、何事も命あっての物種だから。

それはそれとして、陛下の弟である王弟殿下くん（名前は、忘れた）。ここの男性は成人すれば二メートルの巨人になるけれど、さすがに十歳くらいの男子ならまだ背が低いはず。私とダンスをするのにちょうどいいんじゃないかな。弟くんもダンスを覚える必要があるだろうし、一緒に練習すれば一石二鳥よね。私って、閃きの天才！

パルデニ先生は驚いた表情で、あんたバカ？　とでも言いたそうな目で私を見下ろして言った。

「殿下は大事な王位継承権第一位の方よ？　あんたのような、ガサツな女の相手なんかさせるわけないでしょ？」

いやにハッキリ言うわね、先生。本音が口に出てるわよ、ガサツな女って。私、仮にも妃なんだけど。

「陛下に頼んでみるわ。たしか、十歳くらいだから、殿下もダンスの練習が必要でしょ」

私の提案に、先生は嫌そうに顔を歪《ゆが》めた。

まだ、私が他の妃達を破滅に追いやったとか、行儀作法も知らない野蛮《やばん》な女だとかいう認識が貴族達の間に蔓延《はびこ》っているせいだ。それらは私が聞いたわけじゃなく、パルデニ先生が教えてくれたんだけど、たぶん間違いない。先生のお得意様であるダンスの生徒は貴族家子女なので、そういう貴族達の最新情報には敏感なのだ。

一年近く前、妃達が次々と後宮で騒動を起こし、八人いた妃は罪に問われたり家に戻されたりして、結局、私だけが残った。私は隣国から王様に売られた（差し出された）身で、後ろ盾は何もないから、貴族達には見下されているし、この世界では超レアな黒髪黒目だけど背は低いし美人でもなく、珍獣としては目立つものの、そんな異国娘が唯一の妃という現状は、貴族達にとって面白い状況ではない。だから、貴族達が私のことをあることないこと悪《あ》し様に言うのも当然だった。

王弟殿下の母親は、もちろん貴族の娘であり、実家も相応の家柄で王弟殿下の後ろ盾となっている。彼等《かれら》が私にいい印象を持っているはずはなく、殿下側が私の提案を承諾するとは思えない、というのがパルデニ先生の見解なのだ。

だからといって、陛下の弟と仲良くしないってのはどうなの？

陛下は両親ともいないし、兄弟仲良くするなら、私もちょっとくらい交ぜてもらってもよくない？

陛下と殿下の許可があるなら、と渋々承諾してパルデニおネェ先生は引き上げていった。

早速、私は陛下へ手紙を書いた。王弟殿下にダンス練習の相手をしてほしいので許可してください、と。

陛下は毎晩のように私のところに来るので、会った時に直接頼めば済むことだけれど、そうしなかったのは、寝室で陛下に言うのはおねだりするみたいで嫌だったのと、手紙なら証拠も残せるし、陛下以外の人が確認のため目を通すだろうと考えたから。公私を分ける、というのとは少し違うけど、妃業のために必要なことはそうした方がいいかなと。陛下が気に入らないことも、他の人の意見で私の希望が通る可能性もあるだろうし。


その夜、私の部屋へ陛下がやってきた。二メートルを超える巨体なのに、動きが乱暴に見えることはないので、本当に育ちがいいとはこういうことなのかと感心してしまう。

「ジェイナスには伝えた。明日から来る」

陛下は相変わらずの無表情で言った。一瞬、私は、何のことかキョトンである。しかし。

王弟くんは、ジェイナスくんという名前だったのか。陛下は表情だけでなく声のトーンも普通に静かだったので機嫌がいいのか悪いのか全く読めない。

私の手紙を見て、陛下が頼みを聞いてくれたのは間違いないんだけど、手紙を出してから半日しか経《た》っていない。それなのに、弟くんは明日にはやってくるという。早すぎない？　まだ子供だとしても、予定とか計画とか、弟くんにもいろいろあるでしょ。相手が私なわけだし。王様、配慮足りなくない？

そんなことを思っていると、顔に出ていたのだろう。

「どうした。そなたが望んだのではないか」

訝《いぶか》しげに陛下が言った。陛下は、私が喜ばないことにガッカリしたみたいだった。陛下の表情や態度は変わらず淡々としているんだけど、何というか、一瞬の瞬きと、ほんの少し、ほんとに少しだけ声に勢いがなかったような。

「もちろん私はそうしたいけど、殿下は嫌がってなかった？　私の評判、貴族達には良くないでしょ」

こんなに決定が早いのは陛下が無理やり引き受けさせたせいではと、私は探りを入れた。どう考えても、王弟くんの母親や実家が快諾するとは思えないからだ。

陛下が上着を脱ぎ、ソファに座っている私のもとへとやってくる。

「ジェイナスは王宮を出てハイドヴァン邸に住んでいるが、母のハイドヴィラル前側妃は一年のほとんどを王都から遠く離れた領地に引きこもって過ごしている。王都でジェイナスは独り寂しい暮らしだ。できるだけ、王宮に呼ぶようにはしているのだがな」

「殿下って、まだ十歳くらいなのよね？」

「十一歳になった」

そんな子供なのに、屋敷に一人暮らししてるの？　そりゃ、お世話する人達が大勢いて身の回りの世話は全てしてもらう生活だから、一人暮らしといっても屋敷に人は多いだろうけど。母親とも一緒に暮らしていないなんて。

それなら、陛下が私の提案を承諾したのもわかる。陛下にとっては大事な弟だけど、王様業が忙しくて弟のために時間を割くのも難しいに違いないからだ。

「そう。それなら、よかった。ジェイナスくんには『お姉さん』と呼んでもらうわ。私、かわいい弟が欲しかったのよね」

十一歳といえば小学五年生くらい。どんな男の子なんだろう。ここの人達は美人美形だし、陛下もとても整った顔をしているのだから、きっとかわいい男の子に違いない。美人な成人男性は見慣れすぎて全く関心もなくなってしまった私だけど、美形な男の子にはちょっとドキドキで期待が膨らむ。綺麗《きれい》な男の子に『お姉様』って慕われたら……素敵すぎる。私がうずうずワクワクしていると。

陛下が座っている私の腰に腕を回し、横から耳を軽く囓《かじ》ってきた。陛下の両手先は悪戯《いたずら》に私のあちこちを擽《くすぐ》っている。

昨日もしたし、連日は勘弁しようよ、と思ったけれど。いつもの、キスで私を気持ちよくさせてベッドへ、というコースではない。こめかみや目尻にキスを落として、強引に私を高めるのではなく、私の反応を窺い、誘っている。

どうやらご褒美の催促らしい。私のお願いをきいてやったが、お前は？　というのだ。まぁいいでしょう、私は今はとっても上機嫌だから。

陛下の首へと腕を伸ばして、微笑みかける。唇を開いてキスを強請《ねだ》れば、すぐに唇が下りてきた。少し恥ずかしいけれど、陛下の頭を引き寄せ、舌を絡ませて陛下を煽《あお》る。煽っているつもりが煽られてしまうのは、陛下のキスが上手《うま》いせいだ。

「陛下……」

「……」

「ベッドに、連れて行って」

陛下は無言でそれに応じた。けれど、陛下が私の言うことをきいてくれたのは、そこまで。それ以降はまるできいてはくれなかった。誘ったのは、私だと言って。


そして、翌朝、私は盛大にむくれることになった。

確かに、私は陛下にご褒美をあげようと思った。思ったのは事実。私の頼みをきいてくれたし、弟想いなところもあるんだなと心動かされもした。でも、何事にも限度というものはあるわけで。図体のでかい体力も持久力も有り余っている男性が、ちっさなか弱い女性に対して配慮するっていうのは、どんな場合においても忘れてはならないことだと思う。要するに、ご褒美は二度とあげるもんじゃないってこと。

せっかく、かわいい（に違いない）弟くんとはじめて会うというのに、こんなに腰が重い、足が怠いって、どうなの？

私は朝から脳内で陛下への不平不満を延々とリピートし続けていた。リリアは私に気を静めるようなお茶を勧めてくれたり、香りのよい花を飾ってくれたり何かと気を使ってくれる。が、重い身体が気分をすっきりさせてはくれない。陛下のバカ馬鹿バカ――――っと不平不満を以下ループ。

そうこうしているうちに。

「ナファフィステア妃、王弟殿下がいらっしゃいました」

その言葉の後、緊張した面持ちで男の子が入ってきた。

サラサラと流れる金髪、青い瞳、きりりとした精悍《せいかん》さも感じさせながら、丸みのある頬が、まだまだ彼が子供であることを主張している。十一歳なのに、身長はすでに私よりも高い。でも、成人男性のような胸板の厚さや骨格の逞《たくま》しさはなく、スラリとして手足が細く長い。今、伸び盛りなのだろう。ドアから入ってくる時のちょっとした動きや、歩く姿など、全てに品があり、育ちの良さが溢《あふ》れている。

王弟くんは、すっごく美少年だった。さすがに兄弟だけあって、顔がどことなく陛下に似ている。けれど、陛下をもっと穏和にして、線を細くしたような感じで、威圧感は全くない。

ということは、陛下の小さい頃は、こんなだった？

いや、きっと違う。

弟くんは表情や態度がとても柔らかい。控えめな態度だし、少し緊張してもいるのかな。何にしても、少女マンガが現実になったらこうなる！　みたいな姿に、私のテンションは跳ね上がっていた。身体の怠さも忘れてしまうほどである。

私はドキドキしながら、美少年な王弟くんが近づいてくるのを待った。

「はじめてお目にかかります、ナファフィステア妃。ハイドヴァンのジェイナスと申します」

緊張しながら私の前で礼をしてみせる、小さな貴公子。もう顔が緩んでしまって仕方ない。

私は小さな貴公子に、できる限りのおもてなし笑顔で、右手を差し出した。

「ナファフィステアよ、お姉様と呼んでちょうだい」

彼は差し出した私の手にキスをしてくれた。うわぁお、これが本当の王子様ってやつなのね。心がときめくわ。王子様、最高！　王様より、やっぱり王子様よね。

私が謎のハイテンション状態に陥っている間に、

「お姉様、ですか」

王弟殿下くんの戸惑う返事が返ってきた。なんだか困っているみたい。

「そう呼ぶのは嫌かしら、王弟殿下？」

姉弟《きょうだい》したかったんだけど、さすがに図々しかったかな。私はパルデニ先生曰《いわ》く『ガサツな妃』だし、王様の妃ってだけで身分はあってないようなものだし。

私が気落ちしていると、リリアが横から言葉を挟んできた。

「ナファフィステア妃、『お姉様』では呼び方が女性的です。男性の殿下がお使いになるのは、少々問題かと」

ん？　主に女性が使う呼び方？　それなら、男子な王弟くんが使いたくないのもわかる。

「そうなの。残念ね」

ああ、本当に残念だ。私がしみじみと漏らすと、

「では、義姉上《あねうえ》、とお呼びしてもよろしいですか？」

控えめに王弟殿下が発言した。『義姉上』という言葉なら男性も使えるらしい。王子様が、私を姉呼びしてくれようと提案してくれるなんて。

はぁ、この王子様の態度ったら、なんて素晴らしい。ため息が出そう。

「ええ、もちろんよ。嬉《うれ》しいわ、王弟殿下。仲良くしましょうね」

「はい、義姉上。僕のことはジェイナスとお呼びください」

これよこれっ。くーっ、堪《たま》らないわ。この謙虚な態度。この愛想の良さ。陛下は何処《どこ》に置いてきたのかしらね。

「じゃあ、ジェイナス。早速、ダンスの練習に行きましょう」

「はい。では」

ジェイナスが私の方にすっと腕を差し出した。少し緊張した様子が、何とも微笑ましい。私はジェイナスの腕に手を預け、パルデニ先生の待つダンス練習室へと移動した。

王子様のエスコートに超気分がいいだけでなく、身長差がないとエスコートされるのも楽だとすぐに実感したので、今日のダンス練習に対してやる気が漲《みなぎ》っていたのだけれど。

練習では、私の足捌《あしさば》きに多大な問題があることが発覚した。ドレスのスカートが広がっているのは、それ相応のボリュームの下着を着けているから。そのぼわぼわ下着に邪魔されるし、ドレスのせいで足元が見えず、どこに足を出しているのか私自身わかっていないのが問題だったらしい。身長差による歩幅の違い以前の問題だったのだ。

問題がわかれば解決の糸口も見つかるわけで。しかも、ステキな王子様の手前、私としても恥をさらしたくなくて、これまでとは俄然《がぜん》やる気が違う。昨日までの相手には悪いと思うけど、私は下半身が怠かろうが何だろうがジェイナスの足を踏まないよう必死である。そんなだから、今日の手ごたえは今までの比ではなかった。

「助かったわ、ジェイナス。ねぇ、パルデニ先生、私、だいぶん上手に踊れるようになったと思わない？」

私はパルデニ氏に向かって自信たっぷりに問いかけた。メキメキと上達したのは先生にも当然わかっているはず。

それでも、先生は嫌そうな半目で斜め上から私を見下ろして言った。

「今日は見られるようになったわ。でも、それは、王弟殿下のおかげだということを忘れないで」

おネェ先生は私の言葉を認めつつも釘《くぎ》を刺すことは忘れない。

私も、自分がちゃんと踊れたのは、ジェイナスが適切にリードしてくれたからだということは、よくわかっている。踊れるようになってはじめて、男性のリードがダンスにどれほど重要で必要不可欠だったのかと実感しているところだから。

極端な身長差は、相手の男性にとっても非常にサポートしにくいのだ。

「さすがです、王弟殿下。すでにこれほど美しいダンスを習得しておられるとは」

おネェ先生は、私に対する時とはガラリと態度を変えて、ジェイナスに称賛の言葉を述べた。変わりすぎよ！　と思いつつ、先生の称賛は本物で、ジェイナスは本当に上手いらしい。

しかし。子供といえど美少年なジェイナスは男性。先生、思ったより守備範囲が広いのかも。陛下の弟に変なちょっかいは出さないでよね、と観察していると、冷たい視線が返ってきた。

「貴女には基本から練習していただきますっ」

言葉も冷たかった。休んでいる間に元々の怠さに疲れが加わってきて、王子様テンションの気合もだんだん下がっていくところなのに、先生が冷たく睨んでいる。練習の後半がヤバい。私は、陛下のばかやろーと内心で罵《ののし》ることで気合を入れなおした。

らんたった～らんらん～ぱん。

練習の後半、私はおネェ先生の妙なリズムに合わせて独りで踊らされた。度々、罵倒が飛んでくる。

「足が悪いっ」

「腕下げないっ」「そこ躓《つまず》かないっ」「笑顔で優雅にっ」「だらしなく口開けないっ」

新しくできた義弟《おとうと》の前で、カッコ悪いったらない。早く憶《おぼ》えなくっちゃ。早く優雅に笑顔で踊れるようにならなくちゃ。

って、先生、ジェイナスに触るんじゃないわよ！　私は先生を睨み、視線で忠告した。おネェ先生は、眉を上げて、残念そうにジェイナスの肩へ伸ばそうとした手を下ろした。

相手が王弟だっていうのに、油断も隙もないったら。ジェイナスをあんなおネェ先生の毒牙にかけるわけにはいかない。

私はダンスの練習に励みつつマメに先生の動きに注意を払うという、非常に緊張感のある時間を過ごした。

夜は、体調が悪いので絶対に陛下を部屋に入れないようリリアに伝え、明日の練習に備えて早く就寝することにした。

「どう？　随分上達したと思わない？」

私はジェイナスと一曲通して踊った後、パルデニ先生に向かって尋ねた。

ここのところ毎日、ジェイナスにダンス練習に付き合ってもらっていて、我ながら感心するほど上手くなった。はじめは気合を入れてもやっぱり一日の練習で二回くらいはジェイナスの足を踏むか蹴るかしてたのに、そんな危なっかしさはなくなり、今日なんてゼロだったのだ。姿勢の保持や腕の角度、指の先にまで注意しながら踊れるようになっている。以前は、それどころではなかったのだから、かなりの進歩といえるだろう。

「まあまあね。まだまだ王弟殿下のレベルには遠いけど」

ふふん。悔しそうなおネェ先生の様子から察するに、かなり上達したみたいで、私は思わずニヤリと顔が緩んだ。そんな私に、先生がチッとか舌打ちしてそうなのがまた気分がスッとする。私が上達して、王宮でパルデニ先生が認められるのはとてもいいことなのに、ほんと、女子嫌いなんだから。

「義姉上、本当に上手くなられましたよ」

相変わらず、ジェイナスはかわいいことを言ってくれる。私を褒めるその笑顔にはクラクラする。爽やかすぎ。今日も、素晴らしい貴公子っぷりだ。私にも慣れてくれたようで、緊張がなくなったのが嬉しい。

それにしても、この先、ジェイナスはさぞかし女性を泣かせることになるんだろうなぁ。

「私のダンス練習に付き合ってくれてありがとう、ジェイナス。あなたのおかげよ」

「お役に立てて光栄です」

「お礼をしたいわ。何が欲しい？」

ジェイナスは私の問いかけに首を振った。欲しいものを訊《き》くなんて直球すぎたかと反省はしたけど、お礼の言葉だけでは私が満足できない。私の行動範囲は王宮内だけだし、ジェイナスは子供だから王宮で開かれるパーティーに参加することはなく、次に会えるのはいつになるかわからないのだ。今訊いておかなくては。

「パルデニ先生とのダンス練習も終わるし、ジェイナスに忘れられないうちにお礼がしたいのよ。私を助けると思って、何が欲しいか教えてくれない？」

私がパンっと手を合わせてお願いすると、ジェイナスは驚いたような顔をした。

「あっ、これはね、えー、お願いっていう意味のポーズで」

「義姉上とのダンスの練習も、もう終わるのですね。お役に立てたなら、僕はそれで十分です」

ジェイナスは少しだけ寂しそうな顔をした。すぐに笑顔に変わったけれど。

彼は私の奇妙なポーズなんかじゃなく、ダンスの練習が終わることを知って驚いたのだ。どうやら私とのそれを楽しいと思ってくれていたらしい。だから、終わることを残念に思って。

この歳《とし》ですでに他人に感情を悟らせないようにしようとするなんて、王弟だからだろうか。陛下も無表情なのは、王様だからなのだろうし。ジェイナスも自分の立場をよく理解しているということなのだろう。

「ジェイナス……」

「楽しい時間をありがとうございました。また、お会いできる機会を楽しみにしております、義姉上」

ジェイナスは綺麗な笑顔で私に挨拶を述べた後、部屋を出ていった。言葉はありふれたものだったけれど、胸が痛んだ。ジェイナスが見せた一瞬の表情と、陛下が言った独り寂しい暮らしをしているという言葉が頭の中で錯綜《さくそう》する。

ジェイナスは王弟殿下なのだから、欲しいものは大抵手に入る生活をしているに違いない。彼をとりまく人々も多いだろう。それなのに、陛下は『独り寂しい』という言い方をした。陛下も王太子時代には、王宮奥で暮らす国王夫妻と離れて王太子宮で暮らしていたと聞いた。王太子は四、五歳くらいの歳になると王太子宮に生活を移し、特別な教育を受けるんだそうで。同じ王宮内であっても親子が頻繁に会える環境ではなかったに違いない。そんな彼等が喜ぶことって何だろう。私は何としてもジェイナスに喜んでもらいたくて、お礼をどうするか頭をひねった。

結局、私は事務官吏ユーロウスに私の時間を空けさせ、ジェイナスと一緒に街へ出ることにした。このアイデアを申請したら、あっさり許可が出たのには拍子抜け。なんだ、申請すれば簡単に出かけられるんじゃない。今度から私も申請を出そうっと。

ジェイナスへのお礼外出日、私とジェイナスは馬車で王都の街へと繰り出した。もちろん、私は鬘《かつら》を被って変装している。前みたいにジロジロ見られて囲まれてしまうと困るからだ。ジェイナスもちょっと下位貴族のお坊ちゃんくらいに装っている。

王都の演芸場が目的地なのだけれど、そこには馬車で乗り付けることができないし、街を歩くのもいいだろうと少し離れた場所で馬車を降り、演芸場まで歩いて向かうことにした。

「義姉上、よろしいのですか？」

街中を歩きながら、ジェイナスが戸惑いながら尋ねてきた。一応、彼が私をエスコートしているので、遠目には貴族の子供の姉弟に見えているはず。

ジェイナスはあちこちへと視線を流し、やや興奮しているようだった。いいとこの坊っちゃま感が丸出しだ。王子様という特別な身分では、こんな風に街を歩くことは少ないのかもしれない。

「たまにはいいでしょ。警護の騎士も付いてるんだから」

王位継承権第一位のジェイナスは、周りの期待に応えるように、常にいい子であろうとしてきたのだろう。子供なんだから、ワクワクしたりドキドキしたりすればいいと思う。子供でいられる期間は、とても短いのだから。

そのうちに私達は目的の演芸場に到着した。王都の演芸場では、歌や舞のイベントや演劇、武術大会など様々なイベントが催される。今は近隣国を回る動物芸がメインのサーカス団の公演中だ。各国を旅して回る有名な一団で、言葉がわからなくても楽しめるため、毎回すごく人気なのだという。そんな人気公演の席が取れるのは、王宮官吏の手配だからこそ。一応、貴族が見るには低俗と言われているけど、特別貴族席もあり、私達はそんな一角を占める席に着いた。

公演がはじまると素晴らしいエンターテイメントが繰り広げられ、観客の目を釘付けにした。音楽とともに軽々と飛び跳ね、女性を高く放り投げる男性、空中で舞う女性。総勢十五人くらいの演舞者が、時には観客をヒヤリとさせながら、ダイナミックな動きと展開で一瞬も目を離させない。

私は身を乗り出すようにして公演に見入った。こういう場では、お行儀を気にしていては楽しさが半減してしまう。それより場の空気とノリに合わせてテンションを上げるべき。私は他の観客達と一緒に歓声を上げ、拍手を送り、彼等への賛辞を心置きなく表現した。会場全体が熱気に包まれ、私も興奮が止まらない。

最後に大きな猫獣が芸を披露した後、もふもふの毛皮の猫獣を撫《な》でたい人はいますかと団員の人が言った時、私は速攻で手を上げ「は――――いっ」と主張したが。一緒に来ていたリリアに羽交い締めにされ、くるりと反転させられ、私の主張は瞬殺された。

「どうしてよ、リリアっ。せっかく触らせてくれるって言うのに！」

「変装してのお忍び行動であることを、お忘れですか？」

リリアって、女性なのにとても怪力。リリアの羽交い締めからは全く抜け出せない。なんて強い。しかし、もふもふが私を待っている。

「変装してるんだから、ばれやしないわよ」

「あれは本当に危険な獣《けもの》なのです。義姉上に何かあっては大変です。陛下のためにも自重なさってください」

ジェイナスもリリアを弁護するように言った。私の隣ではじめは大人しく座っていたジェイナスも、途中からは私と同じくらいのめり込んで、すごく興奮していた。なのに、どうして私に同調してくれないの。私達は子供なのよ。ワクワクに突進しようよ！

「でも、ほら、あんなに小さな子が触りにいってるじゃない。大丈夫だから、提案してるのよ？ね？」

私はうずうずと触りにいきたくてたまらず必死に抵抗し説得しようとしたけれど、ジェイナスもリリアも騎士達も誰一人私の意見に同意はしてくれなかった。貴族の子供に変装している今なら、触らせてもらえる可能性が高い。もふもふよ！　おっきなもふもふ癒《いや》しの塊。今からでも手を挙げたら、間に合うのにっ。あー触りたい、もふもふしたいっ。

しかし、最後までリリアの鉄壁のガードを崩すことはできず、私が残念に思っている間に、公演は大成功で幕を下ろした。

「本当にすっごく面白かったわ！　楽しかったわねぇ」

私は帰りの馬車でも興奮が冷めないまま、ジェイナスに話しかけた。ジェイナスへのお礼のために来たはずが、私の方が楽しんでしまっているのは仕方ないとして。ジェイナスが喜んでくれているならそれでよし。

ジェイナスは、

「はい」

と、一言短く答えた。私の向かい側で笑みを浮かべている。興奮や嬉しさを噛《か》み殺しきれずはにかんだ様子は、何ともいえずキュンとする。あぁ、なんてかわいらしいんでしょ。さすが、私の義弟！

「また、面白いところがあったら一緒に行きましょうね」

「はい。ぜひご一緒させてください」

ジェイナスをハイドヴァン邸まで送った後、私は上機嫌のまま王宮へと戻った。

◇　◇　◇　◇　◇　◇

夕刻より少し前、国王アルフレドは執務室にて警護騎士から報告を受けた。王都に出ていた王弟ジェイナスと妃ナファフィステアが何事もなく戻ったという。

二人とも変装していたとはいえ、王位継承権第一位の王弟と、現在唯一の妃という組み合わせである。相応に厳重な警護態勢を敷かざるを得ない。訪れた先が王都の大きな演芸場という、庶民や貴族など多種多様な客でにぎわう場所だったため、その警護は簡単ではなかっただろう。報告者の声にはわずかな安堵《あんど》が滲《にじ》んでいた。

報告を聞き終えたアルフレドは、静かに息を吐き、頷《うなず》いた。

「下がってよい」

「はっ」

報告者が退出し、次の者が入室するまでのしばらくの間に、宰相が苦言を口にした。

「今回はナファフィステア妃も同伴という理由で、王弟殿下の身辺警護に王宮警護団の騎士が当たりましたが、やや厳重すぎたのではございませんか？　陛下とは並び得ぬ立場なのですから」

王弟ジェイナスは王家の血脈を途絶えさせないため非常に重要な存在だが、それだけに国王の地位を揺るがしかねない危険な存在でもある。今、ジェイナスの実母やその実家がそれほど大きな影響力を持っていないとしても、今後もそうであるとは限らない。宰相にとって、護《まも》るべきは国王とその子供であり、王弟ジェイナスは警戒の対象なのだ。

しかし、王アルフレドにしてみれば、まだ子供のジェイナスは己に残された唯一の肉親であり、警戒より庇護《ひご》すべき存在だ。十分な警護態勢を整えるのは当然のこと。そして、今回はナファフィステアも一緒だったため、アルフレドは警護の人数を増やさせていた。二人を守るためと、ナファフィステアを逃がさないために。

「ジェイナスは我が弟である。あの程度の警護は必要であろう」

アルフレドは宰相に答えた。次の報告者の入室により、それ以上、ジェイナスの警護についての議論がなされることはなかった。

その夜、アルフレドはナファフィステアを晩餐《ばんさん》に招いた。昨晩までは外国から使節団が来訪していたため昼夜とも忙しい日々が続いており、また、夜に部屋を訪れても全く目を覚まさない彼女の熟睡っぷりのせいで、ここしばらくナファフィステアと顔を合わせていなかったためだ。

彼女の行動は全て報告を受けているとはいえ、それだけで彼女を把握することができないのは過去に経験済みである。だからこそ晩餐という機会を設けてでも彼女に会わねばならないのだ。との理由を、アルフレドは必要としていた。王との晩餐を待っている者が多数おり妃など今でなくともと考えているだろう側近や官吏達、ジェイナスとのダンス練習に励み楽しい日々を送っているナファフィステアにとって晩餐は煩《わずら》わしいものでしかない。アルフレドだけが彼女に会いたいと望んでいると知っていたからである。

「お招きありがとうございます、陛下」

晩餐の間に現れたナファフィステアは、にこにこと上機嫌な顔で挨拶を述べた。アルフレドが予想した通り、ジェイナスと王都の演芸場へ出かけたことがよほど楽しかったのだろう。

「今日は何をしておった?」

「王弟殿下と一緒に、演芸場に出かけてきました」

部屋にいる時と違い、晩餐ではマナーに気をつけようとして硬い態度になるナファフィステアだが、いつもよりは滑らかに口を滑らせた。演芸場が想像以上に人でにぎわっていたこと、演技に驚き、楽しんだこと、猫獣に触れられなくて残念だったこと、ジェイナスが楽しんでくれて嬉しいとも。

彼女の声を耳にしながら、アルフレドは彼女の話題とは全く違うことを考えていた。今夜、彼女をどう味わうかである。晩餐のために着飾ったナファフィステアは、滑らかな首筋や柔らかな胸元をアルフレドに晒《さら》し、興奮を掻《か》き立てる。数日の間、彼女が早寝だったため欲望が溜《た》まり、捌《は》け口を求めているのだ。少し前までは、そんな欲望は影を潜《ひそ》めていたのだが、相変わらず彼女への反応は顕著だった。

「後でそなたの部屋に行く」

アルフレドの言葉に、ナファフィステアは表情を曇らせた。そして。

「……今日は、疲れたので早く休みます。陛下が来る頃には眠っているかもしれません」

来ても無駄だと、あからさまにアルフレドの訪れを嫌がる返事をした。その態度は、アルフレドを苛立《いらだ》たせたが、それ以上に期待を煽ることとなった。今夜は、彼女の望むように簡単に寝かせはしない、と。

晩餐後、アルフレドが彼女のもとを訪れると、体調が悪いだの何だのと言葉や態度で抵抗して見せたが、最終的には、アルフレドを受け入れた。結局、ナファフィステアは、拒絶するほど嫌がってはいないのだ。はしゃぎすぎて早く寝たいというのは、彼女の本心だろう。だが、その希望が通らないことに文句を言いながらも、アルフレドが強く望めばそれに応じる。もう以前のような息苦しいほどの渇望にもがくことはない。今は彼女がそばにあり、欲しい時に手を伸ばすことができるのだ。アルフレドは、この状況を望んでいたはずだったのだが。

しかし、十分な満足を感じることができないでいた。何かが足りないのだ。彼女が甘えることはあまりないが、アルフレドに対して好意はある。肌を合わせていれば、そのくらいは知れるのだ。ナファフィステアは彼女の望む衣食住に困らない生活を送り、妃として王宮に暮らし何の不自由もないはずである。それなのに、彼女は後宮にいた頃と全く変わらない。

アルフレドが足りないと感じるのは、彼女を手に入れたと思えないためだった。望む時に手を伸ばし腕に抱くことができ、彼女からの好意を感じるにもかかわらず、彼女は油断すればするりと腕の中をすり抜けてしまいそうな不安を絶えず抱かせるのだ。楽しそうに日々を過ごしているというのに、彼女はここに満足していない。アルフレドにはそう思えた。

　彼女は王国の女性なら多くが羨む地位にあるというのに、その地位にも物にも何に対しても執着を示さない。彼女の居を後宮から王宮奥へ移した時、それを感じたが、あの時はそれほど気には留めなかった。ともに暮らした犬達と離れなければならないと知った時も嫌がることなく、むしろ彼女は犬達が美味《おい》しい食事が与えられる環境となることをとても喜んだ。あれほどかわいがっていた彼等と離れることを、何とも思わなかったはずはないのだが。妃として面会をこなしたりパーティーに参加したりして過ごす中で、唯一の妃であることを他の者に顕示することもなく、ドレスや宝石などで身を飾り立てもしない。

　側近は、そんな彼女を後ろ盾もない者なら当然だと考えているようだが、アルフレドは腑《ふ》に落ちなかった。彼女は何を考えているのか、何を望んでいるのか。何も執着しないのならば、彼女にとって王宮の生活は、躊躇《ためら》いなく捨ててしまえる程度でしかないのではないか。後宮での生活が、彼女にそう思わせるのか。

　アルフレドはナファフィステアへの疑念をはがゆく思いながらも、日々の忙しさを理由に、疑念への追及には積極的ではなかった。追及の先にある過去の己の愚行を見たくなかったのかもしれない。

　そんな風に考えあぐねていた翌昼過ぎ、アルフレドのもとにナファフィステアが王宮を出たとの連絡が入った。

◇　◇　◇　◇　◇　◇

国王の執務室に重苦しい沈黙が広がっているちょうどその頃。

「陛下ったら、一緒に寝たくないっていうのに、無理やり私の寝室に居座るのよ！　酷《ひど》いと思わない、ジェイナス？」

ナファフィステアは王都にあるハイドヴァン邸にいた。

彼女は今日も部屋でリリア相手に愚痴《ぐち》っていたが、王宮女官である彼女が相手では手応えがなく、不満が発散できなかった。そのため、いつものように脳内で王アルフレドを罵るしかなかったのだ。

せっかくかわいい義弟と一緒に共有した、爽やかで素晴らしい興奮の余韻を台無しにするなんて、陛下のバカやろー、と。

陛下を罵るのにも飽きて気分を変えようと立ち上がり、庭園に向かおうとした時、ナファフィステアは、ふと、昨日ジェイナスを送り届けたハイドヴァン邸を思い出した。王宮から邸《やしき》への道はそれほど難しくなく、まだ覚えており、自分で歩いていける距離でもある。爽やかなジェイナスの顔を見れば、きっといい気分転換になると考えたのだ。

「昨日の踊りがすごかったこととか、大きな猫獣がかわいかったこととか、陛下に話したけど、全く全然ちっとも興味ないって感じ。そりゃ、陛下には面白い話じゃなかったでしょうけど、あの無表情で無言よ。そんなだと、話したくなくなるじゃない？　だから、一人でいたかったのにっ」

愚痴るナファフィステアを前に、ジェイナスは苦笑を浮かべていた。十一歳の少年である彼に、他に何ができただろう。

そんな歳若い主人の後ろに控えたハイドヴァン邸の家人達は、前触れもない突然の妃来襲に大忙しだった。近頃、主人が王宮に行った際、妃ナファフィステアとダンスの練習をしているとは知っていたが、邸としても公的にも全く交流のなかった妃が、いきなり警護の騎士達を従え、馬車で乗り付けてきたのだ。地位的に妃は王弟には遥かに及ばないが、現国王の寵愛《ちょうあい》が厚いゆえに、彼女の扱い次第で国王の信頼を落とす可能性がある。家人達は、王弟という存在の危うさを知っているのだ。

そんな家人達の中で、特にハイドヴァン邸の執事は、大の大人が殿下相手に何を血迷い事をほざいているのか、とナファフィステアを睨みつけていた。その存在を消すことに長《た》けた執事の睨みは、残念ながら彼女に届くことはなかったが。

「でも義姉上、兄上も義姉上と一緒に眠りたかっただけなのでしょう」

憤《いきどお》り愚痴り続ける元気なナファフィステアに、ジェイナスが言った。するりと零《こぼ》れたその言葉は、小さな声だったが、ナファフィステアをハッとさせた。そこに羨ましそうな響きを感じ取ったからだ。あぁ、ずっと独りなのか、この子は。そう思ったナファフィステアは言ってみた。

「じゃあ、今度、一緒に寝る?」

ガシャガシャッ。

ジェイナスへの提案直後の耳障りな音に、ナファフィステアは振り返った。その視線の先では、お茶を入れていた家人が茶器を落とし呆然《ぼうぜん》としている。が、妃に目を向けられ、家人はすぐに我に返った。そして、慌てて「申し訳ございません」と片付けにかかる。カチャカチャと響く音とともに室内には緊張と微妙な空気が充満していた。

そんなある種の緊迫した場を制したのは、ナファフィステアの背後に控えていたリリアだった。

「ナファフィステア妃、殿下は立派な男性ですから、そのような発言は不適切かと思われます」

彼女の冷静な声が凜《りん》と響く。妃ナファフィステアの侍女を務める彼女は、家格が低いとはいえ貴族家の娘である。その声と態度で、ハイドヴァン邸の家人達をたちまち正気に戻した。

ハイドヴァン家はジェイナスのために設けられた新しい貴族家であり、歴史が浅い。母であるハイドヴィラル前側妃やその実家も過去を踏襲《とうしゅう》することはできるがそれ以上ではなく、家の運営は兄王の支援に頼っているところが大きかった。それを理解している家人達は、醜態《しゅうたい》に及ばなかったことを安堵しつつも、王宮女官に場を御されることに複雑な心境だった。

ジェイナスはそんな場の空気をうっすら感じ取っていたが、ナファフィステアは全く感知していない。一人、リリアに不満そうな顔を向けた。男性ったって、まだ子供でしょうよ、ジェイナスは。と、ナファフィステアは思っていたのである。

しかし、ジェイナスが少々頬を染め俯《うつむ》いてしまったのを見て、ナファフィステアも考えを改めた。子供と言えど男性なわけだ。これは、男のプライドにもかかわりそうなので、余計な言葉でからかうのはやめておこう、と。

ナファフィステアが一通りの愚痴を言い終え、少し早いお茶の時間に落ち着いた頃、ハイドヴァン邸の玄関がにわかに騒がしくなった。

騒々しさにハイドヴァン邸の家人達もリリアも無反応なため、ナファフィステアは何だろうと思いながらもジェイナスとの会話を続けていたが。それはすぐに中断させられることになった。

大勢の人が屋敷に足を踏み入れ、それらの立てる物々しい音が部屋に迫ってきたのだ。

ダンッと決して軽くはない部屋のドアが勢いよく開かれる。そこに現れたのは、騎士達を従えた国王アルフレドだった。一瞬で部屋の空気が凍りつく。

王は弟ジェイナスを王宮に招くことはあっても、邸を訪れたことはない。兄弟とはいえ主従関係があるからだ。

王がゆっくり部屋へと足を踏み入れると、ソファに腰かけていたジェイナスは、はじかれたように立ち上がり首を垂れた。家人達も息をのみ、緊張に身体を強張《こわば》らせる。王は決して険しい表情をしているわけではなかったが、その存在感、威圧感は凄《すさ》まじく恐れを抱かずにはいられない。息苦しい重圧が人々の肩にのしかかっていた。

「ジェイナス、みだりに他人の妻と二人っきりになるものではない」

静かに放たれた王の言葉に、室内は一層重苦しさを増した。王がジェイナスを咎《とが》めるために来たことが明白になったためである。

「私の不徳の致すところ、誠に申し訳ありませんでした。陛下」

家人達はまだ幼い主《あるじ》が、国王の重圧に屈することなく対応していることを誇らしく感じていた。それと同時に、王に対しては、他に咎めるべき存在がいるではないかとの不満を抱いた。何の前触れもなく突然やってきた招かれざる客、王の妃であるナファフィステアをまず叱責するべきではないのか。ジェイナスの向かい側で、王への礼もできずソファに座ったまま身動きのできない黒髪の小娘をこそ。

そう考える家人達の前で。

「ジェイナスに嫌みを言うの、やめてくれる？　直接、私に言ってほしいわね。みだりに独身男性と二人っきりになるものではないって」

すっくと立ち上がったナファフィステアは、王の許しも得ずに言い放った。威厳ある王を前にして、虚勢を張っているという様子は微塵《みじん》もない。恐れ知らずなのか、単に無知なだけなのか、ナファフィステアは王を睨み上げ、怒りを声にも態度にも表している。

その妃の行動は、家人達だけでなく、妃のそばに控える騎士達をも驚愕《きょうがく》させていた。妃の侍女だけは変わらず涼しい顔をしており、呆《あき》れているのか平静なのか判断がつきかねたが。王に対して、これほど不敬な態度なのだから妃に呆れるのは当然だろう。ただ一人の妃だからと思いあがっているのでは、そんな思いを家人達に抱かせた。

王はことさらゆっくりと妃へと視線を移した。そして、背の低いナファフィステアを見下ろす。ナファフィステアは王の強い眼差《まなざ》しを受けてもなお、全く揺らぐことなく睨んだまま対峙《たいじ》していた。

ハイドヴァン邸の執事は、愚かだが醜態を晒さず幼い主に責任を負わせまいとする妃の姿勢は、一応評価した。国王を前になかなかできるものではない。だが、妃がこの邸を訪れなければ起こら

なかったことである。彼女が王の不興を買うことへの同情は欠片《かけら》もない。

睨み合う王と妃。じりじりとした沈黙が部屋を支配する。

「よくわかっているではないか」

王は妃に言った。表情に変化はないものの、王の声は冷ややかで、不機嫌そうにも嘲《あざけ》っているようにも聞こえた。

「……義姉上……」

ジェイナスは心配げな様子で呼びかけたが、しかし、ナファフィステアに何と声をかければいいかわからず言葉を途切らせた。

「心配しなくても大丈夫よ、ジェイナス」

妃が態度を崩してジェイナスに歩み寄ろうとした時、王は彼女を荷物のように肩に担ぎ上げた。

「きゃあっ」

「これは連れ帰る。ここにこれがいたことは忘れよ」

王はジェイナスにそう告げると、大股でドアへと足を進めた。その背中で、ナファフィステアは頭を下にして黒髪を乱しながらじたばたしており、ジェイナスは言葉が出なかった。

「ジェイナスぅ、心配しないでねぇ」

場違いなほど呑気《のんき》な響きの声を残し、ハイドヴァン邸から嵐は去っていった。

◇　◇　◇　◇　◇　◇

私は突然やってきた陛下によって王宮へと連れ戻された。

帰りは馬車でなく陛下の馬に乗せられ、陛下と二人乗り。絵になる構図だけれど、馬に横座り乗りする恐ろしさは言葉にならない。巨体の陛下が乗っても走ることができる馬は、はっきり言ってとても大きい。それに、馬具を付けていても馬の背中は人が跨《また》らずに座るにはとても不安定なのだ。横座りだと馬の足が一歩進むごとにお尻が飛び跳ね、いつ転げ落ちるかと必死で陛下にしがみついているしかない。帰りは、ジェイナスの邸でのことを陛下に文句を言うどころではなかった。

どこでもいいから早く止まって！　と祈る私の言葉が叶えられたのは、王宮に着いてからだった。陛下に馬から降ろされた私は、疲労困憊《ひろうこんぱい》で脱力しきっていた。そんな私を再び背中に担ぎ、陛下はドカドカと王宮の華美な廊下を歩いた。

ただでさえ疲労で考える気力がないのに、荷物のように担がれてるせいで頭に血が上り、まともな思考力は残っていない。私がぼーっとしている間に、ソファに放り投げるように降ろされた。もちろん、クッションがあるので全然痛くはない。が、乱暴だなとちらっと思う。

そこでやっと私は陛下の顔を見たわけだけど、いつもの無表情ではなく、やや眉間《みけん》に皺《しわ》を寄せていた。

今までずっと無言だった陛下は、私を冷たそうな青い目で見下ろした。そして。

「勝手に出歩くでないっ」

陛下の怒鳴り声に、思わずビクッとする。本気で怒っているらしい。私の頭もシャキッと目が覚めた。

で、なんでこの人はこんなに怒っているわけ？　ちょっとジェイナスのところへ行って愚痴ってただけなのに。護衛だってちゃんと連れて出たし。

私が陛下が怒っている理由を考えていると、

「どこへ行くつもりだった」

陛下は怒鳴りこそしないけど、厳しい口調で尋ねてきた。

ジェイナスのところにいたでしょうが。何を言ってるの、陛下？

急な外出とはいえ、ユーロウスには私がジェイナスのところに行くと伝えたし、それは陛下にも伝わっているはず。だから、陛下はハイドヴァン邸へ来たに違いないのだ。

「ジェイナスのところよ」

「その後、どうするつもりだった」

「ジェイナスのとこに泊めてもらうつもりだったわ」

何故か陛下は脱力していた。その脱力にどんな意味が込められているのか、まるでわからない。何が言いたいのかもさっぱり不明。忙しいはずなのに昼日中こんなところでぐったりしてる、この人、何をやっているんだろう。

私はちゃんと、今朝、予定を調整したし、その内容もいくらでも融通のきく仕事ばかりなのだから、急な外出が影響するとは思えない。でも、王様はそうはいかないはずだ。

「陛下、お仕事があるんじゃないの？」

王様業はいつも忙しい。だから、そう言ってみたんだけど。

返ってきたのは、眉間に皺どころか、憎々しげに私を睨む陛下だった。口をギリっと一文字に引き締め、無言で見下ろしてくる。しかし、言葉はない。

そうした時間がどれくらいか過ぎ。

陛下は振り切るように踵《きびす》を返し、部屋から出ていった。私をここから一歩も出すなと、入り口の警護騎士達に命じて。


陛下が出ていってから、私が連れてこられたのは陛下の居室だとわかった。私の乱れたドレスを直してくれながら女官がそう教えてくれたのだ。

なぜ私をここに？　という疑問はさておき、私は陛下の部屋に興味をそそられ、寝室を少し覗《のぞ》いてみたりウロウロしてみた。出してもらえないようだし、陛下のプライベート空間に入るのははじめてだったから。王宮奥の建物の大半は見て回ったけど、いくつか立ち入り禁止のところがあり、ここもその一つで『王様の部屋』にはとても興味があったのだ。

しかし、庭ほど広いわけじゃない室内の探索はすぐ飽きてしまった。王様の居室だから全てが豪華なのだけど、私のところもそれなりだし驚くほどではない。王冠とか特別なものがあったりしないし、陛下の匂いはするけどエロ本やエログッズが隠れてたりもなく、女官達によって常に綺麗に整えられすぎて面白くないのだ。豪華な部屋という以外の感想はなし。ちょっとワクワクしたのに。

さすがに引き出しの中を覗くのはどうかと思い、そこは思いとどまる。そうすると、できることは少なくて、一通り見て回った後は、することがなさすぎて、私はすぐに暇を持て余すことになった。でも、部屋にいる女官も王様付きの人達だから、なんだか寛《くつろ》ぎにくい。どうしよう。

私が所在無げに過ごしていると、侍女のリリアとユーロウスが入ってきた。よかった。やっぱりリリアがいてくれると心強い。

「髪が乱れておりますので、整えませんと。髷をお取りしてよろしいでしょうか？」

「ええ、いいわ。部屋から出すなって陛下が命令していたから、私はしばらくここから出られないみたいだし」

「……左様でございますか」

リリアは私の髷を外し、まとめていた髪を解放してくれる。頭が軽くなって気分も軽くなっていく。

その横で、ユーロウスは恨めしそうに私を見ていた。ユーロウスは私の事務官吏だから、陛下の私に対する怒りのとばっちりをくらってしまったのだろう。

「ねぇ、ユーロウス。一体どうして陛下はあんなに怒っているの？」

私はユーロウスに尋ねた。何かと物知りな彼はいつもなら即答してくれるのに、何故わからないんだ？　とでもいうような眼差しで訴え返してきた。どんよりとした笑っているような、いないような奇妙な表情で、ズイィッと私に迫る。半目で、俗にいう死んだ目ってやつで、結構怖い。

「ナファフィステア妃がいらっしゃらないと知った陛下は、本当に恐ろしかったのです」

座っている私に向かって、ユーロウスは奇妙な表情のまま告げた。彼が少々壊れ気味なのは、陛下の、ではなく、私のせいに間違いないだろう。

私が悪かったわ。本当に申し訳ない。今のあなたも十分怖いよ。私はユーロウスに何度も頷きを繰り返していた。

「陛下の怒りを前にしては、生きた心地がしませんでした。今生きているのが不思議なくらいです」

声がいっちゃってる。虚《うつ》ろに視線を彷徨《さまよ》わせていて、かなりヤバい人状態だ。

「ほほほっ。ごめんなさい、ユーロウス。いや、ほんと、申し訳なかったわ」

私の謝罪の言葉は全く効果なかったみたいで、ユーロウスは死んだ目を復活させることなく、部屋を出ていった。


その後、騎士カウンゼルがやってきた。

「ナファフィステア妃、ご機嫌いかがでございますか」

カウンゼルは笑みを浮かべているのだけれども、笑っているのに笑っていない。張り付けた笑顔に、怒りを多分に込めていた。笑顔から滲み出る怒りとか、ものすごい芸当をもっている人だ。と、私が感心していると、カウンゼルが恭《うやうや》しく喋《しゃべ》りはじめた。

「本日は王弟殿下のお屋敷をご訪問なさったと聞き及んでおります」

彼も、ユーロウスと同様に、私が陛下を怒らせたために、ここへやってきたようだった。ジワジワと締め付けるような圧迫感で、私に迫る。ユーロウスとはまた違った年季の入った迫力の怖さがじんわりと込み上げてくる。

ああ、じれったい。来るならさっさと来いと言いたいっ。

「え、えぇ、まぁ」

けれど、私の返事は生返事っぽくなっていた。一応、私が悪かったらしいし、反省してます的な態度をとったつもりだったのに。私の声って、正直すぎる。

「ナファフィステア妃の外出は、我々警護騎士団にとっても重大事。さっと声をかけてその辺の者を連れて行くのではなく、前もってお知らせいただければ幸いでございます」

「も、申し訳なかったわ。今後、気をつけます」

ゴクンと唾を飲み込み、殊勝な顔をして謝ってみる。

しかし、カウンゼルはそれだけでは終わらなかった。

「仮にも寵妃が、王弟殿下と必要以上に親しくなさるなどという噂《うわさ》は、臣の望むところではございません」

だからジェイナスは子供でしょうよ。まだ誕生日を迎えたばかりの十一歳なんだけど。世間って、五月蠅《うるさ》い。わかった、わかりました、十分に配慮しろって言いたいのはわかったから。でも、寵妃？　たまたま最後に残っているだけだっていうのに、そういうことにされるのは、ほんと面倒なんだけど。

「それから」

まだあるのか。ため息が出てしまう。

ふうぅっ。

すると、カウンゼルはもとより、リリアや女官達、騎士達にまでも厳しい目を向けられた。事は私が思っているより重大事になっているらしい。ちょっと出かけただけなのに。

「外出される場合は、必ず陛下の許可をお取りになってください。先日までの、お命を狙われていた状況をお忘れですか？」

「別に忘れていたわけじゃないわよ？　ちゃんと考えたからこそ、一人で行くんじゃなく、ボルグ達にも同行してもらったんだし。という私の考えは、全然納得してもらえなさそうだ。おかしい。何か手順が足りなかったのかな？

「貴女にもしものことがあったらと、陛下はそれはそれはお心を痛めてらっしゃいました」

「そ、そう」

そっか。陛下、びっくりしたのか。前に私が王宮を出たのは、陛下の許可があったからで予定されたこと。でも、今回は突然だったから。ユーロウスから陛下にジェイナスのところへ行くとは連絡してもらったけど、その時にはもう王宮を出発していた。陛下に対してムシャクシャしてたから、陛下に事前に許可を取るっていうのも、ちょっと、と思って。

「ナファフィステア妃、カウンゼル様はこうおっしゃられたいのです。陛下が妃のことを心配するあまり執務が疎《おろそ》かになりかねず、周囲に怒鳴りちらし王宮内はパニック。その上、予期せぬ陛下の外出に警護の騎士達にとっては多大な負担が発生した。そういうわけで、妃の軽々しい行動が引き起こした被害は甚大である、と」

き、きついわ、リリア。一緒に行動していたはずなのに、王宮の状況など把握しているのはなぜなのかしら。さすが王宮女官、プロだわ。

「まあ、そういうことです。今後はくれぐれも軽率な行動はお控えください」

カウンゼルは止《とど》めの言葉を私に突き刺し、帰っていった。私の行動が軽率で、王宮中が迷惑を被《こうむ》った。つまりは、そういうことで。今の私は重要なポジションにいる、ということらしい。


夜になり、部屋の主である陛下が帰ってきた。無表情で、機嫌が悪いんだか良いんだかわからない。良いわけはないんでしょうけど。

陛下が部屋に入った途端に、女官達はみな退出していった。リリアも一緒に。

二人きりの空間に緊張感が漂う。

この張りつめた冷気、陛下は平気かもしれないけど、私は嫌い。言いたいことがあるなら、言えばいいのに。陛下は何も言わない、ついでに、視線も合わせない。そのくせビシバシと存在感を主張しているのだから、鬱陶《うっとう》しいことこの上ない。

「心配かけてごめんなさい。今後、外出する時には前もって連絡するわ」

先に謝ってしまえ、と私は陛下に声をかけた。そして、反省していますと手を交差して胸に当てうなだれ、腰を落とす謝罪のポーズもしてみせる。

行動で示すと、自分的にはとてもすっきりした。さっ、これで一件落着！

「じゃ、お休みなさい」

私はちゃんと謝罪ができたので、終わったとばかりにスタスタと部屋から出ていこうとすると、ポイッとベッドに放り投げられた。

一瞬で視界がグルリと回る。後ろから腰に腕が回されたと思ったら、あっという間だった。ベッドに仰向《あおむ》けで落ちた私は、今、ベッドの天井を見ている。何が、起こったの？

そこへ、ぬうっとアップで無表情の陛下の顔が出現した。

ぎょっ。怖っ！　心臓が縮むかと思った。ドキドキドキドキ。陛下の顔は、無表情なだけに作り物のようで、時々恐ろしく恐怖を醸し出すので困る。

で、何なのか。

……。

……。

……。

だから、何なのよっ。何か言葉にしてよ、陛下！　しかし、私の憤りは全く陛下に届かず、陛下は無言無言無言無言の圧力のみ。これでは、いくら待っても一向に埒《らち》が明かないので、私は私なりに必死に考えた。色っぽい雰囲気というのではなく、ただ無言の圧力で何かを訴えている陛下は、一体私に何を言いたいのか。

陛下が私をベッドに放り投げ、睨んでいるのだから、とりあえず、

「私はここで陛下と一緒に寝ればいいのね？」

と言ってみた。私の言葉に対する陛下の反応はなかったけど、否定もしていないから正解とみな

そう。でも、私はまだ夜着に着替えていない。この部屋に連れてこられて、そのままだから昼着のままだしお風呂にも入っていないのだ。

「じゃ、着替えに」

行こうと思ったら。陛下が私の服のボタンを外しはじめた。この際、服はいいとして、この人は何が言いたいのか。私に怒っているんじゃないの？　私が服を脱ぐのを手伝ってる場合なの？

お願いリリア、陛下の言いたいことも、解説してほしいっ。そんな願いが聞き届けられるはずもなく、仕方ないので、

「悪かったわ、陛下。最近、体力的に疲れててね」

少し、反省してみる。ダンスの練習に熱を入れ、頑張っていた分、陛下との夜は寝てパスしていた。女性特有の月のもののせいもあって不調だったし、昨日は外出で本当に興奮しまくって、楽しかったけどとても疲れてて。それなのに、昨晩は陛下がゴリ押ししてきて、寝るのを邪魔されるのに腹が立った。どうせ止まらないからと流されてしまったのが、また悔しくて。陛下に多少なりとも怒りのアピールを示したかった。だから、不意打ちを狙ったわけだけど。

「でも、体調が悪い時に押し倒すというのは、なしよ？」

陛下は答えずに、せっせと私の服を脱がせていく。手を止める気配はまるでなし。

「陛下、聞いてる？」

「聞いている」

ん？　脱ぐのは服だけでいいのよ。下着は死守しなくては。

「陛下。さっき言ったでしょう？　体調が」

「悪くないのであればかまうまい？」

「だから、昨日も今日も、私は体調悪いって言ってるでしょっ」

「外出できるのだ。悪いはずがなかろう」

言い合っている間にも、陛下はどんどん私の下着を剝《は》いでいく。腕力では全く陛下に太刀《たち》打ちできない。何なのよ、この容赦のなさは。ちょっとは加減しなさいよ！

悔しいけど、私は下着まで取り払われてしまった。そして、ぎゅうっと陛下は私を抱きしめる。ぎゅっとされるのは嫌いではないけど、それは服を着ての話だ。陛下に腹が立つのに、裸の状態だと心許《こころもと》なくて弱気になってしまう。何か言ってやりたいのに。

ムカムカしている私の耳元で、

「心配した」

陛下がぼそりと呟《つぶや》いた。いつもよりそっけない口調だったと思う。でも、私を摑《つか》んだ手や腕には力がこもっていて痛いくらいだった。これでは痕が残ってしまう。近頃は、こんなに強く摑むなんてしなかったのに。陛下は本気で私を心配していた？

昨日も今日も王都はにぎやかで活発で人で溢れていたけど、危険なんて全然なかった。でも、以前から、陛下は王宮を出るのは危険だと繰り返していた。カウンゼルもそう思っているようだった。騎士達がいたから、私にはわからなかっただけで、本当に危ないのかもしれない。そうでなければ、こんな風に怒鳴りもせず、黙って抱きしめはしないのでは……。

「ごめんなさいってば」

「反省しているか？」

「反省してます。出かける時には前もって連絡するわ」

その私の答えでは、お気に召さなかったらしい。

「そなたは、余のそばにおればよいのだ」

連絡するしないよりも、もっと根本的に、私が外出することが気に入らないらしい。妃も外出できるはずなのに、陛下ってほんと我儘《わがまま》。

でもこれは、普段口に出されることはない、陛下の本音なのだ。陛下が笑顔になることなんてないし、何考えてるかわからない無表情じゃない時なんて、私に文句言ってる時くらいしかない。今の表情は見えないけど、たぶんガラスみたいな青い目で私を見ているのだと思う。無表情なんだけど、綺麗な作り物のように見える顔で。それは、もしかすると陛下が表情を作るのを放棄している時だったりして。今が王様という立場から離れて気を緩められる時間だとしたら。

陛下にとって私は気を使わなくて楽な、でも貴重な存在なのかな。陛下って友達少なそうだし。心配されるのも悪くないかも。そんな風に思いながら、私は陛下に身をゆだねた。

◇　◇　◇　◇　◇　◇

数日後、王宮の比較的小さい一室にて。

「王弟殿下がおいでになりました」

官吏の声でドアが開かれた。扉の内外に控える騎士達の間を抜け、ジェイナスが室内へと進む。その先で待っているのは、兄である国王アルフレドだ。

「お呼びと伺い参上いたしました、陛下」

ジェイナスはアルフレドの前で硬い表情で礼の姿勢を取った。王の前で緊張してしまうのは、弟も他の者達と同じだった。しかし、いつもよりぎこちなく見えるのは、先日のハイドヴァン邸での叱責のせいなのだろう。

アルフレドは手を上げ、ジェイナスを一旦黙らせた。

「みな、下がれ」

その声に従い、官吏や騎士達が部屋を出ていく。アルフレドは宰相にも目を向けたが、出る気はないらしい。亡き父王の時から宰相であり、ジェイナスもそれほど気にはかけないだろうと判断し、ジェイナスに座るよう勧めた。座って気が落ち着いた状態で話をしようと考えたのだ。

「ジェイナス、余のことは『兄上』でよい。この前は、妃が世話になった」

アルフレドはことさら口調を和らげてジェイナスに話しかけた。弟でありながら、兄弟として接することはほとんどない。顔を見るのも年間で数えるほどなのだから、ジェイナスは相対するだけでも緊張し、とても相談できるような状態ではないことに、アルフレドは今更ながら苦笑した。

「私の不徳の致すところ、誠に申し訳ありませんでした。妃様におかれましては何の落ち度もございません。妃様へは」

「ジェイナス、お前に落ち度があるとは思っておらぬ」

懸命にナファフィステアを庇《かば》おうとする姿に、アルフレドは頬が緩んだ。それと同時に、ジェイナスに対する己の行動は大人げないものだったと省みる。

確かに他人の妻を屋敷に招き入れることは、非常に危険なことではあるのだ。王弟という地位と、彼を護るべき母がそこにいないことを考えれば。

しかし、あの場であのような伝え方をするべきではなかった。ジェイナスのために、上手く立ち回れるよう補佐できる者もない状況では。ジェイナスのそばにはそれなりの側近を付けておくべきだろう。その手配を考えながら、アルフレドは言葉を続ける。

「妃のことも、そなたが気に病む必要はない。あれを叱責する者などおらぬ。今回のことは、単に、余と喧嘩《けんか》しただけだ」

「兄上と、喧嘩？」

アルフレドの発言に驚いているのは、ジェイナスだけでなく、宰相も同じだった。そんなに可笑《おか》しなことだったかと、アルフレドは話を続けながら二人の様子を眺めた。

「妃はそなたに、そう話してはおらなんだか？」

ジェイナスは目の前のテーブルをジッと見つめ、あの日のことを思い返しているようだった。驚いたせいか、ジェイナスの態度が和らいでいる。アルフレドはゆっくり彼の言葉を待った。

「義姉上は、嫌だと言ってるのに陛下が無理やり寝室に居座るのだと、随分怒ってらっしゃいました」

そんなことを子供に愚痴っていたのか、とアルフレドは呆れてしまう。黙って聞いている宰相も、さぞ呆れていることだろうと思うと少々バツが悪い。しかし、ジェイナスの言葉にアルフレドがホッとしたのも事実だった。

「義姉上、と呼んでいるのか？」

「あっ。申し訳ありません」

「かまわぬ。どうせ妃がそう呼べとでも言ったのであろう？」

「妃様は、『お姉様』と呼ぶようにとおっしゃられたのですが、さすがにその女性のような呼び方はできず、義姉上と呼ぶことを許していただきました」

「実際、そなたの義姉なのだから、妃様などと呼ぶ必要はない。余のことは兄、妃のことは義姉と呼ぶがよい。どこであれ」

「はい、兄上」

「後で妃のところへ顔を出してやってくれぬか。あれには知り合いが少ないゆえ、そなたが訪ねていけば喜ぶだろう」

アルフレドの言葉に、ジェイナスは顔を綻《ほころ》ばせた。よほどナファフィステアが気に入ったのだろう。彼女は見た目ほど子供ではないはずだが、言動には子供っぽいところがあるため、ジェイナスも接しやすいのかもしれない。

「ありがとうございます、兄上」

ジェイナスはこの部屋に入ってきた時とはまるで違い、子供らしい表情で出ていった。ご褒美をもらった子供のような明るい顔で。

アルフレドがジェイナスを見送り、一息ついていると。

「陛下、少々お訊きしたいことがあるのですが、よろしいでしょうか」

宰相が珍しく妙な顔をして声をかけてきた。歯切れの悪い言い方だ。

「よい。何だ?」

「先日、妃様が外出されたのは、陛下が妃様の寝室に居座ったせいなのでございますか?」

「そのようだな」

宰相が難しい顔をしているが、そういえば彼はナファフィステアのことを直接知る機会がなかったのだろう。彼は彼女のことを噂ほど悪い人物だと思ってはいないようだが、行儀作法も今勉強中の頭の悪い小娘だと思っているようだ。妃が陛下の訪れを嫌がるということ自体、彼には理解不能なのだ。それも、現在、ただ一人の寵妃ともなれば、宰相の中の妃のイメージはどんな風であるのか。考えただけでも笑いが込み上げる。

だが、と、アルフレドは先日を思い起こした。

あの日、妃が王宮内にいないとの報告を受けた時、アルフレドが真っ先に思ったのは、彼女が逃げた、ということだった。すぐに妃付き事務官吏からジェイナスのもとを訪ねるとの報告が入ったが、それを信じはしなかった。前日に会ったばかりのジェイナスに再び会いに行くのは、不自然にしか思えなかったのだ。

後宮を出て、王宮奥での暮らしにも慣れ、王宮内部のことも彼女はすでに多くを把握している。

何をどうすれば止められずに外に出ることができるかを、ジェイナスとの外出で知り得たに違いない。外へ出た彼女は、どうするか。彼女付きの騎士達は、彼女にもそう簡単に振り切れはしない。振り切るなら、ジェイナスの屋敷ではないか。あの屋敷なら、王宮に比べて警備が薄く、彼女が騎士達と距離を取る場面を作り出すことも可能だ。

そう判断し、すぐさまハイドヴァン邸に向かったのだが。ナファフィステアはジェイナス相手に愚痴が言いたかっただけだった。

あの一時に味わった闇を、彼女が知ることはない。

妃業をこなし、ダンスを習い、日々楽しそうな様子であったのは、油断させるための演技だったのか。逃げる隙を探していたのか。また、王を欺《あざむ》いたのか。心の底では王を恨んでいるのか。胸を貫く痛みと激しい恨み。必ず彼女を見つけ出し、鎖につないででも閉じ込めようと思いめぐらせていたなど、知られたくはない。

「あれには、余の寵を受けている自覚がないのだ」

「左様でございますか」

宰相は納得していない様子だった。言葉は肯定しているが、内心そんなはずはないと思っているのだろう。そう考えるのが普通なのだ。

ナファフィステアは王宮奥に住まうことを許された妃であり、誰もが王がその妃を寵愛しているがために後宮を閉じたのだと考えている。誰にでもわかる簡単なことだ。だが、それを彼女は理解しようとはしない。彼女は、いまだに、後宮の争いを収めるために、王が妃を大事にしているふりをしていると思っている節がある。後宮を閉め、妃は彼女一人だというのに。妃であること、寵愛を受けることに、彼女は興味も執着もない。だからこそ、彼女は王の顔色を窺わず、時には腹立たしいほどの態度をとることもある。それが楽しくもあり、面白くもあるのだが。彼女の執着のなさが、アルフレドに不安を抱かせる。ナファフィステアは王宮の暮らしを捨てるのを躊躇わないだろうからだ。

「妃ナファフィステアを王妃にする。だが、妃はそれを嫌がるだろう」

アルフレドは静かに告げた。部屋にいた宰相の同意を得たかったわけではない。

「左様で、ございますか」

宰相が答えた。賛成も反対もしない。しかし、現在の彼女の評判では側近達の賛同は得られず、実現は難しいと思っているに違いなかった。それでもアルフレドが口にしたのは、己へ決意を刻むためだ。

「妃は王妃になるものだ。密《ひそ》かに警護を厳重にせよ。そなたにも妃に会わせてやろう。そのうちにな」

言葉では会わせると言いながら、その実渋る、心の狭いアルフレドであった。

二．平穏は何とかの前に

眩《まばゆ》い太陽の日差しをたっぷりと浴び、庭園の植物達は凄まじい勢いで成長していた。そのおかげで、四阿《あずまや》に吹く風は涼しく感じられる。

私は、涼むために、王宮奥にある小さな庭園に来ていた。ここは私のお気に入りの庭なのだ。

ただいま、夏、真っ盛り。ジェイナスの邸に出かけた件も反省を認められ、自室に戻されたのはだいぶ前のこと。そろそろまた街に出かけてみたいけれど、季節が私の邪魔をしていた。日本みたいにじめじめした湿気がないので身体にまとわりつくような暑さではないけど、気温は高いし、日差しもきつい。そして、外に出るなら必須の昼着のドレスは超暑い。

少しでも涼しい場所を求めるのは当然だろう。庭の風は本当に涼しいのだ。

この庭園は昔の王妃様が造ったもので、後宮や本宮にある派手めな庭園に比べると、かなり地味で規模も小さい。植えられている植物も小花や蔓草《つるくさ》ばかりで、華やかさに欠ける。王宮の庭はかっちりと植物の形や配置を整えられた庭ばかりなのに、ここだけは自然なというか、草がぼーぼー生えてる風にも見えるところが特にいい。もちろん、庭師が手を入れているので、本当の放置状態ではなく、あくまで他の庭に比べると、という意味だ。気取らなくて済むので気が休まるし、普通の自然っぽくて寛げる。

この小さな庭園を散策して四阿で休憩を取るのが、私の最近の散歩コースになっていた。

「ナファフィステア」

私は声がした方に視線を向けた。ナファフィステアという私っぽくない名に反応するのも慣れたものだ。特に、強めの口調で呼び捨てる、この声には。

首を伸ばして眺めていると、庭園入り口あたりの石の門柱陰から、大きな体格の、細《こま》やかな刺繍《ししゅう》がたっぷり施された豪華な上着を羽織った男性が、強い日差しに金髪をキラキラさせながら現れた。明るい光の中で見ると、本当に派手というか豪勢な存在だ。加えて、無表情で鋭い視線が威圧的なので、繊細な庭園にはちょっと似合わない。

「陛下」

私は答えるように声を上げた。彼が探しているようだったからだ。たぶん、私が日陰にいるから陛下には見えにくいのだろう。決して私が小さすぎるから目に入らなかったとかではない。はずである。

私の声に気づいた陛下は、こちらへと向きを変えた。ずんずんと大股で歩くため速い。けれど、粗野になりそうな振る舞いも流れるような動きとなり、何故か上品に収まるから、とても不思議。重そうな剣を振り回せるだけの逞しい腕を持ち、私が顎《あご》が疲れるほど上を向かなければならないほどの長身で、見るからに繊細とは縁遠そうな体軀《たいく》なのに。

そんな陛下は、金髪青い目の外人である。彫りの深い整った顔で、はっきりいってハンサムだ。

でも、長身なのも、肉食系な体格も、顔が整っているのも、金髪なのも、ここでは普通のこと。超珍しい黒髪の日本人な私こそが非常に異質な存在だった。

「近頃は、いつもここだな」

そう言いながら、陛下は私を右腕に抱き上げた。本当に呆れるほど軽々だ。まあ、ここの成人男性はアメフト選手かってくらいごっついのが標準体型だから、彼等にしてみれば小さな子供でしかない私は、実際、軽いのだろう。

「ここ、涼しいでしょ？　小さくってなんかかわいいし、気に入ってるの」

私は陛下の腕にお尻をのせた状態で、太い首に腕を回して答えた。こうして陛下に抱え上げられるのはしょっちゅうなので、陛下に遠慮せずしがみつくのももう慣れた。

陛下がこんな風に私を抱き上げるのは、実は私の発言がきっかけだったりする。

陛下の機嫌を損ねて部屋に閉じ込められていた時に陛下とお喋りしてて、何の話をしてた時かは忘れたけど、陛下が私に何か欲しいものはあるかと訊いてきた。街へのお出かけはさすがに陛下の不機嫌になった原因――私が突然ジェイナスの屋敷に出かけたことで陛下を怒らせ、周囲の人達には非常に迷惑をかけてしまった――だったから、ほとぼりが冷めるまでそっとしておくことにして、じゃあ何が欲しいかと頭をひねった結果。陛下の視界を見てみたいから、ちょっと抱き上げてみて、と陛下に言っていた。私は、象の群れの中にいるみたいに、いつもいつも見下ろされ、視界を邪魔されるのが結構ストレスだったんだと思う。それに、陛下には荷物みたいに片腕で抱えられることが何度もあったから、それが簡単にできることを知ってたし。

陛下は私の答えが気に入らなかったみたいだけど、私のお願いをきいてくれた。今日みたいに片腕にのせるようにして私を抱え上げてくれたのだ。軽い気持ちで言ったお願いだったのに、私のテンションは上がっていた。人に見下ろされないって、すごく気持ちいい。視界が広くて、高くて、いつもの部屋が全然違って見えた。

子供が抱っこ好きなのは、これのせいかーっと、私は陛下の腕の上できゃあきゃあとはしゃぎまくった。その上、陛下には私を抱えたまま廊下を歩いてもらい、陛下目線で騎士達に話しかけたりなんかして、今思い返しても、あの時の私は異常にハイな状態だった。恥ずかしいくらいのはしゃぎっぷりだったから。

で、陛下は抱き上げると私が喜ぶと思っているわけ。まるで子供みたいだけど、実際、楽しいから嬉しい。ただ、今の季節は人肌が暑いのが難なのだけど。

「陛下、その服、暑いんじゃない？　すっごく汗かいてる」

「涼しい服などあるまい」

陛下は私の問いに淡々と答えながら、庭の通路を通り蔦草アーチへと向かう。陛下の返事は素っ気ないけど、不機嫌なわけじゃない。私が楽しめるようにゆっくり歩いてくれているから、これでもかなり機嫌がいいと思う。

「うわぁ、かわいいわね、この花。これがいっせいに咲いたらアーチがピンクになって綺麗だろうなぁ。咲くのが楽しみ」

私が喋るのに、陛下は無反応で表情に一切変化なし。でも、一応、私の言葉を聞いてはいる。い

つもそうだから。もう少し愛想よくてもいいと思うけど、王様というのは喜怒哀楽を表現するべきではないのだろう。

私は周囲の緑から、前を見ている陛下の横顔へと視線を移した。陛下は足を止め、なんだ？　と無言で私に目で問いかけてくる。柔らかな金髪、くっきりと高い鼻、金色の睫毛《まつげ》、明るい青い瞳。近くで見ると、とても整っていて彫像のようだ。

でも、他の人もそうだけど、ここの人達は肌が弱いのか乾燥肌な体質なのか皺が多い。だから、私には老けて見えてしまい、年齢判断が難しい。陛下も、少なくとも私と同年代には思えなくて、絶対に三十歳過ぎとか四十歳くらいだと思っていた。私には、若いのが王子様、歳をとっているのが王様、みたいな謎の認識もあったから、陛下の年齢なんて気にしたことがなかった。訊いたこともなかったし。ところが、いろいろ話を聞いているうちに、陛下がジェイナスと二十歳も離れていたら計算が合わないことに気づいてしまい、私は密かに驚愕しているところだったりする。

ジェイナスが十一歳で、陛下とは二十歳も離れてはいない。ということは、陛下は三十一歳よりは下。今、私は二十六歳だから、陛下とは最大でも四歳しか違わない。それどころか陛下は二十代という可能性もあるのだ。陛下って、そんなに若かったの？

王様の貫禄《かんろく》とかそういうのを抜きにしても、私とあまりに違いすぎ。とにかく、私がここで小さな子供扱いされるのは、そういう外見の認識差が大きいせいだろう。

「暑いなら、四阿に戻る？」

私は、陛下の首に回した腕にやや力を込め、耳に顔を寄せて言った。陛下の横顔が、いつもより少し疲れて見えたから。王様の仕事は毎日忙しいみたいで、陛下が老けて見えるのはそのせいじゃないかと思う。陛下が私のところにやってくるのは、忙しい執務の合間に休憩や気分転換をするため。だから、私は陛下の頭を悩ませるようなことは言わない。

陛下の父親である前の王様は、数年前に病気で亡くなったと聞いた。陛下が王位を継いだのは、たぶん私がこの王宮に来る二、三年前くらい。陛下も、国としても、ここ数年は大変な時期だったんじゃないだろうか。少し前には後宮で妃達の騒動が発生して、有力貴族家達の権力争いが激化していたし。

騒動の最中の王宮は、とても緊迫して重苦しい空気でいっぱいだった。私は忘れられた妃だったおかげで後宮の隅っこにいたから、権力争いにはほとんど巻き込まれずに済んだけど。陛下はそれを収めるのにすごく苦労したんだと思う。後宮の騒動が落ち着いた頃、半年ぶりか一年ぶりくらいに会った時、陛下が変わりすぎててすっごく驚いたから。それより前は、私は陛下のおもちゃのような扱いだったのに、普通に感情を持つ人間扱いされるようになった、みたいな。ほんとに激変で、そりゃ驚くでしょ。

陛下に何があったのかはわからないけど、色々苦労して懲《こ》りたのかも。前も今も陛下は基本的に無表情だし、口数も多くなくて不愛想だから、それほど変わっては見えない。でも、前は苛々していることの方が多かったように思うし、短気で偉そうだったのに、今はどちらかというと余裕な態度で、偉そうな王様って感じることが多い。どっちにしても偉そうなことには変わりないけど。

私が前を見ている陛下を眺めていると、

「戻りたいのか？」

陛下は私にちらりと目を流して足を止めた。無表情のまま口にしたぶつ切りの言葉には愛想の欠片もなく、不機嫌なようにも聞こえる。でも、どこか迫力に欠けていて、すごく疲れてそう。王宮内の雰囲気は落ち着いているけど、政務が陛下の頭を悩ませない日はないのだ。

「いいえ」

私が否定して前を向くと、陛下はまたゆっくりと歩きはじめた。たいして会話もせず、緑に囲まれ、風が木を揺らす音や鳥の声を聞いたりしながら、のんびりとした時間を過ごす。こういう時の陛下は、緊張を緩め、気を抜いているように見えて、なんだかかわいく感じる。見た目にかわいいところなんて全くないんだけど、私に気を許してくれているようでちょっと嬉しい。何というか、警戒心丸出しだった野生の動物がそうした態度だと嬉しいのと同じで……って、ちょっと違うかな。

庭園を一回りして四阿に戻れば、女官達がお茶を用意してくれていた。どうやっているのか、ほんのり甘く冷たく感じるそれはとても美味しい。

それを飲み干し、陛下は王宮の執務室へと戻っていった。

「ナファフィステア妃、そろそろお戻りになりませんと」

陛下を見送りゆっくりしているところに、侍女のリリアが声をかけてきた。部屋へ戻って昼寝して、今夜王宮で開かれるパーティーに出るための準備をしなければならないのだ。

私は腰を上げた。

二十一世紀の日本から、いきなりこの古い時代のヨーロッパみたいな世界にやってきた。そうして二年と少しの時が流れ、現在二十六歳になる日本人女子の私。そろそろ結婚とか将来のこととかを真剣に考えないとなっていうお年頃である。知らない世界でお妃としてのんびり暮らしているけど、さて、どうしよう。

「じゃ、戻りましょうか」

「はい」

私はリリアやボルグ達とともに王宮奥の自室へと戻った。

三．苛々な祝賀パーティー

私は王宮で開かれる祝賀パーティーに出席するための仕度をしていた。

昼、国王より国境線での攻防において活躍した功労者へ褒賞が与えられ、夜にはその功労者達を王宮へ招いて祝賀会が催されるのだ。

半年ほど前、後宮の妃達が起こした騒動が発端でゴチャゴチャしていた頃、国境付近では周辺諸国がちょっかいを出してきていたらしい。王が代わって国内情勢が安定していないところを狙われたのだ。しかし、国境線を守る騎士達が踏ん張り、大きな戦争になることなく各国は手を引いたという。

外国から危機が押し寄せていたとは、まるで知らなかった。てっきりこの世界は戦なんてない平和なところだとばかり思っていた。けれど、騎士達がたくさんいるのは、常に戦争できる状態を維持するため。剣は飾りで持ってるわけではないのだ。

平和をありがとう、国境線の騎士様方！

というわけで、私は美しく着飾り祝賀会で彼等をもてなす仕事（妃業）をしなければならない。妃は私一人だからまわってきた仕事だけど、これでも私なりに頑張っている。元妃達のような美しさや華やかさに欠けることは重々承知しているので、他の点でカバーすべく仕度にはしっかり時間をかける。

なので、祝賀会へ向けて風呂に入って全身にクリームを塗りこまれ、と、私は自身に磨きをかけているのだけれど、夜を前に力尽きかけていた。こういう大きなイベントの時は、いつも以上に念入りにするため時間がかかってしまって大変なのだ。

そんなに時間かけても、たいして変わらないって。だからいつもと同じでいいじゃない？　と言いたいのは山々だけど、私は侍女や女官達の指示に黙って従う。それなりの人でも、しっかり磨き上げパーティー仕様にグレードアップさせなければならない。それが王宮勤めの女官達の腕の見せ所でありプライドなのだ。

そんな時間のかかる準備の中でも、私的に、どうしても外せないことがある。それは体毛剃《そ》りだった。面倒だから見えるところだけだけれど、これだけは絶対に譲れない。

ここの人達は腕や足の毛がふさふさしていても全く気にしないし、剃るという考えもない。しかし、だからといって私も同じようには、できなかった。

なぜか？　それはもちろん、私だと目立つから。

ここの人達は金髪だから体毛も金髪で、多少ふさふさしていても、太陽の光にきらりと反射していようともそれほど違和感がない。

でも、私の場合は毛が黒いので、目立ち方が半端じゃない。この世界で私だけという黒髪が目を引くように、黒い体毛も非常に注意を引いてしまうのである。

妃業をする前、警護の騎士に差し出した手の甲をまじまじと見られたことがあった。眉や睫毛を黒いと驚いて見られる分にはまだよかったんだけど。なんというか、腕とか手の体毛や毛穴をじっと見られるのは、恥ずかしさが半端じゃない。女子的にとても情けなくて、走って逃げたいくらいだった。気持ちの問題だと思うけど、これだけは開き直れそうにない。

そんなことがあったから、王宮のイベントに参加する時には自分で念入りに処理していたら、すぐに女官達が対処してくれるようになった。

王宮の女官はとっても優秀で、化粧品の開発を非常に得意とする女官がいるのだ。彼女は私の肌に合わせた化粧品を調合してくれるのだけど、研究熱心で日々進化しつつある。今は体毛を剃るのではなく、剝がすタイプの脱毛品を試作中らしい。時々、彼女の腕が見るに堪えないほど痛々しくなっているので、自分で試すにしても身体が痛まないようにねと伝えているんだけど、聞き届けてもらえてない。本当に研究熱心で、ね。そのうち脱毛じゃなくて、脱色できないか提案してみようかと思うけど、薬品の調合具合とかで彼女がまた傷を増やしそうで言い出せないでいる。

何時間もの時間を費やした末、パーティー用の私が完成した。王宮のイベントというものは、それ自体よりも事前準備が大変なのだと、しみじみ痛感する。

大変な時間を乗り越え、ようやく祝賀会の時間が近づいてきた。こうなれば、あとは私が笑顔を振りまけばいいので、終わりは見えたようなもの。私の登場が告げられ、いつものように視線を浴びながら私は会場である広間の階段を下りる。注目されるのにも慣れたから、百人程度の視線集中もなんてことはない。

階段の下で陛下が私が下りてくるのを待っている。豪華な衣装をまとった陛下は威厳たっぷりで、庭を歩いていた時の様子とは違い、さすが王様って感じだ。私は陛下の手に手をのせた。陛下が引くのに任せて、隣を並んで歩きだす。

「どうした、ナファフィステア?」

「何が?」

歩きながら青い瞳が私を見下ろし、尋ねてきた。

「今、笑ったであろう」

「何でもないわ」

私は陛下に答えた。けれど、私が何も答えなかったことが不満だったのか、陛下は不機嫌になってしまった。陛下の表情は変わりなくて、ついっと私から視線を外した時の様子とか、私が手をかけている陛下の腕や歩調とかから、私がそう感じただけだけど、たぶん間違ってはいない。そう察することができるくらいには、陛下と過ごしているのだ。

本当に何もないんだけれど、今日の私は少し浮かれている気がする。妃業も板についてきたし、順調だし、夏だからかな。

私は陛下の隣で顔を引き締めて笑顔を作った。陛下はなお不機嫌だったけど放っておいて、さあ、真面目にお仕事(妃業)しよう。

祝賀会では、今回の功労者達の紹介を受けた。陛下に手を引かれ、私は彼等に向かって笑みを浮かべる。

彼等は腰を折って私の手を取り、丁寧に挨拶してくれた。みな背が高くてごっつい体格だ。国境を護った騎士達なのだから当然だけど、本当に屈強な男達という感じ。貴族男性達も大きいと思ってたけど、全く比較にならない。囲まれると分厚くて高い壁が並び、超重量級感に圧倒される。

その彼等は、興味津々でまじまじと私を見下ろしてきた。黒毛黒瞳な子供ほどの背丈しかない妃が珍しいのだろう。失礼にあたると思いながらも、じろじろと見るのをやめられないらしい。

はいはい、どうぞ。髪だけじゃなく、眉も睫毛も黒いでしょ？　どうよ。じっくり見てもいいよ？　って感じで、私はにっこり笑顔で前髪をかき上げてみたりした。実はこういう反応の方が見せがいがあるし、貴重さアピールの実感があってにんまりしてしまう。

珍しいといっても何度も見れば驚きはしなくなるので、最近ではこうした顕著な反応を見ることはない。王宮の催しへの出席者は、多くが身分の高い貴族や側近達などのため毎回似たような面子《メンツ》になる。だから、今では驚くよりも侮蔑《ぶべつ》のこもった目で見る人達ばかりで、全然反応が面白くないのだ。

そんな状態だから、こんな風に驚かれるととても新鮮で、私にまで興奮が移ってしまう。ほら見て、珍しいでしょ、黒い髪は全部本物よ。この艶々《つやつや》な黒髪をどうぞご覧あれ！　重量級の筋肉壁に囲まれる中で、私は女官達が仕上げた綺麗な髪を自慢しつつ笑顔を振りまいた。

功労者達の挨拶が一通り終わり、ほっと一息ついていると、陛下と私の前に一組の男女がやってきた。

「お目にかかれて光栄です、国王陛下。王族家ホルザーロスのセブリックと申します、ナファフィステア妃」

男の方は、でっぷりと緩んだ体型の中年貴族男性で、私の手に口づける時の顔がニヤリと歪んでいやらしく見えた。王族家というのは王族が建てた家に与えられた呼び名で、最近だとジェイナスのハイドヴァン家がそれにあたる。しかし、王族の血を引く者はすぐに絶えてしまい、本当に王家と血の繋りのある家はほぼ皆無という。ホルザーロス卿の家も王家とはすでに血のつながりはない。また、王族家は特別な貴族位というわけではなく単に家の由来を表しているだけで、貴族位の格とは別である。とはいえ、家誕生に際して得た権益により羽振りがよい家が多く、彼もそうなのだろう。高慢でギラギラギトギトした印象の人物だった。

「ガウ国王女、マレリーニャでございます」

ホルザーロス卿の連れの女性は、ガウ国の王女マレリーニャと名乗った。そんな人達から私がどう見られるかは、誰にでもわかるというもの。二人は陛下に丁重な挨拶を述べ、私に対しては型通りの言葉は口にしたものの、私の頭上にさっと視線を流して終了した。私は見る価値もないらしい。

王女は熱のこもった笑みを浮かべて、陛下に話しかけた。

「お久しぶりですわ、国王陛下」

「ガウ国王女であったか」

陛下は彼女が王女だとは知らなかったらしい。考えてみれば、他国の王女が出席するのに、外国要人が来訪した時のような警護態勢が敷かれていないのはおかしい。つまり、この王女は予定外に出席したということになるのだけれど、他国の王女が？　そんな扱いを受けるもの？

「はい。陛下には王女として以前にも一度お目にかかっておりますが、この前お会いした時に、陛下が覚えていらっしゃらないようでしたので、名乗りませんでしたの」

私の頭上で、陛下と王女の間で意味深な視線と言葉が交わされる。陛下は彼女と面識があり、たぶん陛下は王女と知らないで関係を持ったことがあるのだろう。彼女の艶めいた笑みには、そういう雰囲気が溢れていた。この国の女性より派手めな顔立ちの王女は、自身の肉感的な身体を見せつけるかのように身をくねらせた。私の目の前でたぷんと揺れる大きな胸が素晴らしい。

「そうであったか」

そんな王女を前に、陛下の反応は鈍《にぶ》い。というか、表情を消している。いつもの夜会ならもう少し気を緩めているのに、今の陛下の無表情には隙がない。王女が相手だと外交も絡むから、油断なし仕事モードになっているのだろうか。隣で陛下がそんなだと、私も空気を崩せなくて困るんだけど。

「この国での十六歳を迎えましたので、陛下に改めてご挨拶をと、ホルザーロス卿に連れてきていただきました。早く陛下にお会いしたくて」

十六歳⁉　この王女様って、まだ十六歳なの？　私は思わず瞬きを繰り返してしまった。この妖《よう》艶《えん》さで十六歳だなんて、とても信じられない。でも、だから陛下のお手付きになったのかも、と妙なところで納得もした。陛下、ロリコンみたいだから、子供で妖艶ならなおよしなのだろう。

その美人な外国の若き王女が、なぜこの国の貴族男性に伴われて王宮のパーティーに現れたのだろう。ホルザーロス卿の伴い方だと、恋人関係にあるように見える。彼女が十六歳なら親子ほども年齢が違うのに、二人はどこか親密な関係を匂わせるのだ。王女の腕や腰に触れる卿の手、二人の距離が、性的な馴《な》れ馴れしさを感じさせた。

そして、ホルザーロス卿の私を見る目。絶対、この人は子供が好きなのだと思う。変な意味で。今何を考えてるのか知らないけど、その卿のギラギラした目が私に張り付いてきて、気持ちが悪い。

私はもちろん視線をそらした。でも、卿のねっとりと這《は》うような視線は一向に離れず、しつこく私に絡みついてきて卿から意識がそらせない。私が落ち着かなく上の空でいる間に、陛下は王女と踊ることになっていた。

王女から非難するような目を向けられ、私は慌てて陛下の腕から手を離す。すると、ホルザーロス卿が言った。

「ナファフィステア妃、一人寂しい私のお相手をしていただけませんか？」

冗談じゃない。こんな変質者みたいな目をした男性と踊るなんて、ゾッとする。断固断らなければ。と私が口を開くより先に、陛下が卿に返していた。

「ナファフィステアは疲れておるゆえ、そなたの相手はできぬ」

陛下、断るの早っ。自分はむっちり美女を手にしておきながら、卿には妃は貸さないとすっぱり切り捨てとは、社交儀礼的に問題ありでしょ。もちろん、断ってくれたことには大感謝だけど。

でも、陛下と王女が踊っている数分の間、ホルザーロス卿の相手をしなければならないのかと思うと気が重い。踊ることに比べればマシだと自分を慰めていると、

「ナファフィステア、そなたはもう部屋へ下がるがよい」

陛下が私を見下ろして言った。隙のない無表情だし、何の感情もこもってなさそうな声だったので、邪魔だから引っ込めという風にも聞こえた。実際、王女はそう取ったのだろう。憫笑《びんしょう》を浮かべて私を見下していたから。

「はい」

私は、陛下の言葉に従い、すぐに祝賀会会場を後にした。卿の相手をしなくていいなら、それにこしたことはない。今日の主役達への挨拶は済ませているので、もう私のパーティーでの役割は終了している。だから、いつ退出しても問題はない。陛下の言葉は私にとって都合がいいはずなのに、私は陛下に腹が立った。そんな言い方しなくてもいいでしょ、と。

私はやや乱暴な足取りで夜の回廊を王宮奥へ向けて歩いた。本宮のパーティー会場である広間から王宮奥までは距離があり、歩いている間にだんだん私の頭も冷えていく。

陛下があの王女と関係したというのは、面白くはない。陛下は黒髪の私が気に入っていて、だから子供にしか見えない私を妃にしたのだと思っていた。私は陛下がロリコンと思いつつ、黒髪の私限定ロリコンだと、なぜか思っていたのだ。でも、そうじゃなく、陛下は本当にロリコンだったらしい。

彼女は十六歳になったから陛下に会いにきたと言った。十六歳であれば妃になれる。彼女が妃になれば、また後宮が開かれるに違いない。それとも、私が王宮から去るのだろうか。

妃はなってしまえば終生妃というわけではなく、以前いた七人の妃達が実家へ戻されたり下賜されたように、王の妃は数年で入れ替わる。だいたい二十歳すぎくらいまでで。私が残っているのは、たまたまなのだ。隣国からの貢物だから最後になったのかもしれない。私は表向き十九歳だけど、もう二十歳を過ぎていることはセグジュ先生に聞いて陛下も知っている。だから、次に王宮を去る妃は、私。

妃業として働いたお金は積み立てて老後に支給してくれるよう陛下にお願いしてたはずだけど、覚えているだろうか。年金まで待てそうにないから、失職時に支給してもらいたいし、後でユーロウスに確認しておかなくては。

私は先導する王宮女官の後に従い、自室へと戻った。

◇　◇　◇　◇　◇　◇

アルフレドはナファフィステアが会場を出るのを見送った後、音楽が流れ男女が踊る中にマレリーニャを連れ列に加わった。

マレリーニャがカルダン・ガウ国王女であるとは、一カ月ほど前に届いたホルザーロスからの手紙で知った。二年近く前、妃となるために来訪したにもかかわらず、身体を壊したことを理由に強固に帰国を主張し、慰めにとナファフィステアを差し出した、あの王女である。

アルフレドが彼女を王女と知らなかったかのような態度をとったのは、王女として招待してはいないと示すためだった。手紙の記載を鵜呑《うの》みにすることはできず、ホルザーロスの屋敷に滞在している女性が本当にカルダン・ガウ国の王女かどうか調べさせているが、まだ確認がとれていない。ホルザーロスにも王宮からの指示を待つよう伝えていたが、彼は王宮のパーティーに王女を連れてきた。身体を癒し十六となった王女は、約束通りアルフレドの妃となることを望んでおり、少しでも早く王に会いたいと本人の強い要望があったためだという。

本物の王女マレリーニャであれば、アルフレドは彼女と過去に二度会っていることになる。

一度目は二年近く前のカルダン・ガウ国の使者としてだが、その時は薄いベールを被っており、体調を崩していたため言葉をほぼ交わすことなく、時間的にも非常に短い面会だった。そのため王女の容姿や声について、アルフレドの記憶には全く残っていない。

二度目は数カ月前、アルフレドがホルザーロスの屋敷を訪れ、数日間滞在した時だった。ちょうどナファフィステアを遠ざけていた頃であり、アルフレドが己の性衝動に自信を取り戻していた時期である。この頃は、滞在した先で供された女には気が向けば欲望を吐き出し、向かなければ放置と、手を付けた女は多い。アルフレドは、マレリーニャがホルザーロスの屋敷で供された娘であるとわかる程度には見覚えがあったが、それだけだった。

ホルザーロスが最近になってアルフレドが抱いた娘がカルダン・ガウ国の王女であると知らせてきたのは、彼女が回復したためというより、妃達がいなくなった王宮に王妃候補となる妃として送り込むためだろう。以前の有力な後ろ盾を持った妃達がいなくなった今、妃は王女が慰めにと差し出したナファフィステア一人。ホルザーロスはこの機会を待っていたに違いない。

アルフレドは、ナファフィステアを王妃にした後であれば他の妃を入れてもよい、と側近達に伝えていた。

王家に血が近いほど生まれる子が少ないため、この国では王と次期王位継承者のみが一夫一婦制に縛られない。血脈を途絶えさせてはならないという義務のもと、何人でも妃を娶《めと》り、子をもうけなければならないのだ。

アルフレドもその義務の重さを実感している。アルフレド自身、王太子時代から十年ほどの間で十数人の妃を持ったが、子を孕《はら》んだ妃は一人もいなかった。父王をはじめ数代前に遡《さかのぼ》ってみても、妃の人数に応じて生まれる子が増えるわけではないとわかっている。それどころか、妃の人数を維持しても、妊娠する妃の数が徐々に減っているという状況ですらあった。アルフレドの場合は、妊娠した妃がいないだけでなく、性欲さえ薄れていく一方であり、ナファフィステアに出会わなければどうなっていたかと考えると、恐ろしいほどである。

妊娠・出産が妃の人数に比例しないのならば、いっそ妃は一人でもよいのではないか。一人であれば争いが生じることもなく、後宮の醜聞を繰り返すこともない。一夫一婦制を施行して以降、国の人口は安定して増加していることを踏まえれば、何人もの娘に煩わされるよりも気に入った娘にこだわる方が確率が増すのではないのか。そうした考えから、アルフレドは後宮を閉じさせた。

しかし、後宮の醜聞が落ち着くまではと声を潜めているが、皆、過去の王がそうだったように、王が何人もの美しい妃を侍《はべ》らせ、王宮が華やぐことを望んでいる。その華やぎが妃達の醜《みにく》い争いと表裏一体だとわかっているにもかかわらず、王に妃をという声は今後も上がり続けるに違いない。国民には一夫一婦制が定着しているが、王がそうすることは不安を抱かせるのだという。妃を一人とする変革は、急すぎて受け入れられないのだ。

王の独断でことを進められないわけではなかったが、そうした場合、側近達が反発し、執政に深刻な影響を与えかねない。そのため、アルフレドはナファフィステアを王妃とした後ならばと譲歩することにしたのである。

ところが、ホルザーロスからの知らせが届き、宰相はアルフレドの譲歩にも難色を示しはじめた。王族とは絶対的な存在であり、どんな有力貴族家の娘でも血筋においては全く比較にならない。後宮や王位継承の問題に貴族家に口を挟ませないためにも、カルダン・ガウ国王女を王妃とするべきである、というのだ。王女が王妃となれば後宮の平穏は保たれ、王の権威も安泰であると。宰相は、ナファフィステアが、後ろ盾も地位も何一つ持たないことが気に入らないのだ。

他の側近達はナファフィステアが王妃になることにそれほど異を唱えてはいない。貴族達の間での妃ナファフィステアに対する評判は相変わらずだが、近頃は、王都を中心に庶民の間でナファフィステアの名がよい意味で広く知れ渡るようになってきたためである。

きっかけは、ある一冊の本の出版だった。遠く故国を離れてやってきた小さな姫君が、王妃の座をめぐる争いに巻き込まれ、他の妃を毒殺しようとしていたとあらぬ疑いをかけられた。後ろ盾を持たない異国の姫君が心細く過ごしているところを王が支え、ロマンスが芽生えた、という内容の話である。

ただの作り話でおとぎ話にすぎないのだが、少し前の後宮での事件やかかわった貴族家の末路、そして、王とただ一人残った妃という王宮の現状そのままのハッピーエンドが、人々に王と妃の実話なのだと錯覚させた。腐敗した後宮を切った賢明な王、そして王の寵愛する小さな黒髪の妃ナファフィステアの話は、それまでの王宮の暗い話題に飽きていた人々には新鮮だったのだろう。またたく間に王都中に広まり、人々の話題をさらった。

現在もその話題が収まる気配はなく、驚異的な速さでナファフィステアの庶民への人気と知名度が拡散しているのである。以前、ナファフィステアが黒髪のまま王都を散策した時にその姿を目撃した者は多く、子供のように菓子を買っていた逸話などは、非常に親しみを持って語られた。変装した王と黒の姫君が庶民の恋人達のように街を仲睦《なかむつ》まじく歩いていたと、現実にはない目撃談もまことしやかに囁《ささや》かれている。人々は王と黒髪の妃の熱愛を歓迎したのだ。

ここまで人気が急上昇すると思っていなかった側近達は、この後どうなるかと様子を窺っている状況であった。急に上がった人気は、噂一つで急落する可能性がある。しかし、このまま庶民への人気が安定すれば、王や王家への印象も回復する。側近達のほとんどはナファフィステアを王妃に据えることに反対はしないだろう。それほど、ナファフィステアに対する庶民の声が強いのである。

それに加え、今は妃に強い後ろ盾が必要な状況ではなかった。前妃達の騒動で王を煩わせる者達は勢力を大きく縮小し、王家の威光はより強くなっている。強い後ろ盾のある妃は、むしろ邪魔になりかねない。

そして、以前王女の輿入《こしい》れのために奔走した側近や外交官達は、王女に対し懐疑的である。王女が満足に話し合う機会も設けず帰国を強行し、体面を潰されたためだ。

その後のカルダン・ガウ国との交渉に利用したとはいえ、彼等がその憤りを忘れ、何もなかったように王女を王妃として迎えるのは難しい。あれほど帰国を強行したというのに、この二年近くの間、王女はカルダン・ガウ国に帰らずホルザーロスのもとで過ごしていたと知ればなおさらである。

王女は帰国の途中で事故に遭い、たまたま通りかかったホルザーロスと知り合い領地で傷を癒していたというが、ホルザーロスは少女好きとして知られている。その男の下で二年も過ごしているという事実は、側近達に眉をひそめさせた。ホルザーロスが利用するために王女を事故に遭わせたのか、王女が卿に溺れたのかなど様々な憶測を呼ぶのも無理はない。

王女という肩書きさえあれば他の懸念は握り潰せると考えている宰相に対し、それに賛同しない側近達は多かった。また、いまだ内情が落ち着かないカルダン・ガウ国との結びつきには、旨《うま》みが少ないという点も大きい。

ホルザーロスが連れてきたマレリーニャをカルダン・ガウ国王女という身分を伏せたまま下宮へ滞在させるよう指示したのが昨日のこと。

そうして今夜、アルフレドはマレリーニャを前にナファフィステアがどう反応するかと注意深く様子を窺っていた。宰相や他の者達もナファフィステアを注視していた。

しかし、彼女は別段変わった様子は見せなかった。王女マレリーニャに対して、直前に紹介された今回の功労者達と同じ対応を示しただけだった。

マレリーニャは年若いが、色気を含んだ表情をして見せた。意味ありげなマレリーニャの言葉に、ナファフィステアは何も感じなかったのかと、アルフレドは落胆した。彼女がアルフレドの予想を裏切るのはいつものことなのだが。

近くにいた功労者の騎士数名にも会話が聞こえたのだろう。表情を曇らせ、目をそらした。彼等はマレリーニャの表情と言葉の意味を正確に把握したようだった。

ナファフィステアは他の誰かを紹介された時と少しも変わらず、すました笑みを浮かべマレリーニャとホルザーロスへ礼儀正しく挨拶を返した。そんな彼女の様子を見ていた者達は、彼女が何も知らないことを憐《あわ》れんでいたかもしれない。ただ一人の妃として王の寵愛を独り占めしているが、王女が妃となれば寵を失うことになるだろうと。

ナファフィステアはマレリーニャよりも、むしろホルザーロスに反応した。ホルザーロスと向き合った時、彼女がほんのわずかだが後ろへと下がったのだ。少女好きの男である。その何かが彼女を怯《おび》えさせたのかもしれなかった。

アルフレドはこの男の視線にナファフィステアを晒すべきではないと判断し、早々に彼女を退出させた。ダンスを覚えた彼女は踊るのが好きで、今回も踊るのを楽しみにしていたのだろう。広間から去る彼女の後ろ姿が、気を落としているようだった。

マレリーニャと踊り何人かと言葉を交わした後、アルフレドは自室に引き上げた。祝賀会用の衣装を脱ぎながら、少し前に見たナファフィステアの様子を思い返す。

彼女が王とマレリーニャの関係に気づいたかはわからないが、マレリーニャに何の反応もしなかったのは間違いない。彼女はマレリーニャが自分をアルフレドに差し出したカルダン・ガウ国の王女であることに全く気づかなかったのだ。王女がナファフィステアを王宮まで連れてきたのだが、彼女は王女と会う機会がなかったのだろう。

かの国の言い分はさておき、彼女はかの国の言葉もこの国の言葉も知らなかった。ナファフィステアが望んで王女達とともにいたわけではなく、捕らわれていた可能性が高い。彼女はその時のことをほとんど語らないが、言葉もわからない国に一人置き去りにした彼等に対し、王女に対し、何《なに》某《がし》かの思いはあるはずである。アルフレドはそれを知りたかったのだが。

ナファフィステアは何の感情も示さなかった。彼等への怒りはないのか、王女を抱いた王への憤りは？　王女への嫉妬は？　アルフレドが予想した様々な感情が示されることはなく、彼女にあったのはホルザーロスへの怯えだけだった。

ナファフィステアがアルフレドの過去の所業を流し、今では気を許していることを考えれば、王女やカルダン・ガウ国に怒りを示さなくともおかしくはないのかもしれないが、アルフレドにはナファフィステアの態度が理解できなかった。彼女は深く考えていないように見えるが、馬鹿ではない。マレリーニャが妃になる可能性に気づいたはずである。それに対して、何も思わないのか。

貴族の娘が彼女に妃として後宮に入ると宣言した時、あなたの顔も名前も覚えられないと返した頃と、何も変わってはいないらしい。彼女は唯一の妃であることに何の関心もなく、妃という地位にも、過去の怒りにも、執着はないのだ。

ナファフィステアは妃として過ごす毎日に満足しているように見えた。能天気で平和そうに笑ったり拗《す》ねたりしながらアルフレドの求めにも応じ、女官達、事務官吏や騎士達とも上手くやっている。しかし、アルフレドは不満だった。彼女の何が不満なのかを、アルフレドは突き詰めずにいたのだが、彼女が弟ジェイナスのもとに愚痴を言うため王宮を出た時にはっきりした。

ナファフィステアが望んでここにいるのではないと、アルフレドは知っているのだ。王宮の暮らしも、妃の地位も、彼女にとって『暮らしに困らない』程度の意味でしかない。カルダン・ガウ国の王女がアルフレドに彼女を差し出した時、言葉もわからない彼女はここで暮らすしかなかった。後宮から出ることを許されず、他で暮らすという選択肢がなかった。彼女には選ぶ余地がなかったのだ。

後宮を閉じ、妃をナファフィステアだけとしたのは、結局のところ、彼女しか欲しくなかったからであり、彼女を護りたかったからであり、彼女を安心させ、あわよくば喜ばせたかったからである。確かに、彼女の身を護れたことは自尊心を満足させた。彼女を貧相な生活から妃として当然の生活を与えることで、満足感は得られた。しかし、彼女は何も変わらない。それが、これほど不安な要素となるとはアルフレド白身、思ってもみなかった。

ただ一人の王の寵妃となったことで彼女が高慢になってしまうのではと危惧していただけに、変わらず以前のままであることに喜んでいたが。アルフレドに妃になりたくないと言ったことのある彼女である。望まない地位に喜べはしないだろう。それでも今の暮らしを続けていれば、彼女のおかれた立場がどれほど素晴らしいものかを理解するに違いないと考えていた。いずれアルフレドに感謝するはずだと高を括《くく》っていた。

しかし、いつまで経ってもアルフレドの望むようにはならなかった。

彼女はなぜ王宮の暮らしに満足しないのか。なぜ妃であることを望まないのか。貴族娘達がこぞって憧れる暮らしであり、地位である。妃だからこそ今の贅沢な生活が送れていると理解していながら、なぜそれには執着しないのか。アルフレドには彼女が何を望んでいるのかがまるでわからない。何を与えれば彼女は満足するのか。

彼女が逃げるかもしれないという危惧は、今のところ彼女の周囲に騎士を配し、警護という名の包囲網を強化することで収まっているが、彼女をどこかに閉じ込めてしまいたい衝動にかられもする。しかし、その衝動の果てが、彼女の好意も信頼も全て失うことである以上、実行に移すわけにはいかなかった。彼女の身体だけ、器だけが欲しいのではない。笑う彼女も、喘《あえ》ぐ彼女も、不機嫌な彼女も、アルフレドを苛立たせる彼女をも含め、彼女の全てが欲しいのだ。

アルフレドは彼女のそばに付いている女官や事務官吏達に探らせた。

多くの女官がナファフィステアについて欲の少ない方だと言った。妃付き侍女だけは、別の言い方をした。ナファフィステア妃は執着するものがないようだ、と。

美味しいものを差し出せば喜んで食べるけれど、わざわざあれを食べたいとは言わない。美しい髪飾りを身に着け喜びはしても、それを女官が出して見せなければあることすら知らない。自分のものだと思っていないのではないか。ここを自分の部屋だと思っていないのではないか。ナファフィステアが自分のものだと認識しているのは、以前陛下にもらった宝飾品とドレスだけのようだ、と侍女は語った。

彼女が自分のものと認識しているらしい宝飾品は小袋に入れてベッドの下に隠しており、いつでも持ち出せるようにしてあるのだという。

以前、アルフレドが彼女に褒美を与えるなら宝石より金の方がよいかと問うた時、彼女は宝石の方がいいと答えた。同じ価値分なら宝石の方が軽く、自分でも持ち運べるから、というのがその理由だった。

いつでも持ち出せるように、それは、いつでも出ていけるように準備しているということだ。アルフレドの危惧は正しかったのである。しかし、わかったのはそこまでで、誰に尋ねても彼女の真の望みを言い当てることはできなかった。

仕方なく、アルフレドが直接訊くことにした。欲しいものはないのかと尋ねると、何をどう捉えたのかわからないが、彼女は腕の上に抱き上げてほしいと答えた。彼女は異国の娘であるため、言葉の捉え方が異なるのだろう。

アルフレドは仕方なく彼女を腕に抱き上げてやった。子供のように軽く華奢《きゃしゃ》な身体であり、そうすることは造作もないことだった。彼女はとても喜んでいたが、アルフレドには不満だった。アルフレドには彼女の欲しいもの、望むものを与えることはできないと暗に告げられたように感じたからである。

彼女の望むものがわからないまま、アルフレドには常に彼女が逃げるのではないかという疑念がつきまとった。能天気に笑う彼女の顔を見れば、その疑念は小さくなる。だが、決して消えることはない。

何故、彼女はここにいることを望まないのか。彼女はすでにこの王宮で二年もの年月を過ごしている。この国の言葉も覚え、日々を楽しそうに過ごしている。妃業の働きに見合う金を受け取り、それを貯めて将来歳をとった時に使うという長期的計画を口にしてもいた。

しかし、彼女はベッドの下に宝石を入れた小袋の存在を忘れない。定期的に袋の中を確認し、出ていくための準備を怠《おこた》らないのだ。

ここ以外に行きたい場所があるとでもいうのか。

そうした不安を消すように、アルフレドはナファフィステアの部屋を訪れた。彼女が本気で抗《あらが》うことはない。拒まれないことに安堵し、安寧を求めるがゆえに何度でも己の名を呼ばせ求めさせた。

そんな翌日は、彼女はいつも不貞腐《ふてくさ》れる。小さな彼女がふくれっ面でじたばたと足を踏みならす様は子猫が遊んでくれと訴えているようにしか見えないのだが、彼女にその自覚はないらしい。

困ったことに、そういう風に素直に感情をぶつけてくる彼女が特に気に入っていた。「アルフレドがしつこいからでしょっ」などと拗ねて小さく漏らす言葉がアルフレドの顔を緩ませるのだ。言葉の端々に、その態度に彼女の甘えが滲む。こうした時は、彼女への危惧を忘れていられた。

そのため、行為はエスカレートしすぎることが多く、彼女が壊れないよう気をつけてはいるのだが、女官達からの苦情は後を絶たない。また苦情を受けることになるだろうと思いつつ、アルフレドはナファフィステアの部屋へ足を向けたのだった。

◇　◇　◇　◇　◇　◇

祝賀会から部屋に戻った私は、リリアに手伝ってもらいながらドレスを脱いだ。そして、夜着に着替える。窮屈だった身体が解放され、緊張が解けていく。ほっと息をつくと、リリアが声をかけてきた。

「お疲れのご様子ですね。眠りやすくなる飲み物をお持ちいたしましょうか？」

顔を上げると、リリアが顔を曇らせていた。私は着替えだけでなく髪も梳《と》きほぐされ、すっかり夜の準備を終えており、思ったより長くぼんやりしていたらしい。

私は首を振ったものの、思いなおして寝つきやすいものを頼んだ。今夜はとにかく何も考えず、すっぱり眠った方がいい。

私はリリアに温かいお茶を出してもらった。ほんのり甘みのあるお茶をすすりながら再びぼうっとしていると、扉が開く音がしたので目を向ける。少し前に出ていったリリアが用事でもあって戻ったのかと思っていたけれど。

そこにいたのは陛下だった。

「え……」

祝賀会が終わるにはまだ早い。途中で抜けてきたのだろう。私に何か言いたいことがあるのかもしれない。けど、私は聞きたくなかった。面倒なことは明日にしたい。

「祝賀会はまだ終わってないんでしょう？　陛下は戻った方が」

私は陛下に戻るよう勧めるつもりで、でも、椅子に座っていた私を抱え上げた陛下に気を取られ、言葉は途切れた。陛下から香るほのかな花の匂いが、何かを私の頭に閃かせたのだ。

が、陛下にベッドに落とされ霧散する。

「待って……待って。今、ちょっと」

「なんだ？」

「今、ちょっと考え事をしてるところなのよっ。邪魔しないで。今、何か思いついて」

「後にせよ」

「後って、今じゃなきゃ忘れちゃうじゃない！」

「忘れるくらいなら、たいしたことではない」

えーっ！　たいしたことないのは陛下の方でしょ。どうして私を押し倒してるのよ。祝賀会に戻りなさいよっ。閃いたのは、何かすごく重大なことだった気がする。何か、すごく重大で重要で大事なことだったような。

思い出すために邪魔しないでほしいのに、陛下は私の夜着を脱がせることに手慣れすぎていた。私が陛下の手を阻止しようと必死に抵抗し頑張っても、何の障害にもなっていないのが無性に腹が立つ。

陛下に気が散らされ、必死でさっきの閃きを呼び戻そうとしてるのに欠片すらも戻ってこない。集中できない。でも、でも、絶対に重要な何かなのに。くっそう、陛下のせいで。

「陛下っ、さっさと祝賀会に戻りなさいよ。私は考え事があるって言ってるでしょ！」

私はすでに半裸だけど、陛下は自分の服を脱ぐため私の身体を離した。この時とばかりに私は逃げようとするも、陛下の膝が私の太腿《ふともも》にのせられただけで私は動けない。私を見下ろしながら、陛下は乱暴にボタンを外し、上衣を緩める。綺麗な衣装の立派な王様の姿が、着崩れ、髪も乱れているけれど、それは野性味を帯びた男の色気となり、見慣れているはずなのに私は思わず息をのんだ。

さすがは王様。だけど、この無駄な色気は、何。

いつもより寡黙で、どこか余裕のない急《せ》いた様子が、私を煽ってくる。普段の冷めた無表情ではなく、強い眼差しに険しさが滲んでいた。ロリコン陛下好みの妖艶な王女と踊ってたはずでしょ。なのに、どうしてそんな顔をしているのよ。何が不満なのよ。何を苛立っているのよ。邪魔されて苛々しているのは、私の方なのに。結局、私は口や耳、体中に執拗《しつよう》に這わされるどこか焦《じ》れた陛下の唇にほだされ、すぐに何も考えられなくなってしまったのだった。


翌朝、目覚めると、何というか、私の頭はすっきりクリアだった。もちろん、すっきりなのは頭だけで、身体は非常に怠い。陛下のせいで、もう本当に重くて怠くて嫌になるくらいだ。

しかし、身体が怠いのはしようがないと流せるくらい、私には今朝は素晴らしい目覚めだったのである。理由は、昨晩の閃きをするりと思い出したから。

それは、たまたま清々《すがすが》しい天気だったためで、断じて昨晩のしつこかった陛下のおかげなどではない……はず。

リリアが部屋のカーテンを開け、寝室が朝陽《あさひ》で満たされる。なんて気持ちのいい朝だろう。

爽やかにクリアな朝、私が閃いたのは、昨晩の妖艶な王女は、カルダン・ガウ国の王女であるということ。ガウ国王女と名乗ったので、昨晩はピンとこなかったけれど、カルダン・ガウ国はもともとカルダン国とガウ国という二国が合併してできた国なのだ。しょっちゅう分裂や内紛の騒ぎを起こしているようだけど。

「ナファフィステア妃、お目覚めでいらっしゃいますか？」

「うーん」

リリアの問いかけに、私は起きるとも起きないともわからない生返事を返した。そんな状態には慣れっこのリリアは、テキパキと朝の仕度を整えていく。

カルダン・ガウ国といえば、私を勝手に陛下に差し出した国だ。この世界に来た私を拾ったのが、陛下に会うために王宮へ向かっていたカルダン・ガウ国の使者団だったのである。

あの時、私には食事や綺麗な服が与えられたけど、彼等は私の言葉や訴えにはまるで耳を傾けず、逃げられないよう武器を持った兵士が私を見張っていた。私に自由なんてなくて、彼等と一緒にいたのは二週間ほどだったが、言葉がわからない上に状況がのみ込めない私には、精神的に一番きつかった時期かもしれない。

今思えば、彼等はこの国の人達とは服装や髪型が違っていた。みんな金髪で、色素の薄い瞳の色の西洋人な風貌だったけど、文化は違うのだろう。そして、私の世話をしていた女性達は、独特の香りを付けていた。二年も前のことなのに、私はその香りを思い出した。陛下から匂った花の香りはそれだったのだ。私を世話していた女性達と同じ香りではないだろうけど、この国の女性達からは感じたことはなかったから、カルダン・ガウ国特有の香料なのかもしれない。

祝賀会でそれに気がつかなかったのは、隣の陛下や目の前にいたロリコン変態男のせいだと思う。基本的に男性はまず体臭が濃いし、パーティーとなれば誰もが香りを付けているから。王女の香りがそれらに紛れてしまっても無理はない。

けれど、私の部屋に来た陛下からは彼女の香りが嗅ぎ取れた。ということは、陛下と王女はダンスをしただけでなく、とてもベタベタしまくったに違いない。すでに身体の関係があるなら、独身の王女相手でも遠慮する必要はなかっただろうから。

何となく、ムッとする。面白くない。せっかくいい朝を迎えたと思ったのに。

ふうっと一つ息を吐いて、ベッドから足を下ろした。下半身は怠いままだけど、私はふんっと力を入れて床に降り立つ。でも、動かそうとした足が重いのがイラっとする。

そして、顔盥《だらい》の方へと足を向けた。考え事をしていても怠くても、身体は朝の仕度のために動く。顔を洗えばさっぱりと目が開いた。さっと差し出されるタオルは今日もふわふわだ。

私は昼着に着替えるべくクローゼットの方へと向かう。この移動ごとに、重い足の怠さが昨晩を思い出させ、怒りは収まらない。

陛下と、王女と連れの気持ちの悪い貴族男。

あの王女は私を歯牙にもかけなかった。この国の女性達は私に見下したような目を向けるけれど、それは私の存在を無視していないということでもある。私が妃であるからというだけでなく、カルダン・ガウ国から差し出された時、私には異国の姫君という取って付けたような肩書が付けられたからだ。さすがに道に落ちていた普通の人では、国王に差し出せなかったのだろう。

カルダン・ガウ国は隣にあるけっこう大きな国だけど、もともと二つの国だったこともあり、内紛や政治的な揉め事が絶えない。二年前、そんな国から友好の使者として王女が王宮へやってきたのは、お互い穏便に交流しましょう（内部がごたごたしてるけど戦争なんかしかけてこないでね、こちらも控えるから）という意味があったのだ。

国を攻めるには絶好のチャンスなんだろうけど、陛下が王位を継いだ時にこの国だけは手を出してこなかった（その頃から内部がごちゃごちゃしてそれどころではなかっただけ）ので、手を出さないと約束を交わしたらしい。もちろん、そんな簡単な理由ではないだろうけど、表向きはそういうことで合意がなされている。

だから、私はどこかの国の姫君という怪しい肩書ながら、隣国との友好の証《あかし》であり、国内の貴族や妃候補の貴族娘達は完全に無視することができないのだ。私を蔑《さげす》んだり見下しても、私が『妃』であることは認めている。

ところが、王女は違った。はなから私を人として見ていないのだ。隣国の王の妃なのに、まるで無視するなんて普通ならあり得ない。それは、王女が私の肩書が全て嘘《うそ》っぱちであると知っているからだろう。私を拾って勝手な肩書を作り上げた国の王女なら、それも当然だ。

それにしても、以前の妃達といい、王女といい、陛下は女の趣味がほんとに悪いと思う。以前の妃達もとても性格がキツイ女性ばかりで、見下す視線の流し方も鏡を見て確認していそうな女性ばかりだった。

一見大人しそうに見えても、それは上の立場の人の前だけで、私にはふんっていう蔑んだ目をして見せるのは当然だったし、私へ汚水を被せるとか泥の落とし穴にはめるとかして、それを見て喜ぶ女性は何人もいた。妃に限らず、お付きの侍女達も同じで、やりたい放題。みな自分達はそうして当然と思っていて、そんな彼女等に女官達も盾突くことはない。貴族の家に生まれたというだけで、庶民とは全く異なる存在なのだ。

高貴な生まれで何不自由ない恵まれた境遇なら、慈愛に満ちた優しい女性が育つような気がするのだけれど、陛下にはそういう女性を見つけることができないらしい。確かに、前妃達も王女も美人だし魅力的な容姿をしているけれど、心根というか性格は大事だと思う。

陛下ももう少し女性を見る目を持たないと、妃が増えた時、また以前のような妃同士の争いが絶えない状態になるのは間違いないのに。性格がキツそうな女性が好みなのだろうか。

そんな陛下の選んだ女性の中に自分が入っていることを考えると、かなり複雑。カルダン・ガウ国から差し出されたから受け取っただけで、陛下が私を選んだわけではないけれど、陛下が私を気に入っているのは間違いない。私の黒髪がとてもお気に入りだし、陛下はロリコンのようだし。でも、前妃達に匹敵するほど性格がキツイとは思いたくない。陛下、次こそは心根の優しい女性を選んでこい！

「本日はこちらのドレスではいかがでしょう？　昨日は一日青い落ち着いたドレスになさいましたが、こちらは明るい色でスカート部分は軽やかな動きが出ますので、全く雰囲気が変わります。ご気分も変わられるのでは」

リリアは私が不機嫌なのをわかってくれている。そうそう、とても機嫌が悪いのよ。主に陛下のせいで。

「そうね。今日はそれにしようかな」

「はい。では、妃様、御髪《おぐし》を整えましょう。朝食には妃様が美味しいとおっしゃった果物がありますよ」

リリアって気が利くわ。さすが王宮だけあって、食事はどれもすばらしく美味しい。さっさと着替えて朝食にありつこう。その着替えにけっこうな時間がかかるのだけれど。

私はまたもたもたと歩いてドレッサーの前に腰を下ろした。そして、髪結いの女官に後を任せる。頭にブラシをあててもらいながら、気分を切り替えた。

さてと、真剣にこれからの身の振り方を考えよう。あの王女は妃になるだろうから、遠からず私は王宮を出される。当面の生活は、陛下にもらった宝飾品を売ればなんとかなると思うけれど、問題はその後だ。私は小さすぎて普通のところでは働かせてもらえない。今までは子供に見えると有利な場合が多かったけど、働くには不利にしかならない。私が子供じゃないと言ったところで、普通の成人女性のような体力も腕力もないから、雇ってもらえるはずがないのだ。何か特技があればいいけど、そんなものはない。労働で自分が食べていけるだけの賃金を稼ぐには……やはりこの特殊な容姿を生かすしかないか。

どこかの芸人一座にでも潜《もぐ》り込んで、見世物になって稼ぐことにしよう。世界に稀《まれ》なこの黒毛はきっと役に立つはず。

職を見つけたとしても、恋愛とか結婚は難しいだろうなとぼんやり思った。一応、二十六歳なので、結婚には夢も希望も抱いてたりするんだけど。ホルザーロス卿みたいに子供好きな男性なら私に興味を持つとしても、あれは絶対に嫌。あの目、あの……思い出したら気色悪さにゾワゾワしてきた。やっぱり結婚できなくても全然ＯＫ！　結婚は無理でも恋愛なら、そうだ、明るい恋愛を目指そう。私がこの世界でも生きていけるように。

将来のことを真剣に考えながら、私は美味しい朝食を待った。

四．それぞれの思惑

満足な朝食を終え、私は部屋で今日の仕事（妃業）の予定を告げにくる事務官吏のユーロウスを待っていた。何の連絡もなく遅れることなんてなかったのに、時間を過ぎても来ない。体調でも崩したのかと心配していたところで、ようやく現れた。おどろおどろしい様子の宰相を引き連れて。

彼等が現れた途端、室内が緊張した。女官達、騎士達はどこか張り詰め、宰相がいかに高い地位の偉い人か、国の重要人物であるかを如実に表している。宰相なのだから当然かもしれないけど、爽やかな朝から会いたい人物ではない。視線で威圧してくる宰相は無表情な陛下に通ずるものがあり、為政者《いせいしゃ》とはこういうものなのかもしれないと思った。陛下より歳を召して見えるけど、私の年齢判別能力はまるで外れるので、三十～六十歳くらいと幅を持たせて仮定するとしよう。

でも、ここは私の私室であって、いつも妃業務を行っている王宮の一室ではない。こういう堅苦しい雰囲気を私の部屋に持ってこられるのは、非常に迷惑なんだけど。

本宮にある妃業用の部屋ではなく、宰相がわざわざ王宮奥の私の居室に足を運ぶってことは、ロクな話じゃない気がする。私は朝のすっきり感から少々冷めた気分で宰相を見た。

落ち窪《くぼ》んだ目と面長なやや突き出た顎でおちょぼ口。宰相の顔はどこかで見たことがあると思ったら、モアイだ。太平洋の小さな島の、非常に特徴的な石像であるモアイ像、あれに似ているのだ。

そう思った途端、宰相の醸し出す重厚感が霧散した。静かな視線を向けてくる宰相へ、私はニヤニヤ口元を緩ませながら向き直る。

「晴れやかなこの日に、妖精のような可憐《かれん》で麗しいナファフィステア妃にお目にかかれますこと、恐悦至極にございます」

モアイは背筋がぞわぞわするような前置きを告げながら私の前で膝を折った。私は顔を引きつらせながら彼に向かって手を差し伸べる。

気色の悪い挨拶は端折《はしょ》って簡単な挨拶にとどめるようユーロウスを言いくるめてきたのに、ユーロウスはそれをモアイに伝えなかったらしい。モアイは宰相だから、一介の事務官吏ごときの言葉や妃の言葉には耳を貸さないのかもしれないけど。

心にもない装飾形容詞は気持ち悪い、と言っても聞く耳をもたない人はいる。女性というものは、美意識過剰なものだと誤解している輩《やから》がいるようだから。うわべだけ飾られても気色悪くて、顔を作りようがなくて本当に困るのに。

「おはよう、宰相トルーセンス」

モアイに続き、ユーロウスも私への挨拶を素晴らしく飾り立てて述べた。モアイが丁寧な挨拶をしたものだからユーロウスもしないわけにはいかなかったのだろう。申し訳なさそうな顔をしてはいたが、朝からなんて面倒くさい。

私は長ったらしい挨拶を受けた後、ソファに腰を下ろし、二人にも座るよう勧めた。さて、ようやく本番開幕だ。私の背後に二人の警護騎士が陣取り、モアイ側の壁には女官が二人それぞれ立つ。

いつもはのんびりした部屋に静かな緊張が漲った。

私達は侍女リリアがお茶の仕度を整えるのを待った。テーブルへお茶の用意をするカチャカチャという陶器の音だけが室内に響く無言の空間。

私は宰相の様子を観察した。もちろん、相手はもっと熱心に私を観察しているようだった。

リリアは、三人分のカップと茶菓子を出し終えると、一礼して後ろに控えた。

私はゆっくりと瞬きをして、宰相に目線を合わせ微笑んでみせる。それが接見開始の合図だった。

「このお菓子は王都で人気の店の最新作なの。ご存じかしら。濃厚なクリームが絶妙でね。ぜひ、この苦みのあるお茶と一緒に召し上がって」

私は作り笑顔を張り付けて、宰相にテーブルを指し示す。お茶菓子はパウダー状の白い粉に覆われた一口サイズのスポンジケーキのようなもので、小さなピラミッドの形に飾り盛られている。器も美しいが、盛り方も芸術的で素晴らしい。

しかし、モアイはそんなことに関心はないようで一瞥《いちべつ》しただけだった。

朝からこんな甘いものを？　と思うかもしれないけど、お茶には何某かが必須。マナー教育の成果を発揮してモアイをもてなしてみたのに、成果は今一つの模様。何か間違えたかな？　甘いものより干し肉とかの方が喜ぶのかもしれないけど、ここは女性の部屋だから間違ってないはず。

こうまで美味しそうなお菓子を無視されるのも寂しいものだ。少しくらい媚《こび》を売って関心のあるふりの一つもして見せなさいよ。

私はカップから一口お茶を飲み、苦みを堪能した後、自分のお茶菓子に手を伸ばした。

そこでようやくモアイが口を開いた。

「ホルザーロス家に後見されているマレリーニャ嬢が、下宮に滞在されます」

夜会で会った彼等のことだ。隣国の王女なのにマレリーニャ嬢と呼ぶことに違和感を覚えたけれど、昨晩の祝賀会に王女として出席していたわけではないことを考えると、身分を公にしない事情があるのかもしれない。下宮は王宮のエリア内にはあるけど、本宮とは違う。外国のお偉いさんが泊まったり、国内の有力者が泊まったりする場所のこと。高位の貴族女性が滞在する場所としてはおかしくないけど、他国の王族に対するには扱いが少し軽いのではないだろうか。隣国の王族ならもっと隔離された特別な場所があるはずなのだ。

私がそんなことを考えてる間に、モアイ宰相は話を続けた。

「数カ月前、マレリーニャ嬢は陛下が国境の見回りへ出向かれた際、ご寵愛を受けておられます。じきに妃として王宮へ入られるでしょう」

「そうですか」

どうやらモアイは寵愛を受けているのはお前ではないのだ、と言いたいらしい。数カ月前とは随分時間をおいてやってきたことで。前の妃達には勝てないけど私になら勝てるってか。ふんっ、とは思ったけど、そんなことはおくびにも出さずに大人しく拝聴する姿勢を貫く。

「マレリーニャ嬢はカルダン・ガウ国王家にかかわりのある方と聞き及んでおります。将来は王妃にのぼられるかもしれませんな」

モアイはじっと私の様子を窺った。

こういう時こそ表情を隠しておくべきとは思うけど。そんなことは昨夜見て聞いて知っています、わざわざ教えてくれなくても、簡単に想像できるでしょうよ。私の笑みが少々崩れる。カルダン・ガウの国名を聞くだけでも気分が害されるのに、そこの王女で、陛下のお手付きという事実は、やっぱり腹立つかも。

清々しい天気だというのに、朝から全く清々しくない展開だ。今なら土砂降りでもどんとこい。

「王妃に……ね」

私はとりあえず戸惑った風を装ってみた。ただ一人の妃である自分が宰相の目にどう映っているのか、おおよその見当はつくというもの。王家の血を引く女性で王妃候補が王宮へ来る、だから身の程をわきまえろとでも言いに来たのだろう。このモアイ、性格暗そう。

嫌みな宰相にムカつきはするけど、これは私にとっていい機会かもしれない。モアイ宰相から目をそらし、忙しく頭を働かせる。私が動揺しているように見えていればいいけれど。

「ナファフィステア妃にはいつどこへお移りいただくことになるやもしれません。早急に身の振り方をお考えになられるのがよいでしょう」

淡々とモアイはそう続けた。忙しい役職だろうに、私にお役御免です宣告をするためだけに貴重な時間を割き、朝っぱらから王宮奥までやってくるとはご苦労なことだ。

陛下も昨晩言ってくれればいいのに。夜はあっちが元気すぎて、それどころじゃなかったのかもしれないけど。だいたい夜は喋らないのよね、陛下って。でも、昼間も喋らない、かな。

あれ？　もしかしなくても陛下と私って、会ってもあんまり会話成り立ってなかったかも。話した内容を思い出してても、たいして内容がないことばかりだった気がする。

ま、過去は忘れよう。

宰相は私に妃としては必要ないとリストラの宣言にやってきたのだ。実際のリストラまでに猶予を与えるので、その間に次の就職先を探せ、と。

「宰相トルーセンス。私は陛下とマレリーニャ嬢のお邪魔をしたくはありません。そばで見ているのは……」

私は少々言葉を切って口ごもった。ここで顔を上げてはいけない。表情から内心がばれてしまう可能性があるから。頭をフル回転させて、私はもの哀しい雰囲気を精一杯演出して見せた。といっても、できるのは瞳を伏せがちにして顔をそらし、困ったように眉を寄せるくらいだけど。多少のわざとらしさは、普段の私を知らない人物にはわからないはず。たぶん、ね。

「少しの間、王宮を離れたいと思います。許可していただけるかしら？」

向かい側に座る宰相の視線を感じながら、私はあくまで目をそらしたまま押し切った。

室内に落ちる沈黙。

リリア達も騎士達も宰相の隣に座る事務官吏ユーロウスも黙って動かない。こういう雰囲気は苦手ながらも、私はじっとモアイの反応を待った。

沈黙がじりじりする。

そして。

「陛下の裁量を仰ぎませんと。ですが、貴女のご希望は叶えられるでしょう」

よっしゃーっ！

内心ガッツポーズだけど、私は視線を落とし、うなだれた姿で小さく頷いた。宰相はすっと立ち上がった。その横でもたもたとユーロウスも立ち上がる。そして、私に向かって一礼すると、出口へと足を向けた。

退室するのをチラリと流し見ると、モアイ宰相は満足した様子に見えた。

◇　◇　◇　◇　◇　◇

「呼ぶまで誰も入るな」

「はっ」

アルフレドは執務室からつながる小部屋へと移動した。そこは、王が執務の合間に休息を取るための簡素な部屋である。ゆったりと座れる一人掛けの大きな椅子に腰を下ろした。身体を休めながら、熟考が必要な事柄をじっくり考えるためである。今日はそれほど深刻な事案はなかったのだが、アルフレドの口からは深々としたため息が漏れた。目を閉じ、椅子の柔らかな背もたれに身体を預ける。

二日前、ナファフィステアが王宮を出た。無断で王宮を出たわけではない。

宰相から彼女へマレリーニャが王宮の下宮に滞在することが告げられ、そのすぐ後に、彼女は王のもとへ手紙をよこした。それには、新しい妃候補が王宮入りすると聞き、しばらく王宮を離れたいという内容が記されていた。

手紙が執務室の王のもとへ届けられたのは、ちょうど彼女が王とマレリーニャの仲を邪魔したくないと答えたと宰相が報告した直後であったのだから、彼女がいかに早く手紙を記したかがわかるというものだ。

彼女の手紙は、執務室に居合わせた宰相や側近達から難なく賛成を引き出し、すみやかに彼女へ王宮を出る許可が与えられた。全ては彼女が望む通り、そしてそれは、アルフレドの望む通りでもあった。

アルフレドはナファフィステアを王宮から出したかったわけではない。彼女に王妃の座を狙う女性を近づけたくなかったのだ。そういう女性達は致命的外傷ではなく精神的苦痛を与えることを得意とする。そして、それは表立っては防ぎにくい。アルフレドは、彼女を別の場所に移し、そばから一時的に距離をおく方が安全と考えたのである。

王宮に入り込もうとするマレリーニャだけでなく、ホルザーロスの動きにも注視する必要があった。彼等は何を企《たくら》んでいるのか。ナファフィステアに何もしないのであれば、それでよい。しかし、彼等が何もせずに放置するはずがない。王がナファフィステアを王妃にと望んでいることは側近から情報を入手すればわかることであり、マレリーニャが王妃となるには大きな障害となるのだ。

宰相はナファフィステアにマレリーニャ嬢の話を告げた時、彼女が落ち着いたところで離宮へしばらく滞在してはどうかと勧めるつもりだった。その前に、彼女が自ら王宮を出たいと言い出したため、宰相はそのことを伝えなかったという。どちらにしろ、彼女を王宮から出すという目的は達成されたためだ。

執務室にて宰相からナファフィステアが王宮を出たがっているという報告を受け、アルフレドはそれを許可する予定だった。彼女が宰相の提案にそれほど反発しないだろうことは、マレリーニャに対面した時の反応からアルフレドにも予想できていた。離宮に居を移せば、ジェイナスの屋敷に足を運ぶことも容易《たやす》く、少しくらいであれば王都に出ることを許してもよい。マレリーニャとホルザーロスの企みを暴く間、王宮奥に閉じ込めておくよりも彼女の気は紛れるだろう。執務室にてナファフィステアに離宮へ移る許可を与えることで、側近達に事情が知れ、ホルザーロスの耳にも届くという算段だったのだが。

ナファフィステアが離宮へ移ったではなく、王宮を去ったとの話がホルザーロスのもとに届くことになるだろう。宰相は彼女が非常に動揺しており言葉少なだったというが、それにしては手紙が届けられるのが早すぎる。彼女の手紙はいくつも綴《つづ》りを間違っており、動揺していると考えられなくもなかったが、彼女は普通の貴族娘ではなく、アルフレドの期待をことごとく裏切ってきた娘だ。宰相の見聞が全て正しいとは限らない。

アルフレドが彼女の王宮を出たいという願いに許可を与えると、ナファフィステアはすぐさま王宮を出立した。彼女は手紙を書くと同時に旅仕度にもとりかかっていたのだろう。そうでなければ、これほど早く発《た》つことはできない。ジェイナスの屋敷を訪ねた時とは違うのだ。

その夜の報告で、彼女はできるだけ早く王宮を出ようとしていたことがわかった。彼女と少ない人数が先に出発し、必要な荷物や様々な手続きを行う事務官吏は後発して合流する予定だとの報告があったのだ。許可がおりなくても出立を強行した可能性すら感じさせる。宰相の報告通り彼女が大きく動揺していたにしては、あまりに手際が良すぎた。

しかし、そのような彼女の行動に疑問を抱いた者は多くはない。マレリーニャに嫉妬し、その存在を恐れ、感情的になった娘が王宮を飛び出した。王へのあてつけのように許可後すぐに飛び出すとは浅慮な行動だが、同情の余地はある。という程度の認識が大半だった。彼女は小さく幼い姿の妃であり、彼女をよく知る者などいないのだから、そう考えるのは当然だろう。

宰相も、彼女が早々に出立したと知った時点では何の疑問も抱かなかったのだが。翌日、彼女が王都を出たとの報《しら》せを受け、ようやく自らが判断を誤ったことに気づいた。宰相は離宮への滞在を強固に勧めるべきであったのに、消沈したナファフィステアの姿に油断し、それを怠った。それだけでなく、彼女に自由に行動する理由を与えてしまったのである。以前、王の目をかいくぐって王弟ジェイナスのもとに出かけたのは、たまたまではない。それを知っていながら、幼い姿の彼女に惑わされたのだ、宰相ともあろう者が。

他の妃達なら、他の貴族娘達だったなら、宰相の考える通りに事は進んだに違いない。身分の高い娘であれば、彼女等を保護する者の許可なしに動くことはしないからだ。

ところが、異国育ちのナファフィステアは違う。公式に十九歳となっているが、妃とするために王が年齢を引き上げたと思っている宰相には、彼女が何もできない子供にしか見えなかっただろう。

すでに二十を超えているという彼女は自身が子供に見えることを十分に自覚しており、それを利用する。彼女の容姿は、思った以上に判断を甘くさせてしまうのだ。

宰相がゆっくりと対処している間に、彼女は行動を起こした。今までナファフィステアが外出したいと望んでも、王は却下し続けてきた。彼女が王宮を出ること、王都を出ることを邪魔される可能性を考えたとしても不思議ではない。それを考慮し、彼女は出立を急いだに違いない。

彼女が宰相すらも欺きおおせたことに、アルフレドは笑いを噛み殺さずにはいられなかった。己が欺かれた過去は苦いが、宰相をも翻弄《ほんろう》する彼女の強《したた》かさには驚くばかりである。宰相の前では不安そうな子供の顔をして見せたのだろう。彼女が嘆きも悲しみもせず、王宮を出る算段を考えていたなど、宰相は少しも思わなかったに違いない。それほど、彼女の姿は幼く小さく、そして、脆《もろ》く見えるのだ。

もちろん、彼女が王宮から遠ざかろうとしているこの状況は、アルフレドにとって喜ばしい状況ではない。だが、彼女は騎士達を引き連れて旅立った。女官や事務官吏も合流し、衣服などの旅荷物からも、彼女が長期の旅になると考えているのは間違いない。アルフレドは精鋭の騎士達を数名送り、ナファフィステアを秘密裏に警護させた。彼女を護り、逃がさない十分な手は打ってある。あとは、マレリーニャ、そして、ホルザーロスがどう出てくるのかを待つだけだ。噂では、兵を持つことは許されていないはずのホルザーロスが、密かに私兵を養成しているという。

再び王宮が不穏な状態となりそうな今、ナファフィステアを王宮から遠ざけたのは正しかったのだと、アルフレドは己に言い聞かせ、執務室に戻った。

「続ける。はじめよ」

「はっ」

そして、ナファフィステアが王宮を出て七日が過ぎた。

朝食の後、アルフレドは居室にて今朝届いたばかりのナファフィステアの報告書に目を落としていた。特に問題もなく馬車で旅を続けているらしい。

昨日、ナファフィステアがベッド下に隠している宝飾品の袋を再確認させた。彼女が持って出なかったことはわかっていたが、その時に小物の宝飾品が一つ取り出された他は変わりないという。彼女はこれを自身の財産と考えているのだから、多くが残されているのは、彼女がここに戻ってくる意思があるということだ。

しかし、いまだ彼女はどこかの街に留まることをせず、王宮から遠ざかる一方だった。ゆっくりカルダン・ガウ国へと向かっているようだが、彼女はかの国の言葉は話せない。そのさらに向こうにある自身の故郷へ向かおうとしているのか。アルフレドには彼女が旅立った理由が掴めないでいた。

ナファフィステアが王宮を出た直後はジェイナスの屋敷にでも行くのだろうと思っていた。彼女を護る騎士や女官達は庶民出ばかりで、たとえ貴族出であっても妃を迎え入れられるほど余裕がある家の者はいない。彼女が訪問できる先はジェイナスのところしかなかった。しかし、予想に反して彼女は王都を出て、さらに先へと進んでいる。アルフレドはホルザーロス達の問題が解決するまで、安全な場所で過ごせばよいと考えていたが、彼女は旅ができる絶好の機会ととらえたのかもしれない。彼女が進んでいる道はカルダン・ガウ国へと続く。王女を含むカルダン・ガウ国使者団が王宮へ向かった道であり、彼女は来た道を戻ろうとしているようだった。だが、許可がなければ国境を越えることはできない。それを彼女が知らないはずはない。

この国を出ることはできないというのに、彼女は一体どこへ向かおうとしているのか。そこには、ここにはないものが、彼女の望むものがあるのだろうか。そこなら安心して暮らしていけると思っているのだろうか。そこへ行けば、宝飾品などの金品が不要であるなら、帰ってこないつもりであるとも考えられる。ナファフィステアは、何を望んでいるのだろう。

王宮に暮らしながらいつでも出ていける準備を整えていたナファフィステア。彼女が妃や王妃などといった地位を欲していないことは明らかだった。金には多少の執着を見せるが、本当に欲しいものではなく、何かを手に入れる手段であると彼女は知っている。その金も多くを手に入れようとはしていないところをみると、彼女が望むものは多額の金で買えるものではないのだろう。そしてそれは、王宮では手に入らない。王には与えられないと彼女は考えているのだ。

彼女が本当に欲しいものは何なのかが一向にわからなかったが。今回の彼女の行動で、それがわかる。それにつながる何かを得られるに違いない。そうでもなければ、離れることを許しはしなかった。

アルフレドは手にしていたナファフィステアの報告書をテーブルに置いた。毎日届けられる報告書で彼女の動向は全て把握している。距離があるため少し古い情報となってしまうが、毎日少しずつ進んでいるようだ。だが、ナファフィステアが連絡をよこしてくる気配は全くない。馬車旅に出て七日も経つのに、手紙の一つもよこそうと、なぜ思わないのか。ため息をつきながら、アルフレドは王宮を出る前によこした彼女からの手紙を開いた。

そこには丁寧な文章が綴られている。いくつもの綴りの誤り、怪しい箇所はいつもの彼女であれば普通のこと。この手紙の文面にあるように、新しく妃が入るかもしれないこの状況を苦々しく思っているなら話は簡単だが、そうではない。これは美しく体裁の整えられた文でしかないのだ。

彼女は公の場でこそ大人しくすまし顔をするが、笑ったり拗ねたり怒ったりと忙しく、素直に感情を表に出す。嘘が下手で、隠し事も得意ではない。笑って誤魔化そうとする顔を何度見たことか。だが、本当にそうだったのだろうか。彼女は何かを隠しているのか。宰相を相手にしたように、全てを騙《だま》して去ろうとしているのではないのか。楽しそうに過ごしながら、王宮から逃げたかったのか。王から逃げたいと、まだ思っていたのか。

アルフレドにじわじわと暗い感情が湧き上がる。

ナファフィステアに会えば、こんな暗い感情は吹き飛ぶ。三食昼寝付きだしと笑う、あの呆れるほどの能天気さに会えば。いつもそうだったのだ、これまでは。これからは？　そして、彼女はここにはいない。

彼女のそばには騎士達を付けているのだから心配することはない。騎士達は彼女を護り、逃がしはしない。彼女は必ず王宮へ帰ってくる。

アルフレドはゆっくりと手紙を裏返した。手紙の裏に小さく、本当に小さく書かれた、心配しないでね、の文字と、その後に続く記号。この見たこともない絵のような記号は、何なのか。

心配しないでねという一言が、己の中の黒い感情を和らげもするが、彼女が何かをしでかすという確信をももたらす。

鬱々とした気分のまま、アルフレドは手紙を戸棚へ戻し、執務室へと向かった。

◇　◇　◇　◇　◇　◇

「ナファフィステア妃、一体どちらへ向かわれるおつもりですか？」

王宮を出て三日、ひたすら馬車を走らせる私に、リリアが尋ねた。

「そうね、もう少し先まで、かな」

揺れる馬車の窓から外を眺めながら、私はのんびりとリリアに答えた。

外の景色には見憶えがあるような、ないような。この道は、おそらく私が王宮へ差し出されるために隣国カルダン・ガウの使者達の馬車に乗せられて通ったと思われる道。の、はずなんだけど。

日本の田舎道を走れば似たような風景があちこちにあるように、この世界もまた王都を離れた景色にこれといった特徴はない。のんびりと丘を越え、森を過ぎ、橋を渡る。来た時と進行方向が逆だから、見え方が違うのかもしれないなんて思ったり。この道で本当に合っているのか、私にも自信がない。間違っていたらと、時々、不安が押し寄せてくる。

でも、この機会を逃せば、もう連れてこられた道を辿《たど》ることなんてできないだろう。旅行をするのは裕福な人だけの非常に贅沢《ぜいたく》なこと。私みたいな子供が旅とか絶対にあり得ない。妃業をお役御免になれば旅などできるはずがないのだ。

だから、何としてもこの機会に探したかった。私がこの世界のどこに現れたのか、を。

問題は、肝心のその場所を私は知らないということ。

気がついた時には、何処かの館のベッドの上だった。当時は言葉も通じなかったし、ほぼ軟禁状態だった。だから、その場所のことを知る手掛かりは私の記憶だけ、という非常に不確かな情報しかない。マレリーニャ王女なら知っている可能性はあるけど、彼女と会いたくないという理由で外に出られるのだから、無理に彼女に会ってあるかないかわからない情報を引き出そうとして遠出できる機会を失うより、私は私の記憶を辿る方を選んだ。外に出られるこのチャンスを絶対に逃さないために。

馬車でジェイナスと出かけた時に思ったんだけど、数年経つのに、私はわりと王都にやってきた時のことを覚えていた。たぶん、王都に出たことがほとんどなかったからだと思う。馬車が通る大通りは真っすぐに整備されていてわかりやすいし、王都の出入り口である壁門は数か所しかなく、門を入った時に見た王宮の角度を考えれば間違えようがない。

自分の記憶で来た道は辿れる、と自信があって行動に移したわけだけど、その後で自信をなくすのは、まあよくあることで。王都を出ると、すぐに私の自信は揺らいでしまった。特徴のある風景は覚えていても、延々と続く田舎風景には覚えがあるような、ないようなあいまいな感想しかなく。つまり、よくわからないということだ。全てを覚えている天才的記憶力を持っていたりしないのが、残念でならない。

だんだん私が自信喪失してきているから、リリアも不安に感じているのだろう。申し訳ないと思いつつ、外の風景に目を凝らした。

カルダン・ガウ国使者団の馬車に乗っていたけど、おそらく私は隣国で拾われたわけではない。国境を越えてはいないと思うからだ。さすがに国境となれば兵士がいたり警備が厳しかったりするはずだけど、私の記憶にそれらしき場所を通った覚えはないから。

まずは、私が目覚めたあの屋敷を目指す。王宮に到着するまで二週間かかった、あの場所へ。

窓の外に見える山はまだはるか遠い。もっと近くに見えていたはず、と私はうろ覚えの記憶を頼りに馬車を進ませた。

馬車はガタガタと揺れ、不安そうな顔で見つめるリリアに、私は何も言わずにいた。


そうしてさらに数日が過ぎ、馬車から見える風景が一変した。山間部に入ったためだ。私は俄然熱心に馬車から身を乗り出し、きょろきょろと外の風景を観察する。あの時、もっと熱心に見ておけばよかったとどれほど後悔したことか。見ても覚えていなかったかもしれないけど。

しかし、山間部に入ってからは、ここ見たことある！　と、思う道や風景、建物が次々と現れるようになった。そのたびに、私は馬車を止めさせ、近くに大集団が宿泊できそうな大きな館がないかを住民に訊いてもらった。二年前の旅はそれなりの大所帯だったので、宿泊したのは大きな屋敷に限られていたし、田舎になればなるほど大きな屋敷は数が少ない。そうした場所のいくつかで、確かに二年ちょっと前にカルダン・ガウ国の使者団が宿泊したことがわかった。

あいまいな記憶でも、私は着実に目的地に近づいている。最初に目覚めたあの屋敷に、私はきっと辿り着ける。その確信は、私の気分を劇的に変化させた。旅の途中に通り過ぎた町の名前も全然覚えてないし、何処の方角から王都へ向かったのかわからなくて正直不安だった。たぶんと思いながら進んできたけど、リリアや騎士達を巻き込んでいるのに辿り着けなかったらと思うと申し訳なくて、怖かった。でも、この先に、私が日本からここに来た、はじまりの場所がある。

はやる気持ちで、私は不確かな記憶を頼りに、二年前とは逆の旅を進めていった。

「ナファフィステア妃の来られた道を辿っておられるのですね」

リリアにも私のしていることがわかったようだった。

「そうなの。こんな時でもないと、来ることはできないでしょう?」

「随分ゆっくりと進んでおられたのですね。こんな山間の小さな町ごとにお泊まりになっていらしたとは」

リリアの言うとおり、私もそれが気になっていた。私達は一日に二か所以上の宿泊場所を見つけている。つまり、カルダン・ガウ国の一行は、半日走れば着く近隣の町に移動しては宿泊していたことになるのだ。一日馬車を走らせれば日程は半分以下ですんだはず。王女がいたので、先を急がず馬車をゆっくり走らせるため、とも考えられなくはないけれど、それにしても遅すぎる。わざわざ王都到着を遅らせていたとしか思えないような進み具合だった。

私が最初に記憶にある館では数日を過ごしている。なぜ何日もそこに留まったのか。わざわざ私を拾って王都へ運ぶというのも、考えてみればおかしなことだった。使者達は国の代表なのだ。王への贈り物は十分に吟味したものを準備していたはずで、いくら珍しい黒髪だとはいえ、普通、出自もわからない言葉も理解できない私を王に差し出そうとするだろうか。

カルダン・ガウ国の使者達はあの館で一体何をしていたんだろう？　彼等は、なぜ私を王宮に連れて行ったんだろう？

そして、私は目的の館を見つけた。私が最初に記憶している館は、深い森の緑を背に建っていた。

王宮を出て七日目のことだった。

アンデという名の小さな町。私が滞在していたのは、この町の領主館だったらしい。ユーロウスが交渉し、私達はしばらくここに泊めてもらえることになった。

領主は使用人を自由に使えるようにと残してくれ、彼等は小さな別館に居を移した。この領主館を私達にすっかり明け渡してくれたのだ。当時も同じくそうしていたらしい。

アンデは高い山と森に囲まれた静かな町だ。かなり田舎で、失礼ながら領主館も古くてとても鄙《ひな》びている。

アンデの領主はこの地を治めているけれど、貴族ではないという。もともとここを治めていた領主は血が途絶えてしまい、今の領主は国から管理を任されているのだとか。私はどこの領地も貴族が治めていると思っていたのでこの事実にはとても驚いた。小さな領地ならまだしも、領主館も古いとはいえ大きくて貫禄があるのだ。もともとは貴族位を持っていた領主が治めていたのなら当然だけど、アンデ領主は物静かで知的なまさに紳士な男性だったから、庶民というのがすごく不思議に感じる。この領主なら陛下の前に出てもそつなく対応しそうな、王宮で会う多くの貴族男性よりよほど貴族らしいと思うのに。

「血が途絶えることはよくあることです。一般庶民に比べて貴族女性が産む子供の数は少ないですから。毎年、後継者がなく取り潰しになる貴族家があるくらいです」

「そうなの？　じゃあ、貴族家は減っているの？」

「陛下が貴族位を褒美として授けられることで新しい貴族家ができますから、増えも減りもしません」

「ふーん」

ユーロウスが淡々と答えてくれた。王宮にいる時と違って、彼は非常に暇らしい。

騎士達は館の調査や警護などで忙しく立ち働いており、リリアはアンデに到着した直後から他の女官と共に荷を片付けたり、ここの使用人と話をしたりとこれまた非常に忙しそうだった。だから、暇なユーロウスが私の相手をしてくれているわけ。

私はといえば、準備された客間でひとり大人しくお茶をすすっている。本当は館の外に出て、ウロウロしてみたいけど、そんなことをすればリリアや騎士達がさらに忙しくなってしまうので、今はじっと我慢しているのだ。が、暇だ。退屈すぎる。

「ね、ユーロウス。モアイが私に身の振り方を考えた方がいいって言ってたでしょう？」

「モアイ？」

「えっ、ああ、その……宰相トルーセンスよ」

うっかりモアイと口に出すなんて、油断していた。でも、本当にモアイなのよ、あの顔。そのうち本人の前で口走りそう。でも、モアイの意味がわからないから、口走っても大丈夫のはず。と、私は自分に言い訳しながら、脳内モアイ像をトルーセンスに切り替える。

そんな私にユーロウスは眉を寄せた。

名前間違いはいけないわね、と反省する。とても身分の高い人だから、大勢の前でうっかり間違えたら、かなり不味《まず》いことになってしまう。反省、反省。

「こほんっ。で、私の今後のことなんだけどね。この旅の後、すぐに王宮を追い出されると思う？　それとも、次の住まいが確保できるまで猶予をもらえるのかしら？」

私はわざとらしく空咳《からせき》をして、質問を続けた。

ユーロウスは眉を寄せたまま渋い顔である。

だから、反省してるってば。私は背筋を伸ばしてしゃんとして見せた。まだ名前間違いにこだわっているのかと思っていたのだが。

「宰相殿のお考えは、陛下のお考えとは異なるようでございます」

「へっ？」

ユーロウスの言葉は、私の予想したものとは大きく違っていた。

そのせいで私の口からは間抜けな声が漏れてしまっていた。これでは完璧なマナーは遠いな、はぁ。しかし、陛下と違ってそこは流してくれるのがユーロウスのいいところ。彼は先を続けた。

「陛下は、この度のナファフィステア妃の外出をお許しにはなられましたが、非常に渋っておられるようでした。ナファフィステア妃が王宮から居を移されるなど、陛下が許可なさるとはとても思えません」

そんなに渋っていたんだ、陛下。街へお茶しに行きたいと言っても危険だからと許可してくれなかったし、馬車でジェイナスのところを訪ねただけでも陛下の居室に何日も閉じ込められたくらいだから、不思議ではないけれど。でも、宰相の話だと、いつ状況が変わるかわからない感じだったから、ユーロウスの思う陛下の考えとやらはひとまず置いといて、対策はちゃんと練っておきたい。

とはいえ、この話の流れだと、ユーロウスに今後の私の住居探しについては、ちょっと相談しにくい。陛下が全て取り計らってくださいます、なんて言いそうだから。やはりこういう相談は、リリアとか女官達の方がいいのかも。

仕方ない、一旦、話題を変えよう。私はユーロウスに他国の王女がどうしてこの国の貴族のところにいるのかと尋ねてみた。

「マレリーニャ王女は二年ほど前、カルダン・ガウ国から使者としてやってこられました。国への帰路の途中で怪我《けが》を負われ、ホルザーロス卿のもとで傷を癒しておられたそうです。王女は十六歳とお若いため、後見人として卿が名乗りを上げたのでしょう」

ユーロウスはさらさらと流れるように経緯を説明してくれた。何の資料もないのに即答できるなんて、さすがは王宮事務官吏。でも尋ねた答えになってないような、と私は頭を傾《かし》げた。

ホルザーロス卿のもとで傷を癒して？　二年も？　国に帰らず？

今十六歳ってことは、当時は十四歳なわけで。祝賀会で会った時のホルザーロス卿のあの目と態度からは、嫌な妄想しか浮かばない。後見人に関してはこの際目をつぶるとして、結局は、王様の目にとまったから王宮へということよね？　陛下もロリコンだし。にしても、そんなことが許される王女様って、ほんと自由だな。王女ならもっと厳重にガチガチ箱入りにしないとおかしい気がするけど、この国やカルダン・ガウ国ではこれが普通なのだろう。

ふうっとため息をつきながら、ふと引っかかった。

ん？　カルダン・ガウ国から？　二年前に使者として来た？　それは、私を陛下に売ったカルダン・ガウ国の一行とは別？　もしかして、同じ？

「ユーロウス……その、カルダン・ガウ国の王女が使者として来たって、私を陛下に差し出したカルダン・ガウ国の使者達のこと？　つまり、私は、あのマレリーニャ嬢と、一緒にいたの？」

「……そう、で、ございます……」

「ふーん」

私を陛下に売ったのが王女なら、マレリーニャが私を無視するのは当然だ。でも、十四歳の王女が使者としてやってきた？　そんな子供が、なぜ？　陛下の後宮に入るため、そう考えるのが妥当だろう。ところが、当時の彼女は後宮になんて入りたくなかった。十四歳から見れば、陛下なんてオジサンにしか見えないし、嫌がってもおかしくない。で、マレリーニャの代わりに後宮へ入れる人材が必要になった。王に差し出すのだから、王女と同等とまでは無理でも、特別な存在でなければならない。そこで珍しい黒髪の私に目を付けたのでは？

と考えてみたわけだけど、どうもしっくりしない。

私は頭の奥にしまわれていた当時の記憶を必死に引っ張り出した。

あの時に私の世話をしてた女性の顔なんて一人も思い出せないから、マレリーニャの顔に見覚えがないのはわかるとしても。一行の中に、王女なんていた？　私は厳重に見張られていて身動きできなかったから、知っているのはごく一部だけれど、王女のような娘がいたなんて記憶はない。そんな格別な待遇を受ける娘がいれば、二週間も馬車旅を続けていたのだから、さすがに気づいたに違いない。一行の中で特に偉そうな男性がいて、その人が一番地位が高いのだろうと思っていた。でも、王女がいたなら、その男性もかしずかなくてはいけなかったはず。でも、そんな場面はなかったし、そんな特別な女性も見なかった。

むしろ、あの中で特別だったのは私だった。ベールを被せられた私には、常に厳重に見張りが付いていて、馬車の乗り降りの時は武器を持った騎士達だけでなく世話をする女性達が私を取り囲んでいた。あの時は乗り心地の悪さや窮屈さ、匂いや音の煩《うるさ》さに気を取られていたけど、今私が乗っている馬車とさほど変わらない内装だったと思うから、私が乗せられていた馬車は身分の高い人用だった可能性は高い。

使者団の中では、まるで私が王女だったみたいな……。王女が失踪して、私が王女の身代わりだった、とか。いや、まさか、そんなはずは……。王女マレリーニャはホルザーロス卿と一緒に王宮に来て、宰相は彼女を妃に、そして、いずれは王妃にと考えている。マレリーニャはカルダン・ガウ国王女なのだ。

でも、使者として来ていたなら、陛下はなぜ初対面のふりをしたの？　二年前とそれほど変わっていたってこと？　十四歳ならもっと背が低かったのかもしれない。けど、背が低い女性なんて、私以外にいた？

考えれば考えるほど訳がわからなくなっていく。本当はもっと別のことを考えるべきだと思うのに、王女のことが引っかかってムカムカする。

私はユーロウスに、ここの領主や使用人達に当時の様子を詳しく聞いてほしいと頼んだ。

「理由をお訊きしてもよろしいでしょうか？」

「私は、このアンデの町でカルダン・ガウ国の使者達に拾われたんじゃないかと思ってる。その時のことを知りたいの。それに、その一行の中に王女がいたかを確認したい」

私の答えにいつも即反応のユーロウスが珍しく無言だった。

あれ？　と、辺りを見ると、ユーロウスだけでなく、そばに控えていたリリア、警護しているカウンゼル達も、問いかけるように私を見つめていた。

「そのお話、もう少し詳しくお聞かせいただけませんか？」

そう言って、カウンゼルとウルガンが椅子に座るユーロウスの背後に立った。私の後ろにはボルグとヤンジーがいるのが気配でわかる。

カウンゼル、ウルガン、ボルグ、ヤンジーの四人は後宮にいた時から私を警護してくれている騎士達で、カウンゼルを除いて三人とも妃付き騎士達だ。ボルグは妃付き騎士の隊長で何かと頼りになる。ヤンジーは若くて女装したことがあるくらい細身で、ウルガンは口数が少なくてものすごく大きい岩みたい。

みんな庶民出だからか、私としては話しかけやすいし、護ってくれてる時の姿勢っていうか空気みたいなものが真剣そのものですごい。言葉にするのは難しいけど、貴族出の騎士は立ち姿も綺麗な型で揃うけど、妃付き騎士達だとバラバラな感じ。でも、実際にボルグ達が動くとびっくりするほどスムーズに連携する。たぶん、妃付き騎士達ってすごく強いんだと思う。警護についてはボルグ達がいてくれれば絶対安心って感じだし。カウンゼルはボルグ達と違っていいところの貴族出で陛下付き騎士なんだけど、妃付き騎士の監督役というか、陛下との連絡係みたいなポジションを務めている。

高貴な女性は身分の低い者とは直接話をしないものらしく、カウンゼルははじめ私とボルグの間の意思疎通役として妃警護に加わっていた。だけど、私にそんな役割の騎士は必要ないので、早々にお役御免。だから基本的にカウンゼルは陛下を警護してるので、私の方に加わることはない。彼がここにいるのは、今回の私の旅の警護が妃付き騎士だけでは足りなくて、王宮の警護騎士が加わっているから。

妃付き騎士は王宮警護団に所属しているけど、王宮警護騎士は貴族出もしくは貴族家に近しい親族の出でなければなれないといわれているくらいなので、庶民出で構成される妃付き騎士達は格下に見られる。その庶民出のボルグが今回の旅の警護責任者だから、指示に従うことに不満をいだく騎士がいるかもしれない。

そこで、カウンゼルがお目付け役となる。王宮警護騎士より上位の陛下付き騎士であるカウンゼルは、名門貴族家の出であり、随行の騎士の中では断トツに地位が高い。カウンゼルはボルグが騎士達をまとめるのをサポートするためにいるのだ。私の動向を陛下に報告するためもあるだろうけど。何かと私の動きが陛下にバレてしまうのは、カウンゼルのせいに違いない。

ま、陛下への情報駄々洩《も》れ問題は置いておくとして、ユーロウスやカウンゼル、ボルグ達までもがこれほど真剣な顔をするってことは、私が軽く口にした王女への疑問はかなり重大なことかもしれないと思いはじめた。考えてみれば、国家間のイザコザに発展しかねないような気がしないでもない。まずかった、かな。でも、今更聞かなかったことには、ならないだろうし。確証がないことを口に出すべきではないけど、私は当時の様子をできるだけ詳しく思い出しながら彼等に語って聞かせることにした。

私は目が覚めたらこの屋敷のベッドにいたこと、私の世話をしていた女性達や周囲にいた騎士達の様子、ベールを被り豪華な衣装を着せられ、誰とも接触しないよう厳重に見張られていたことや彼等の馬車の数や大まかな人数など。何が情報になるかわからないので、思いつくまま言葉にした。

「それでは、ナファフィステア妃は、カルダン・ガウ国からいらしたのではなく、この国の方なのですか？」

驚いたようにユーロウスが私を見て言った。まじまじと私の顔を見ている。

「この国の人間ではないわ。遠い国から来たのは確かよ」

「そう、ですか」

「この町へ来る前の彼等の様子を調べさせます」

カウンゼルはすぐさま部屋を出ていった。その勢いにつられてユーロウスも立ち上がる。

「私も館の者にナファフィステア妃がいらした当時の様子を詳しく聞き取って参ります」

私がこの世界へやってきた場所を見つけようと思い立った旅だったけど、なんだか、きな臭い話になってきたかも。私はだんだん気が重くなってきた。

そんな私の前に、静かにお茶が差し出された。

心配そうなリリアに、私は少しだけ笑って見せ、お茶を受け取った。

◇　◇　◇　◇　◇　◇

夜も更けた深夜の王宮奥はシンと静まり返っていた。アルフレドのそばにある灯りの芯がジッと音を立て、炎が揺らぐ。何でもない音が殊更大きく聞こえ、いつもより静かな夜が、ナファフィステアがここにいないことを改めて感じさせる。彼女がいたからといって、アルフレドの部屋にまで物音が聞こえるわけではないのだが。

アルフレドは寝室で酒を片手に送られてきた報告書に目を通していた。ナファフィステアのいつもの行動記録である。だが、そこに記されているのは三日も前の内容だ。この報告書がアルフレドの手元に届くまで三日を要したのである。現在の彼女との距離は、それほどに遠い。

アルフレドは嘆息しながら文字を目で追った。

他愛ない旅の様子を読み、心落ち着かせるのがここ数日の慣例となっていたのだが。今日の報告書は、落ち着くどころの内容ではなかった。

ナファフィステアはアンデの町で王宮へ向かうカルダン・ガウ国の使者達に拾われた、彼女はそう考えていると記載されていたのだ。拾われた後、彼女がどういう扱いを受けていたのか、ということも。

そして、彼女が覚えている限りでは、使者団の中には王女に該当する身分の高い女性はいなかったという。王女は使者団と一緒に行動していなかったのではないか。その疑問を解明するため、しばらくアンデに滞在し、現地の人々に当時の話を訊き調べる予定であると。

アルフレドには怒りが込み上げていた。ナファフィステアはアンデの町でカルダン・ガウ国の使者達に拾われたというが、それは、攫《さら》われたというべきだろう。当時の彼女は言葉が全くわからなかったのだ。子供にしか見えない娘を自国でもないのに勝手に攫い、その国の王に差し出すとは、なんとも馬鹿にした話である。あのカルダン・ガウ国の使者団は、アルフレドの妃にと王女をよこしたにもかかわらず、道中で攫った娘を身代わりに差し出し、引き上げたのだ。腹立たしいことこの上ない。

しかも、王女が使者団の中にいなかったというのが事実であれば、二年近く前に王宮を訪れた王女が本物ではなかった可能性が浮かび上がってくる。王女が使者達とあとで合流したのかもしれないが、当時のカルダン・ガウ国の王女と使者達の行動は不審極まりないものだった。妃となるべく来訪したにしては、王女は無礼なほど頑《かたく》なにアルフレドに会うことを拒み続けた。直接会ったのは短い時間の一度しかない。その間ですら王女が薄いベールを取ることはなく、彼等はとても友好的とは言い難い態度だった。

彼等の態度や行動が、王女が本物ではないことを隠すためであったとしたら、全てが腑に落ちる。

彼等が予定より遅く到着し、王女の体調を理由に早々に国へ引き上げたことも。

祝賀会の前に、貴国の王女がホルザーロスのもとに滞在しているとの書状をカルダン・ガウ国国王へ送ったが、それに対する返答はまだない。

現在、ホルザーロスの連れてきた女が本当に王女なのかという真偽を探らせているのだが。王女と名乗る女は誰なのか。ホルザーロスは何をどこまで知っているのか。湧き上がる疑問は、すでに王女が偽者であるとの前提の上にあった。

ナファフィステアが抱いたにすぎない疑惑が、アルフレドの中で確信に変わりつつあることに思わず苦笑を漏らした。結論を急いではならない。証拠を押さえなければ意味がないのだ。

アルフレドは翌朝すべきことをいくつか紙に書き記した。そこにはナファフィステアとの連絡に急使を用いることも含められた。

今すぐにでもアンデへ駆けつけたかったが、そうできるほど身軽な身ではない。ナファフィステアはアンデですでに三日目の夜を迎えている。報告書の記された日から丸二日が過ぎているのだ。彼女はどのような情報を得ているのか。何を考えているのか。何をしようとしているのか。

アルフレドは考えれば考えるほど気が落ち着かないでいた。

ただ、ナファフィステアが攫われた当時のことを探ろうとしている事実は、アルフレドに彼女が王宮から逃げたかったのではないという安堵をもたらした。逃げたいなら、過去を探ろうなどとせず一気に逃げるはずだからだ。

彼女には王都を出て確認したいことがあった。だから、王宮から出られるこの機会を逃すまいと出発を急いだのだろう。わざと行先を明確にせず、誰にも邪魔されないように。

「相変わらず……可愛げのない娘だ」

明日は忙しくなる。何をすべきなのか。アルフレドは、報告書の文字を照らす灯りを眺めながら、考えを巡らせた。


翌朝、アルフレドはすぐに宰相と副宰相を呼びだし、文書を差し出した。昨晩アルフレドが読んでいたナファフィステアの報告書である。宰相が先に手に取り、読み終わった後、副宰相に手渡す。宰相は渋い顔のまま副宰相が読み終わるまで沈黙を続けた。

副宰相が報告書から顔を上げたのを確認し、宰相がようやく口を開いた。

「これは、本当のことなのでしょうか?」

二人とも突然もたらされた情報に渋い顔である。本当だとすれば、隣国は王を、我が国を騙したことになるのだ。渋くもなる。

「違うとは言い切れまい」

カルダン・ガウ国使者達の行動は、明らかに怪しい点が多い。ナファフィステアの考えが間違っている証拠を探すより、正しいと仮定して証拠を探すほうが情報を集めやすくもある。

「カルダン・ガウ国から来た使者について再度洗いなおせ。現地ではナファフィステアが情報を集める。あちらの情報が少しでも早く王宮へ届くよう手配せよ」

「承知いたしました」

アルフレドの命令に宰相が答えた。そして、副宰相へ何やら頷いて見せると、副宰相が持参していた封書を開いて差し出してきた。

それはホルザーロス達を調査させた結果報告書だった。領地が遠いこともあるが、詳細に調査させることを優先したため結果が出るまで日数がかかってしまったのだ。

「ホルザーロス卿と王女についてホルザーロス領における調査結果が昨晩届きました。王女は王宮からの帰路、馬車での事故に遭遇したのは間違いありません。森で大型の野獣の群れに襲われ、馬車を走らせたところ、使者団の馬車三台が横転、激突を起こし、かなり大きな事故となったようです。ホルザーロス卿が彼等を救出し、動ける者は残った馬車で帰国しましたが、残りの者はホルザーロス卿とともに領地へ向かっております」

副宰相の口から調査結果の内容が細かく説明された。ホルザーロスらが話した内容と一致する。彼等の言い分に不審な点はなさそうに思える。

「王女は残った馬車で帰国しなかったのか？」

「王女の馬車はその事故で木に激突してしまい、王女自身も怪我を負ったため、ホルザーロス卿のもとで療養することにしたそうです」

「王女を残して大半の者が帰国したのか」

「そのようです」

「それはまた、奇妙なことだな」

「事故の場に居合わせた農夫が、王女らしき足を怪我した美しい女性と使者が激しく言い争っているのを見た、と言っていたそうです。女性はホルザーロス卿の馬車でその場を去ったと」

事故を起こした場所は、カルダン・ガウとの国境に近い。少し無理をすれば一日で国境を越えられただろう場所だ。森深い山間部ではあるが、軍事的に要所である国境は両国とも常に相手に目を光らせており、常駐する兵士の数も多い。友好関係を結んでいるとはいえ他国の貴族家の世話にならずとも、国境を越えさえすればカルダン・ガウ国側に傷ついた王女達を保護できる環境があるのだ。あれほど帰国を急いでいた王女が、カルダン・ガウ国を前にとる行動としては理解しがたい。王女は王宮からは去りたかったが、帰国はしたくないと望んでいるとしか思えない。王女がそうした行動をとった理由は何なのか。

何にせよ、調査結果から、王宮でカルダン・ガウ国王女と名乗った女性が、下宮に滞在しているマレリーニャと同一人物であることは間違いない。

「二年前に我が国を訪れた王女は、そのまま国内に滞在し、外には出ていない、ということだな?」

「はい」

アルフレドが副宰相へ内容を確認していると、宰相が口を開いた。

「王女が偽物であるとすれば、カルダン・ガウ国は我が国を騙したことになりますな」

「……何をするつもりだ?」

「カルダン・ガウ国が偽王女で我が国を騙したのなら、その時に我が国にいらしたナファフィステア妃のことをどうお考えなのでしょう」

宰相は、我が国を騙そうとしたカルダン・ガウ国へ、王女が偽物ならばナファフィステアも偽物なのか？　どこまでも我が国を愚弄するつもりか！　とカルダン・ガウ国と交渉しようというのだ。

「ナファフィステアの身分を保証させることができるか？」

「王女が偽者であるという確証さえあれば」

ナファフィステアをカルダン・ガウ国が差し出した時、国王の印と王女の署名入りの文書にて彼女は異国の姫君と記されているが、対外的な効力としては弱い。王女が彼女の身分を保証しそれを国王が認めるものであり、国王がナファフィステアを保証するものではない。そのため、カルダン・ガウ国ではナファフィステアが自国にかかわりのある娘だとはあまり知られておらず、かの国で彼女の存在はないに等しい。

だが、カルダン・ガウ国国王が自国民の前でナファフィステアが辺境の国の王族の娘であり、自国の王族と同等に遇する存在であると言えば。王女と友情を結んだナファフィステアが王アルフレドの妃となったことは、カルダン・ガウ国のために非常に喜ばしいことであると宣言すれば、変わる。国王の宣言がナファフィステアの身分を保証し、彼女は近隣諸国で通用する強い立場を得られるのだ。

宰相はそれを成そうというのである。

ナファフィステアの出自をカルダン・ガウ国がいくらでも貶《おとし》められるということが彼女を王妃にする場合の難点であった。それは、我が国を甘く見るとどうなるかと国力を見せつければ抑えられるとアルフレドは考えていたが。情勢の危うい隣国に、優位な情報を持たせておくのは得策ではない。ナファフィステアの身分を確約させておけば、今後それがこちらの強みにもなる。

「こちらの思惑を悟られぬよう、上手く事を運べ」

「承知いたしました」

アルフレドは王女の件でカルダン・ガウ国との交渉に関する全てを宰相に任せることにした。

宰相はアルフレドがナファフィステアを王妃にという考えには賛同していなかった。彼女は王妃にふさわしくないと考えているのだ。美しくもなく、気品にあふれた女性でもない。黒い毛、黒い瞳という奇異な容姿をもっているだけの、ただの小さな子供。妃であることすら気に入らないのに、王妃となるなどとんでもないと思っている。王の隣にはもっとふさわしい王妃が立つべきだと願っているのだが、王はナファフィステアを選んだ。宰相はアルフレドに何度も美しい女性を近づけ、王の気が変わるよう働きかけ続けていた。王の考えが変わらないことを苦々しく思い、ナファフィステアに対しては憎しみすら抱いてそうである。

しかし、だからといって宰相が王と国が得となる機会を台無しにするような無能者になり下がりはしない。王女が偽物であるとの確証が得られるのはまだ先になるが、宰相は不審な王女の言動をもとにナファフィステアの身分保証に向けてかの国と交渉を開始するだろう。父王の時代から宰相を務めているだけあって、手腕は確かだ。必ずアルフレドの満足する成果を上げる。これまで王の期待を裏切ったことは一度もないのだ。宰相がナファフィステアを気に入らないのは些細《ささい》なことでしかない。

アルフレドは様々に動きはじめた事態にナファフィステアを呼び戻すべきかと考えた。だが、今回の報告ではホルザーロスが私兵を抱えているのではとの疑惑は明白にならなかった。王への反逆を企んでいるのか、王女を送り込み王に近づこうとするホルザーロスを失脚させるための捏造《ねつぞう》話なのか、結論は出ていない。まだ彼女を王宮に近づけたくはない。アンデの調査においても、彼女は当時を知る者の一人であり、現地で集めた情報を束ねるには必要な人物である。彼女がかかわる方が情報収集の効率にもよいだろう。

アルフレドは彼女を呼び戻したい気持ちを押し殺した。

「ナファフィステアのもとに人員を送れ。騎士達では情報が集めにくかろう」

「はい、陛下」

あとは宰相達に任せることにして、アルフレドは今日済ませるべき執務にとりかかった。

五．森へ行こう

アンデに着いて数日後、私は近くの森へと散策に出かけた。ユーロウスやカウンゼル達が聞き取った話をとりまとめた結果、私はこの領主館の近くの森で発見されたというのだ。

館の周囲には、草原や深い森が広がっており、背後には山がそびえている。あの時とは違って、その山頂に雪はないけれど、馬車から遠ざかる領主館を見ていた風景はそのままだった。私のアンデでの記憶は館の中で過ごした数日と、去る時に見た風景くらいしかない。

当然、森に向かったからといって、見覚えがありはしないのだが。私が発見された場所には、何かあるんじゃないかと期待しないはずがない。私は内心ドキドキしながら騎士ボルグと数名の騎士達、そしてリリアを連れて森へ向かった。

近いと思ったのに、これが思ったより遠かった。歩いても歩いても歩いても森に着かないのだ。館から森の木々が見えているのに。

「い、意外に、遠いわね」

息を切らせて歩いているのは、私だけ。リリアにしても、騎士達にしても、何ら苦になる距離ではないらしい。

ここの人達って、何なの。絶対、基礎体力が違うのよ。いや、人種の違いだろう。あの逞しい骨格といい、胸板の厚みといい、筋肉の盛り上がり感ときたら、もうみんな見事としかいいようがない。騎士達は当然としても、事務官だって騎士達に比べればというだけで、日本にいたら格闘家並みである。

それは、女性であるリリアも例外ではないのだ。私との差は身長や手足の長さじゃなく、胸囲、胴囲、腕の太さ、足の太さが全然比較にならない。侍女なのに、リリアは私を軽々とお姫様抱っこができる。たぶん、他の女官達にもできるだろう。何をどうしたら逞しい筋肉がつくのやら。

そんな人達が「すぐ近くの森」、「領主館から歩いてすぐの森」なんて言うから、つい歩いていこうとした私が間違っていた。ゆるく上り坂なのが効いて、はぁはぁと息が上がり無言で足を進め続けたけれども。さすがに、もう限界。私はようやく目前に近づいた森を前に足を止めた。

「お疲れになられたのですね。馬車を呼ばれますか？」

リリアが心配そうに尋ねてきた。涼しい顔をしている。森までの道は、リリアに全く何のダメージも与えなかったらしい。

声に出さず、私は首を横に振った。まだ息が整わないのだ。

ドレスが汚れるのも構わず、私はそこにしゃがみ込もうとした。が、前方にある木の根元に、石が置かれているのが見えた。それは自然にできたのではなく、おそらく人為的に積まれたものだ。

私がぼんやりとそこを見ていると、気づいたボルグが説明してくれた。

「あぁ、あれは、ここで亡くなった男女が葬られた場所の目印なのだそうです。二年ほど前にカルダン・ガウ国から来た人が駆け落ちしようとして命を落としたということです」

「駆け落ち？」

「カルダン・ガウ国使者団にいた下働きの女と貴族騎士らしいです。かの国では身分を越えた結婚は許されておりませんので」

「えっと、命を落としたってことは、殺されたの？」

「そうでしょう。駆け落ちなどという理由で二人を亡命させたとなれば、使者団の者達は自国に戻った後、いい笑い者ですから。二人の亡骸《なきがら》を見つけた住民が、ここに葬ったとのことです」

そっか。駆け落ちしようとしたところを発見されて、殺されたのかな。自由恋愛の国へ亡命しようとして。出生率が低いっていうのに、身分差恋愛くらいで殺さなくてもいいだろうに。でも、それだけ身分の差は大きいってことでもある。王女マレリーニャからすれば、本来なら私は声をかける価値もない存在なんだろう。

私は石の前でとりあえず手を合わせた。成仏してくださいね。実は、ホラーとかゾンビ物が超苦手なので、幽霊は本気で勘弁願います。

「何をなさっておられるのですか？」

「これは……おまじないよ」

不思議そうな顔のリリアに適当な答えを返し、私は立ち上がる。さあ、行きましょうか。騎士ボルグを先頭に、私が発見されたという場所へ向かうため、私達は森の中へと足を踏み入れた。

が、数歩進んだところで、私は歩みを止めた。

「どうされました、ナファフィステア妃？」

後ろを歩くリリアが私に声をかけ、先に進んでいたボルグとヤンジーが振り返った。

みんな全く平気そうな顔をしているけれども、森の中はとても暗い。びっくりするほど世界は一変した。草がわさわさあって足元が見えづらいし、こんな中を長いドレスで歩くなんて、何かが間違ってる。あちこちからザワザワとかガサガサとかいう音が聞こえて、それが自分のせいなのかリリアのせいなのか、蛇や虫とか何かいるせいじゃないのかとか考えてしまって、怖い。一度怖いと思ったらもうダメで、妄想が妄想を呼び、つまり、足が動かせないくらいスペシャル怖い。

足元だけじゃなく、上を見ればあっちにもこっちにも蜘蛛《くも》の巣が張られていて、その中心に大きな主がいるのが見えてゾッとする。薄暗い中でも見える蛍光色ってどうなの。いや、見えなくてうっかり蜘蛛の巣を引っ掛けたくないから、光っててくれてありがとうと言うべきなのか。

とにかく薄気味悪くて、足が竦《すく》む。

「この森には道はないの？」

涙目になりながら、私はボルグを見上げた。

「ここが道です」

は？　道？　道なんかないわよ？　と視線で問いかけると、ボルグは私を見た後、視線を落とした。私がボルグの見ているあたりに目をやると、私達の歩いているところが他より少し草が少なくて、土の部分には確かに私達以外にも誰かが歩いた痕跡があるといえばあるのかも。

ここが、道。ということは、この先、ずっとこんな感じが続くのだ。前方は暗くて森の端は見えない。森に入った途端こんななのに、これがずっと？　いや、もっと暗くなるに違いない。この薄暗い中を進むの？

いや、無理です。私には無理。絶対ムリ。私って現在日本の普通の町育ちだから、作られた自然しか知りませんしっ！

でも、この森を進まなければ、私が発見された場所に辿り着けないわけで……。葛藤しまくる私に、騎士ボルグが別の提案をしてくれた。

「遠回りになりますが、川から目的の場所に向かわれますか？　森を歩かなくても、川伝いに歩けば目的の場所に着くことができます」

「ぜひ川へ行きましょうっ！」

私はぶんぶんと顔を縦に振って同意する。そんな道があるなら、早く言ってよ。遠回りでも頑張って歩きますから。ということで、私達は川ルートを進むことにした。

それは本当に遠回りだったようで、館から森への距離と同じくらい歩かなければならなかった。そして、目的地はさらに先という、私には体力の限界への挑戦となった。

川は、河原を含めた幅が十数メートルほどで、その半分くらいを水が流れている。河原は一メートル大の岩がごろごろしてて、ドレスで歩幅の短い私には非常に過酷なアスレチックだった。もっと軽装にすべきだったんじゃ、と思うけど、妃の私にドレス以外の選択肢はない。そんな私と違って、リリアはドレス姿なのに大石の上をひょいひょいと歩いていくから、本当に羨ましいったら。私の足では届かない危ないところは、ボルグがサポートしてくれたのでクリアできたけどねっ。

結局、私達がかなりの時間をかけて歩いた末に到着したのは、池というか小さな湖だった。

「何もないわね」

私はぽつりとそう呟いた。ドーンと湖面が広がっていて、その周りを森の木々が囲んでいる。鳥か虫の声も時々聞こえてきて、たぶん、ありふれた湖と森の風景なんだろう。湖の水は澄んでいてとても綺麗だけど、それだけだ。何もない、綺麗な湖があるだけの場所だった。

私が発見された場所なら特別な何かがあるんじゃないかと、期待していた。ここに来れば何かが変わる。何かがわかって、もしかしたら日本に戻れる可能性があるのかもしれない、なんて、思いもあった。期待してはダメだと思っていても期待しないはずがなく。

やっぱりという思いと、落胆がないまぜになって、私は湖を見つめたまま、しばらく動けなかった。これが途方に暮れるってやつなんだろう。

「見覚えがおありですか？　カルダン・ガウ国の者達がアンデに到着した日の夕刻、びしょ濡れの小柄な女性を領主館に運び込んだと館の者が申しておりました。使者団の者達が森に入り、この川に近い湖のほとりを探っていたこと、また湖畔に多くの足跡が残っていたことから、女性は湖か川で溺れたのではないか、とも言っておりました」

湖を眺める私にボルグが言った。私は黙って首を振る。

館に運ばれた時の私はびしょ濡れだったというけど、溺れたなんて記憶はない。私が領主館の一室で目が覚めたのは早朝で、それ以前の記憶は日本でのことだけ。私がこの辺りで見つけられたなんて話は、まるで他人事のように聞こえる。あれから、二年が過ぎた。

湖の水は透き通っていて、手前の方は水底の岩が鮮明に見える。浅そうに見えても、絶対に足がつかないくらい深いに違いない。

綺麗な水底に私のバッグとか靴とか落ちてたらと目を凝らす私の視線の先を、すいーっと細いものが滑らかに横切っていった。この湖には、人を呑み込めるサイズの蛇さんがお住みになっているらしい。

この湖は、ただの綺麗な湖でしかない。漫画や小説のように、私のための帰り道が開かれたり、イベントが起きたりはしないのだ。

この世界に来て最初の頃は、目が覚めたら自分のベッドの上で、リアルな夢だったなって思うことを期待してた。日が過ぎていき、半ば諦めながらも、元の場所に行けば帰れるんじゃないかと思ったりもした。

知りたくて知りたくなかった事実、私、帰れないんだ。

でも衝撃は大きくない、ような気がした。涙は出ないし、絶望もしない。王宮の書庫を探しまくって、そうなんじゃないかと思ってはいたから、心の準備はできていたのかもしれない。まあ、衝撃は後からくるのかもしれないけど。

ただ、この虚無感はどうしようもなかった。

「ナファフィステア妃……」

リリアの呟きが私の耳に届いた。

とにかく、私はここにいる。私を心配してくれる人もいるのだから、悲嘆にくれるほどの状況ではない。私はふーっと息を吐いて頭を切り替えた。

もしもカルダン・ガウ国の使者達の誰かが水に浸《つ》かってた私を引き上げてくれたなら、命の恩人だった可能性もある。私を勝手に陛下に差し出したことは許せないけど、差引ゼロにしてあげよう。

でも、そうして湖を見てみると、透き通る水の美しさが逆に怖い。実は私以外にもこの世界にやってきた人が、あそこに沈んでいるのかもしれないと思うと、ゾッとする。幽霊話は苦手なのに。

もう考えない、想像しないっ。

私は自分を誤魔化すように、てんで違うことを考えながら湖に背を向けた。振り向いてはいけないんだと言いきかせて、襲ってくる不安には必死で蓋をして、館へと引き返した。


カウンゼルが周辺の町で聞き込んだ内容の説明を受けた。使者団の一行に王女とみられる身分の高い女性がいたことは間違いないという。十四、五歳の小柄な少女であったらしい。ひとつ前の隣町までは使者団の進行速度も普通だったようだ。ところが、その後、一行はこの町に三日間滞在している。駆け落ち騒ぎのせいだろうと住民達は思っているらしい。

三日後には出立したものの、翌日は隣町に泊まり、わずかしか進んでいない。そこでも、身分の高い女性はベールを被った小さな女性だけだったという。一貫して身分の高い小柄な女性が一人で、おかしくはないのだけれど。

「隣町でベールを被っていたのは私、なのよね。私は高い身分の背の低い女性には会ってないし」

アンデの町を境にベールを被った女性は王女から私に変わった。では、それまでベールを被っていた王女はどこに行ってしまったのか？　アンデで起きた駆け落ち騒動で使者一行から二人の男女がいなくなっている。その一人が王女だった可能性が？

「ねぇ、使者団で駆け落ち騒ぎがあったたって言ってたわよね？　森のそばで、男女が亡くなって葬られたって。その女性の方が身分の低い女性ではなく王女だったたってことはあり得る？　王女と騎士だと身分違いにはならないのかな」

私はカウンゼルに訊いてみた。この国と隣国では事情が異なるとしても、貴族家の騎士であるカウンゼルなら、この辺りのことを知っていてもおかしくない。他国の王族に接する機会も多いはずだから。

「王女と騎士では、身分違いにあたる可能性は高いでしょう。王女の婚姻は王が認めた相手のみにしか許されません。将来、上位貴族位を継ぐ子息騎士であったとしても、王が認める婚約にまで至っていない限り、騎士風情では身分違いとみなされるのが普通です」

「じゃあ、亡くなった女性が王女だったとしても、身分違いで騎士と駆け落ちっていうのは成り立つのね。でも、王女が駆け落ちしたのなら、普通は殺さないわよね？」

ここの常識がわからないので、一応、カウンゼルに確認してみる。

「もちろんです。王族の女性を殺すなど、考えられません」

カウンゼルは即座に完全否定した。そりゃそうよね。どこの王家も血を継ぐ子供が少なくて困っているっていうのに、貴重な王女を殺すなんて、普通なら考えられないはず。

王女が駆け落ちして失踪したから、使者達はあわてて、私をそれっぽく仕立てて旅程を遅らせたのかも。そうして国からの指示を待っていたのでは？　でも、二人とも殺されたって話だし。駆け落ちじゃなくて、王女に懸想《けそう》した騎士が王女を殺してしまって、騎士は使者達に殺されたとか。いやいや、それなら王女の死を隠す必要がない。王女が騎士と駆け落ちしたけど、騎士が殺されてしまい、王女は騎士の後を追って自殺した、とか？　でも、王女の死を隠す理由になる？

ああでもない、こうでもないと悩んでいる私にカウンゼルが発言した。

「墓を掘り起こして確認しましょう」

「えぇぇっ」

二年経っているから、今頃は骨になっていると思うけど。ほ、ほ、掘り起こす？　確かめるにはいい方法かもしれないけど、死者様、怒らないでねぇ。

私はなんまんだぶなんまんだぶとか適当な言葉を口走りながら手をこすり合わせた。宗教は信仰してないけど、やっぱりこういうのは気になるから。

「何をなさっておられるのです？」

「おまじないです」

怪訝《けげん》な顔で問いかけるカウンゼルに、リリアが即答した。

さすがはリリア。見事な対応だった。

「では早速」

「ち、ち、ちょっと待って。まさか今から掘り起こすつもり？　もう夜よ？」

「早い方がいいでしょう」

「いや、夜はやめておきましょう」

「なぜです？」

「ほら、いろいろ、眠っているでしょう？」

「眠っている？」

夜に墓掘りって怖すぎる。たとえ他の人がするのだとしても。

ここの世界の人達は、亡骸には思い入れがないというか、祟《たた》られるとか思わないらしい。石が積んであるのは、うっかり住民がそこを掘らないようにとの目印なのだという。

いろいろと風習は違うよね、土地が違えば。

「朝の方が見落とさないから、明るくなってからにしましょう。ね？　ねっ？」

にっこりと笑顔でカウンゼルに伝えると、彼も承諾してくれた。

ふうっ。どちらにしても、死者を掘り起こすことには違いないけれど、とりあえず夜は回避できたらしい。

夜が更けてきたので、続きは明日にして、みな休むことにした。

そして、一人になれば、頭に浮かぶのは湖のこと。考えまいとすれば、王女と墓掘りが思い浮かんでしまい、幽霊ホラーがチラつく。幽霊は駄目。それを振り払おうとすれば、もう帰る場所はないのだとの思いがこみ上げ、息を詰まらせる。ぐるぐると暗い妄想に翻弄されてしまい、その夜、私が眠りについたのは明け方になってからだった。

おかげで、翌朝はすっかり寝坊した。王宮じゃないので別に早起きする必要はないんだけど、生活のリズムは大事だから朝はちゃんと起きよう。私は一応の反省をして、朝食にありついた。

アンデでも食事は美味しい。作ってくれているのは領主館の料理人でも、指示をしているのはリリアである。大変だなと思うと同時に、とってもありがたい。この国の料理は臭みやえぐみが強くて、私には食べられないものもある。そういう私がダメな食材や味をリリアはよく知っていて、美味しく食べられるように料理人に伝えてくれているのだ。

少し遅めの朝食となったけど、今日も美味しい食事をしている間、カウンゼルから消化に悪い話題を提供された。朝の話題には少しもふさわしくない。

「現在のところ土と複数の動物の骨以外発見されておりません。人が立てるほどの深さまで掘り進める予定ですが、人骨が発見される可能性は少ないとのことです」

私が報告を許可したんだけれども、食べ終わってからにすればよかった。皿の上の骨付き肉が恨めしい。食べる努力はするけど、完食はけっこう厳しいかも。

「可能性が少ないとはどういうこと？　掘った形跡がないの？」

「そうです。今掘っている場所はそれまでの箇所とは手応えが違うそうです」

掘る手応えが違うということは途中から極端に硬いのだろう。木の根も邪魔しているのかもしれない。騎士達が手応えの差から、その先は二年前に掘った形跡がないと推測したのなら。

「では、亡骸を埋めたというのは嘘だった、ということ？　それとも、誰かが掘り返して遺体を他の場所へ移したのかしら。高貴な身分の人だし。アンデの住民が埋めたという話だったけど、誰が埋めたかはわかっているの？」

「いいえ。皆、誰某《だれそれ》が埋めているのを見たと言っていたと言うばかりで、最初に誰が言いはじめたことなのかは突き止められておりません」

「亡骸が埋められたのはいつ？」

「使者達が滞在して二日目の朝です。薄い霧の中、作業をしていた者を見たそうです。埋め方がアンデのやり方だったため、住民の誰かだろうと」

また、誰かが、誰かを、ね。

滞在二日目の朝。私はその前の晩にはこの館に運び込まれている。私がはじめて目を覚ました日、外ではそんなことになっていたとは知らなかった。廊下に武器を持った人がウロウロして物々しい雰囲気だったのは、私を見張るためだけではなかったのかもしれない。

「駆け落ちした二人が埋められたことを、使者達は知っていたのかしら」

「館の使用人が伝えたようです。男が背中に大きな太刀傷を負い、もう一人の女性は首をナイフで刺して男性の隣で息絶えていたと」

「それはまた、詳しいわね」

「その場にあったナイフを持ち帰ろうとしたアンデの住民が、使者に奪われたと言っていました。それを見て信用したのかもしれませんね。明らかに隣国の意匠だったようですから」

話を聞いて、使者は二人が死んだと信じた。使者にはナイフが王女のものとすぐにわかっただろうし、男の傷にも十分に心当たりがあったのだ。おそらく、使者達が負わせた傷だろうから。王女はその男性が亡くなったことを理由に命を絶ってもおかしくないと思わせる、二人はそういう親しい間柄だったのだろう。

特別な意匠のナイフは、王女が死亡しなければ決して身から離さない、カルダン・ガウ国王女であることを示す重要なものだったのかもしれない。それなら、使者達が、町人の話だけで王女が亡くなったと信じてもおかしくないし。

「でも、石が積んであったところには、何も埋まってなかったのよね。二人が生きているかもしれないってことになるけど、その後、その二人らしき人を見た人はいないの？　この町なら、住民以外がいたら気がつくでしょ。男の人は大怪我をしていたようだから、すぐに駆け落ち騒動の人だってわかりそうじゃない？」

「住民曰く、駆け落ちしようとして亡くなった二人がどんな顔だったのか知らないのに、見たかどうかわかるはずがない、だそうです」

「他国の王女と騎士なら、みすぼらしい服を着てこの国の言葉を喋ったとしても、隠しきれずに普通の人じゃないってわかると思うんだけど」

「それが……この町の人々は探りを入れようとした途端、ピタリと答えなくなってしまうのです。今では、住民達は我々の姿を見ると敬遠して、尋ねても誰もまともに答えてはくれません」

カウンゼルはお手上げだという風にため息交じりにそう漏らした。

王都から遠い寂れた町で、カウンゼル達の姿はとても目立つ。王宮の騎士達はこうしてみると非常に立派な格好をしている。煌《きら》びやかな王宮では気にならなかったけど、王宮騎士は庶民とは異なる特権階級に属しているのだ。そんな騎士達が根掘り葉掘り粗探しするようにしつこく質問してきたら、胡散《うさん》臭くて、いい気はしないだろう。

王都から遠く離れた田舎領地だからこそ、アンデ領主に信頼を寄せている住民達が、余所者《よそ》（王都から来た偉そうな騎士達）が領主を脅《おびや》かそうとしているんじゃないかと疑ってもおかしくはない。少し話しただけで、アンデ領主はとても賢明な人だと感じたくらいだから、住民達は自分達の領主に全幅の信頼を寄せているに違いない。遠くにいる王や貴族達よりも。

「カルダン・ガウ国の使者達は帰国する時もここに泊まったのではないの？　その時のことは？」

「使者団は戻りもここへの宿泊を望みましたが、アンデ領主は断ったのだそうです」

「それは、また……どうして？」

「使者一行が森を荒らしたから、と。ナファフィステア妃が見つかったあの森は、人々の暮らしを支える大事な森ですので。住民達は、カルダン・ガウ国の使者達には悪い印象ばかりが残っているようです」

国を代表する使者なら相当に身分の高い、とても偉い人達のはずだ。隣国とはいえそんな貴人を相手に、貴族位も持たない領主が断れるものだろうか。この世界では身分は絶対のようだから、隣国の機嫌を損ねたことを理由に、王がアンデ領主を処罰しないとも限らないのに。

でも、そういう領主がいる町なら、住民達が貴族出のカウンゼルの詮索に答えないのも納得だ。そんな町なら、身分差ゆえに駆け落ちしようとした二人を匿《かくま》ったり、逃亡を手助けしたりしても、おかしくないいんじゃない？

仮にそうだったとしたら、祝賀会に現れた王女は？　ホルザーロス卿の恋人のような態度だった彼女が駆け落ちなんてしそうにないんだけど。

「とにかく、王女はどこかで生きていそうよね。でも、今陛下のところにいる女性が、ここで駆け落ちした王女だとは考えにくいわ。どう思う？」

私はその場にいるみんなに向けて尋ねてみた。調査したのはカウンゼル率いる騎士達で、妃付き警護騎士であるボルグ、ヤンジー、ウルガンは情報収集には参加していない。リリアも慣れない環境での私の世話が忙しくて、館の使用人達からそれほど情報は引き出せてないだろう。でも、カウンゼルの話を聞いて、思うところはあるはずだ。アンデの人達と接していればこその視点で。

私の問いかけに答えたのは、ユーロウスだった。

「使者達とともに王宮を訪れた女性がホルザーロス卿に後見されている女性であるのは間違いないでしょう。ですが、駆け落ちして逃げた王女と同じとは、確かに思えないですね」

「じゃあ、本物の王女は今なお逃げていて、王宮にいる女性は別の王女ってことに……なるのかしら？」

「二年前の使者団の中にいた王女は、マレリーニャ王女お一人だけです。他のカルダン・ガウ国の王女が我が国にいるとは考えられません」

さすがは王宮事務官吏だけのことはある。二年も前のことを、よくすらすらとはっきり答えられるものだ。どれだけの情報が頭に詰まっているのやら。妃付き事務官吏な時点で左遷組かと思っていたけど、実は事務官吏としてとても優秀だったりするのかも。

「ユーロウスって……すごく優秀な事務官吏だったのね」

「それほどでもございません、ナファフィステア妃」

ユーロウスはさらっと肯定した。うん、まあ、自信があるのはいいことよ。リリアのユーロウスを見る目は冷たそうだけど。

さて、使者団の一人としてここを訪れた王女は、どこかで生きているけど行方不明のまま、そして、今王女と名乗っているマレリーニャ嬢は偽王女だと仮定してみよう。

「二年前、マレリーニャ嬢が王女の身代わりを務めたかもしれないとは、考えられないかな？　でも、他国の王様を騙すなんて、普通しないわよね。王女は来られなくなりましたって言えば済むことなんだから」

私は自分で言っておきながら、それはあり得ないだろうと否定した。けれど、ユーロウスはそうしなかった。

「カルダン・ガウ国の使者達は、王女を王宮に連れてくる必要がありました。王女は、当初、妃として王宮に残られるご予定だったのです。それは二国間で内々に決定されていましたので、その使者の中に王女がいらっしゃらないなんてことになれば、我が国を侮辱することになりますので、使者として来訪した意味がありません。王女は結局、体調が悪く国で養生したいとの強い要望で王宮には残られませんでしたが、代わりに異国の姫君のナファフィステア妃を、陛下に……後宮へ、その……」

ユーロウスは次第に語尾を濁したが。私は王女の身代わりに陛下に差し出されたのだ。そんな経緯があったとは、知らなかった。セグジュ先生が言っていた友好の証として嫁いできたなんて言葉は信じてなかったけど、珍しい手土産として差し出し、代わりにたんまり礼金をせしめたのだろうと思っていた。それが、王女の身代わりだったとは。だから、私にはどこかの姫君という、よくわからない肩書が付いているわけだ。

「カルダン・ガウ国としては、陛下の前にどうしても王女を出す必要があったけど、さすがに偽物を隣国の王の妃として送り込むのは危険がすぎる。ひとまず毛色の違う娘を差し出しておけ、ってことだったのかしら」

妃として差し出すなら、相応の家の娘でなければならないし、何といっても王女の代わりである。独身の貴族女性が大勢いたとしても、該当する女性はそう多くないに違いない。該当者がいたとしても、使者団が王宮を訪れている間に妃となれそうな娘を差し向けるのは無理だったろう。あちこちと連絡を取るだけでも相応の時間を要するはずだし、その上で、高貴な娘を王宮に来させるとなればどれほどの時間がかかるやら。つまり、私は毛色が珍しい、王女の代わりに怒りをぶつけるため煮るなり焼くなりお好きにどうぞという捨て駒な存在だったのだ。

やっぱりカルダン・ガウって超絶気に入らない国っ。一時は差引ゼロとか思ってたけど、マイナスよ、マイナスっ！

「陛下の御前に偽王女を出すなど、許される行為ではありません。ナファフィステア妃をかどわかしただけでなく、王を騙そうとするとは、悪辣《あくらつ》な」

ボルグが言葉を漏らした。私の味方な発言に、ほっとする。そうなのよ、私って彼等に攫われたの。あいつら酷いよね。そう思うのが私だけじゃないというだけでも、気分は全然違う。ありがとう、ボルグ。

「でも、今回のことがなければ、問題なく収まっていたのよね。マレリーニャ嬢は、どうして今になってカルダン・ガウ国の王女だと名乗ったのかしら？　ホルザーロス家が後見しているのなら、由緒ある上位貴族家の娘とみなされるし、それだけで十分、妃や王妃になれたでしょうに」

頭を捻《ひね》って真剣に考えている私を、ユーロウスもカウンゼルも奇妙な顔で見ていた。

何よ？　何が言いたいのよ。二人ともわかりあう何かがあるようで、カウンゼルがユーロウスに目をやり、ユーロウスは頷きを返した。

私の疑問をはりつけた顔に、しかたがないと言いたげな様子でユーロウスが口を開いた。

「マレリーニャ嬢はカルダン・ガウ国王女だと言わなければ王妃候補にも、おそらく妃にすらなれません」

きつい口調で断言した。どうして？　と思うけれど、カウンゼルもユーロウスの意見に同意しているらしい。

この部屋にいる者の中で、わからないのは私だけのようだ。が、わからないものはわからない。

「どうして？　後宮を閉じてしまったから？　でも、また開ければいいだけよね？」

「陛下は、ナファフィステア妃が王妃になられた後ならば妃を入れてもよい、とお考えです。余程のことがない限り、妃にはなれないでしょう」

……それは、それは、初耳です。いつ、そんなことになったのかな？

ぱかっと口を開けたままの私は、とても間抜けな顔を晒していただろう。何せ、私の思考はしばらくの間、働くことを放棄していたから。

沈黙が流れた。

「それは……知らなかったわ」

何とか口を動かしてそう呟くと、『そうでしょうね』といった視線がユーロウスとカウンゼルだけでなく、四方八方から寄せられた。

なぜだろう。私以外の全ての人には周知の事実のようで驚きが全くない。驚きよりも、視線が冷たいんだけど。どうして？　私は今リストラ宣告されているのよ？　そんなこと、わかるわけがないじゃない？　陛下なんにも言わないし！　という不満も多々あったけど。私は口をつぐんでおくことにした。少々内容が情けない気がしたから。

私は明後日《あさって》の方へ視線を流しながら、別の話題にすり変える。

「あー、二年前に王女として王宮を訪ねた女性が本物の王女だったのか、アンデの町での駆け落ち騒動のこととかカルダン・ガウ国の使者に詳しく聞けばわかるんでしょうけど、無理よね？」

「すでに帰国しておりますし、尋ねたところで、自国に不利な情報を漏らしはしないでしょう」

「そうよね。マレリーニャ嬢が偽物である可能性が高そうだけど、それを証明できるものがないのよねぇ」

「陛下に詳しく報告いたします。陛下であれば必ずや真相を突き止めてくださるでしょう。早速、この件に関する仔細《しさい》を報告したいのですが、よろしいでしょうか？」

「ええ、どうぞ進めてちょうだい」

「はい。では」

ユーロウスは部屋の隅に控えていた事務官吏へと指示を出しはじめた。陛下へ報告といっても、何日かかるかわからない。私達がここにくるまで一週間もかかったのだから、報告に対する陛下の返事が届くのは先のこと。マレリーニャ嬢が偽王女かもしれないなんて話を、信じてもらえるとは限らないのだ。

陛下から何らかの返事が返ってくるまで、どうするべきか。カウンゼルやボルグ達が、私の指示を待っているのをヒシヒシと感じる。

調べてほしいとお願いしたのは私だし、この件をはじめたのは私だけれども、人の上に立った経験なんてないから私が人を使うのは無理だって！

私と一緒に来た騎士達は、陛下の指示に従って私を警護するのが役目なんだから、余計なことを頼むべきではない。そう思うんだけど、疑惑が見つかった以上、彼等が解決に向けて動きたいのはわかる。私だけの問題じゃなく、陛下や国の権威にもかかわる問題に発展しそうなのだから。

しかし、彼等は私の警護という役割を離れて自由に行動することはできない。私が指示を与えない限りは。だから、彼等は待っているのだ。

「実は、アンデの住民の誰かが、王女と怪我を負った騎士の二人を匿っていたんじゃないかと思わない？」

私はそうカウンゼルに話しかけた。ここの住民が二人の情報を一番多く持っているに違いない。

彼等がそれを話そうとしないのは、住民にとっても二人にとっても危険だからと判断しているからだ。私を含め、王宮から来た者は、アンデにとって危険とみなされているんじゃないだろうか。

「王女と騎士がこの町にずっと住んでて、もし見つかったりしたら、何か罰せられたり、強制帰国させられたりするのかしら？　二人を匿った人達も」

「いいえ、王女と騎士はこの国に不法に侵入したわけではありませんので、処罰される理由はありません。その二人を匿ったところで罪には問われません。しかし、カルダン・ガウ国では許されない駆け落ちによる逃亡を図っておりますので、二人を引き渡すよう要求されるでしょう」

「じゃあ、王女と騎士を匿った住民や、アンデ領主が咎められることはないのね？　そもそも、駆け落ちして死亡した二人は騎士とただの女性で、王女じゃないとカルダン・ガウ国の使者は認めているわ。そうじゃなければ王宮で使者達と一緒に王女が陛下と謁見できたはずがないもの。だから、カルダン・ガウ国は王女を引き渡すよう要求できないんじゃないの？　できたとしても、引き渡すべきなのは、二年前に謁見した、今、王宮に滞在しているマレリーニャ嬢でしょ」

「それは……」

「とにかく、私達が駆け落ちした二人やアンデの人達に害を与える存在ではないとわかってもらえば、話を聞くことはできそうじゃない？　駆け落ちした王女じゃなく、王宮に現れたマレリーニャ嬢が本物の王女かどうか知りたいだけで、王が隣国にむざむざ騙されるのを防ぎたいのだとわかってもらえれば」

「もう一度、住民達に彼等のことを詳しく訊いてみることにします。彼等を殺そうとした隣国の者はもういないのですから、ここで隠れ住むより、真実を語り、王の庇護を受ける方が得だと説得できるかもしれません」

そう言って、カウンゼルは騎士数名を連れて再び情報を得られるよう住民の説得に向かった。新たな情報が得られるといいけど。

リリアがすっとお茶を出してくれた。

「アンデのお茶でございます。少しゆっくりなさってはいかがでしょう?」

「そうね。天気もいいことだし、館の外に出てみようかな」

私の言葉に、リリアは顔をしかめた。貴族女性というのは滅多に屋敷から外には出ないものらしくて、本当に困る。お肌の問題とかいろいろあって出たくないのはわかるけど、私は気にしないのよ。というのは、あまり理解してもらえない。

「屋敷の周辺をウロウロするだけよ。ね、ボルグ、これ飲み終わったら、館の外観がわかるようにぐるりと一周したいわ」

「承知いたしました」

「お願いね」

「はっ」

調査・報告はユーロウスとカウンゼルに任せて、私はお茶の後、のんびり館周辺を散策したのだった。

カウンゼルの説得ははじめ難航していたけれど、徐々に住民の態度が軟化しはじめた。説得だけでなく、アンデ領主館でのリリアやボルグ達の住民への接し方も影響していると思う。ボルグ達妃付き騎士はみな庶民出だし、女官もリリア以外は庶民なので、貴族達やあの使者達が滞在した時とは様子が少し違うだろうから。

アンデ滞在七日目、私はリリアにできるだけ軽装の仕度をしてもらい、ボルグ達と掘り起こした例の場所へ向かうことにした。今度は、素直に馬車で移動することにして。

二人がかりで掘った穴は結構大きかった。そして報告通り、穴の中には何もない。木の根や大きな石が多かったようで、以前はなかった私の体重どころではない大物が穴の周囲にゴロゴロが転がっていた。これを掘った騎士達はさぞかし大変だったことだろう。

これで二人が埋葬されていないという事実が判明したのだけれど、早朝から墓掘りをカウンゼルに命じられたのだと思うと騎士達には申し訳ない気がした。朝から墓掘りってと、ぽっかりと空いた穴を眺めながら考えていると、急に肩を強く押された。

ぐえっ、落ちるっ。ここ深いのに！

顔から地面に落ちたくなくて慌てて手を出したけど、私はさらにぐっと地面に押しつけられた。私の肩を地面に強く押さえつけているのはボルグだった。

私は穴に突き落とされるのかと思った。土の穴縁《ふち》に手をかけて穴底を見下ろしながら、心臓のドキドキが収まらない。

しかし、ボルグ達の様子には、それどころではない緊張が漂っていた。だからこそ、私もびっくりしながら黙って低頭姿勢を保っているのだけど。

何だろう。何が起きているの？

そのまま目だけを動かしてみると、私の周りを騎士五人がぐるりと取り囲んでいた。ボルグ、ウルガン、ヤンジー、クォート、ロンダ、みな王宮で私の警護に当たってくれている妃付き騎士達だ。彼等は周囲を警戒していた。ゆっくりと首を後ろへと捻ってみると、地面には矢が突き刺さっている。

「ヤンジー、カウンゼルを呼んでこいっ。ウルガン、妃様を抱えて走れっ」

騎士ボルグの声とともに、私は大きな騎士ウルガンの左腕にのせられた。そのままウルガンは森に向かって走る。ガクガクと揺れながら、視界はあの薄気味悪い森の景色で覆われた。

うぎゃあ――――ぁっ。

く、蜘蛛の巣がっ、虫がっ、んぎゃあああああぁ。

ウルガンに抱えられながら目をそむけた。首に摑まり背後を見れば、剣だの弓を持った騎士達が十数人こっちへ向かってくるのが見える。

あれよりは、虫の方が、マシ。

マシ？

ちっともマシじゃないっ！

私はガタガタ震えながら、騎士ウルガンの首根っこに摑まり目を瞑《つむ》った。

頭に当たるものは木の枝よ、枝。サワサワと時々動いているものは、時々ひっついちゃった草の葉っぱよ。全部、ただの風よ、木よ、葉っぱよ、気のせいよ。

蜘蛛なんかいない。蛇なんかいない。虫なんかいない。変なものが這ってる感触なんて、ただの気のせいなのよおっ。

うぎゃああっ。むぎゃあっ。うがあぁぁぁぁっ。

内心大騒ぎしていたけど、口は閉じたまま開かないよう我慢。ひたすら我慢した。開けたら口から何か（そりゃ虫とか虫とか虫が）入ってきそうだったから。

遠ざかる森の入口で金属音が繰り返される。遅れて後方から枝を掻き分け人が何人も入ってくる気配がする。突然の出来事に、理解が追い付かない。何がどうなっているのかなんて、考える余裕なんてない。

ただ、今、私にできることはない、ということだけは確かだった。


随分と森の奥へと入ったところで、ウルガンは私を降ろした。そこで、ようやく目を開ける。あたりは鬱蒼《うっそう》として暗い。森の端が全く見えなくて、不気味だ。しばらくして暗さに目が慣れてきて、ウルガンの背中に二本の矢が刺さっているのが見えた。

「ウルガン、せ、背中に……」

私が声を詰まらせながらそう言うと、彼は背中に腕を回して無造作に引き抜いた。

うぐっ。私はとっさに口を手で塞いだ。

痛くないの？　なんてバカな言葉を言ってしまいそうになる。痛くないわけがない。どんなに鍛えていたとしても、生身の身体であることに変わりはないのだ。

私を護るということは、こういうことなんだと息をのむ。

「ナファフィステア妃、こちらの岩陰に隠れていていただけますか？」

「わ、わかったわ」

ウルガンの指差した先は、大きな古木の幹と岩があり、ちょうど私が入れそうなくらいの隙間があった。そこに入って隠れろと言うのだ。とても入りたい場所ではないけれど、そんなことを言っている場合ではない。私は大人しくその間に入ってうずくまった。

騎士ウルガンはそれを確認して、森の暗闇に消えた。

彼がいなくなると、出口もわからない森の中に、ひとり取り残された恐ろしさが足元から這い上ってくる。ウルガン達が引き返してこないか耳を澄ませると、風に揺れる木の枝がざわざわと騒がしい音や、カサカサと何かの生物の動く音が聞こえた。森の音ばかりで、人の声は届かない。

怖い。誰もいない。ボルグ達はどうなったのだろう。ウルガンは？

森の暗闇がこんなに恐ろしいとは思わなかった。耳を澄ませてじっとうずくまったまま、時間だけが過ぎていく。

怖い。怖い。早く助けて。早く誰か……。でも、誰も来ない。

森の薄暗さが一層増してくる。夜が来るのだ。

待っても、待っても、迎えはこない。

今までは、突然この世界に来て、そのうち帰れるんだと漠然と思っていた。この世界は自分のじゃないと、どこか他人事のように思ってた。

でも、ここが私の現実。

死にたく、ない。

ボルグもウルガンも、みんな王宮の選ばれた優秀な騎士達なのだから、簡単にやられたりしない。私を護るために彼等は戦っている。そこで流れる血は痛みを伴う本物の血なのだ。

私は夜が来ても彼等がいいと言うまで、ここで待たなければならない。下手に動けば、彼等に迷惑がかかってしまうから。彼等の痛みを最小限に抑えたければ、動かず待つしかない。

怖くても。怖くても。

でも。

もしも、ここで命が尽きたら。

誰か私のことを悲しんでくれるだろうか。

そんなことを考えて、私の脳裏に記憶の奥にしまっていた懐かしい家族の顔が、浮かんでは消えていく。思い出せば、寂しくなると知っていたから、極力思い出さないようにしてきた。もう、いいだろう、我慢しなくても。

いろんなことがあった。両親や友達と過ごした時間が瞼《まぶた》の奥を流れていく。

そして、陛下の顔。

陛下の、気を緩めた少しぼんやりしている顔を、こんな時に思い出す。不思議と、きりっとした顔ではなく、怒っている顔でもなくて。庭園で私を抱えて歩く時の、前を見つめる陛下の横顔。何かを考えているようで、何も考えていないような、前を見る青い瞳。

こんな時に思い出すとは思わなかった。私はずっと自分の気持ちに知らないふりをしてきたんだろう。認めてしまえば、現実から目をそらせなくなるから。いつまでも、ここでの生活はいつか覚める夢だと思っていたかった。

もしも私が死んだら、陛下には悲しんでほしいけど、悲しまないでほしいと思う。いつか思い出してもらえる時、悲しい出来事としてではなく、楽しかったこととして思い出してくれたらいい。

いつかきっと私を思い出して。


私は森の中で一人、時を過ごした。

それは長く、とても長くて。

そうして、どれだけの時間が過ぎたのか。

「ナファフィステア！」

薄暗い森の遠くから、松明《たいまつ》の灯りとともに私を呼ぶ声が近づいてきた。大勢の人が森を進んでくる。何人もの人が私を呼んでいるけれど、その中の怒鳴りながら呼ぶ声が、私に安堵をもたらした。

もう大丈夫。助けが来たんだ。

私はここよ。

私は立ち上がり、手を振った。こちらからは見えるのに、彼等に私は見えていない。闇が私を隠してしまっているからだ。ここにいるという声も、彼等の声や音にかき消されて届かない。灯りが近づいてくるのが、じれったくなるほど遅く感じた。

けれど、松明が人の姿が判別できるほど近づいてくると、ボルグやカウンゼル達の姿が見えた。

そして、陛下がいて。私は必死で大声を張り上げた。

「陛下っ、へいかぁ――っ」

やっと灯りが私を照らし、陛下が真っ先に駆け寄ってくる。そこにいるのに、私は身体が強張ったまま動けなくて、手を伸ばすこともできずにガタガタと震えていた。そんな私を陛下は乱暴に抱き寄せた。ああ、陛下だ。陛下がいるんだ。温《ぬく》もりに包まれ、ようやく私は安心することができたのだった。

六．救出

午後、王宮の執務室にホルザーロスが私兵を王都近くへ待機させているとの情報が届いた。

その場に緊張が走る。私兵を持つことすら禁じられているというのに、それを王都近くにとは、反逆の意ありと咎められても言い訳できない所業である。

これまでのホルザーロスからは、とてもこんな行動を起こすとは考えられなかった。兵力を保持しているという疑惑はあったが、謀反《むほん》を起こすような気概のある男ではなかったからだ。

対処を検討しているところへ、ホルザーロスの動きを見張っていた者から第二報が入ってきた。私兵にナファフィステア妃暗殺の指示が出された。それを受け、兵がアンデに向かって移動をはじめたというのだ。

「ナファフィステアを、暗殺、だと？」

ホルザーロスが王都近くに私兵を置いた理由がわからなかったが、彼等の狙いははじめからナファフィステアだったのだろう。

彼の私兵ごときでは王宮を攻めても絶対に落とせない。アルフレドを殺して王位を簒奪《さんだつ》し、カルダン・ガウ国王女を立てれば、まだ幼い王弟ジェイナスを利用して国を手に入れることができる。

だが、王は騎士達に厳重に守られているため、小規模な私兵では殺すことなどできない。少し考えればわかることだ。にもかかわらず、ホルザーロスは私兵を動かした。何らかの奇策があるのかもしれないと考え、慎重に彼の私兵を捕らえる方法を検討していたのだが。

ホルザーロスの目的はナファフィステアの殺害だったのだ。彼等もあまりに早く王都を出たナファフィステアの所在を突き止めることができずにいたが、王宮の動きで彼女の居場所が知られたのだろう。寵愛する妃を狙うことで、王をおびき寄せようという魂胆か。

「ラシュエル、今すぐ騎士隊を連れて、ナファフィステアのもとに向かえ。一刻も早くカウンゼルと合流せよ」

「はっ」

「陛下、ナファフィステア妃のことはラシュエルにお任せください」

立ち上がりドアに向かおうとするアルフレドに、宰相が戒めるように言った。王が動けば、それこそホルザーロスの思うつぼである、と言いたいのだ。

「少し遠出をするだけだ。我が国内で、余に危険が及ぶはずがなかろう」

「陛下っ」

アルフレドは踵を返し、宰相に背を向けた。

「ダリウス、付いてこい。ナイロフトはここを護れ」

「はっ」

宰相はそれ以上何も言わず、アルフレドを見送った。

アルフレドは王付き親衛隊を従え、ナファフィステアのもとへ発った。少し遠出するだけと言ったが、王がどこへ何をしに行こうとしているのかダリウスを含め騎士達はみなわかっていた。口数少なく、先発のラシュエル達を必死の形相で追いかける。

だが、どんなに馬を速く走らせても、アンデ到着までには時間がかかる。馬を走らせて一日が過ぎる頃、先発の騎士がよこした伝言者から、ホルザーロスの私兵の姿を視界に捕らえたとの報告を受けた。ナファフィステアの滞在地へ到着するより前に、騎士達が私兵を抑えることができるかもしれない。

しかし、先発隊は無理を押して飛ばしており、人数も少ない。彼等が追いついたとして、私兵と交戦となった場合、アルフレド率いる後発隊が到着するまで持ちこたえられるのか。状況は予断を許さない。

先発隊より数時間の遅れをとっているアルフレドは、焦燥に追い立てられるように馬を駆った。ただ前に進む。走ることでしか、縮まらない時間と距離に歯噛みしながら、進むしかなかった。

王宮を出て馬を走らせること二日。

ようやく先発の騎士達に追いついた。

彼等はホルザーロスの私兵と交戦中であり、苦戦を強いられていた。私兵は五十名以上であるのに対し、騎士達は二十数名と圧倒的に数で劣っていたためである。劣勢でありながらも善戦し、アルフレド達が到着するまで何とか持ちこたえ、その場に私兵を足止めしていた。倒すことではなく、逃がさず長引かせる戦術をとったのだ。

アルフレドが到着すると王の親衛隊騎士百余名が戦線に加わり、形勢は一気に逆転した。

状況が明らかなその場が決するのを待たず、アルフレドは一部の騎士達を引き連れ、なおも走った。ナファフィステアのいる町へと。


アルフレドがナファフィステアのいるアンデに駆け付けた時、すでに襲撃を受けた後だった。陽が暮れかかった山間の長閑《のどか》な原野に、不似合いな騎士姿。彼女に付けた騎士達が襲撃者を取り押さえている現場だった。

私兵の一部を取り逃がしたかとアルフレドは、一瞬、顔を強張らせたが。取り押さえられている襲撃者達は、先に遭遇した私兵とは様相が異なっていた。兵士というには、あまりに武器の扱い方が無様で、口ばかりが横柄だったのだ。争っている様子はなく事態は収束しているようだが、ナファフィステアの姿は見当たらない。襲撃の場には居合わせていなかったのか？

「カウンゼルっ」

取り押さえている者の中に騎士カウンゼルの姿を見つけ、馬を寄せた。

「ナファフィステアはどこだ！」

すぐに気づいて他の騎士とともに頭を下げる彼に、アルフレドは厳しい口調で問いかけた。

「ナファフィステア妃は、森の中にお隠れになっておられます」

カウンゼルにアルフレドをその森へと案内させる。途中、彼から状況を手短に聞いたところ、ナファフィステアへの襲撃は、今から数時間前に起こったのだという。

それほど時間が経ったにもかかわらず、彼女がまだ森の中に隠れているのは、妃付き騎士達が他の騎士達を一切信用せず、居場所を明かそうとしないためだった。森の中に隠しているのはわかっているのだが。

彼等がカウンゼル達を信用しない原因は、ナファフィステアに同行させた騎士達の中で分裂が起こっていたせいだという。

妃付き騎士達はナファフィステアを護ることを最優先とする。しかし、今回旅に加わった王宮騎士達の中には、妃警護よりも王命である隣国王女の情報を集めることを優先する者が何人もいたのである。妃付き騎士達が庶民や身分の低い貴族出であるのに対し、加わった騎士達は実家の身分が高いため非常にプライドも高く、妃付き騎士のボルグに従うことを不満に思っていた。そのため、カウンゼルのいないところでは、ボルグの指示に従わないことが度々あったらしい。

妃付き騎士達はそんな騎士等を不審に思い、警戒していた。今朝、カウンゼルが町を後にした途端、彼等はカウンゼルの残した指示を無視して調査へ出向いてしまった。そうして妃の警護が手薄になったところを襲われたという。

旅に同行していた騎士は二十名ほどだが、襲撃時、ナファフィステアを警護していたのはたったの五人。極秘裏に彼女を護っている騎士がいたとはいえ、ここにホルザーロスの私兵が到着していたら、最悪の事態となっていただろう。

アルフレドの背中を冷たい汗が流れた。

幸い襲撃者は非常に弱かった。十数名いたが、彼等の力量はみな貴族子息がなんとか剣を振り回しているといった程度だったらしい。

「ナファフィステア妃を早く暗い森からお出しするべきだと伝えたのですが、陛下がこちらへ向かっていることを知ったボルグは、陛下が来るまでは動かないと言ってきかないのです」

妃付き騎士達は、他の騎士達の中にナファフィステアの命を狙っている者がいると疑っているのだ。実際、カウンゼルの指示に従わなかった騎士達の行動は、プライド云々《うんぬん》というに留まらないほどに怪しい。私兵を向かわせたホルザーロスと通じている者がいると考えるべきだろう。

ボルグは森の入り口で王を待っていた。

「騎士ボルグ、ナファフィステアのもとへ案内せよ」

「陛下と親衛隊だけであれば、ご案内いたします」

「ボルグ」

王の命令に条件を付けて返すボルグに、カウンゼルが焦って声をかけた。が、ボルグは言葉を改める気はないらしい。アルフレドへの視線をそらすことなく返事を待っている。

妃付き騎士のまとめ役であるボルグは、カウンゼルがその実力を認め、ぜひナファフィステアの警護騎士にと推薦した男である。貴族出ではないが、誰が相手であろうと屈せず任務を全うできると主張していた。なるほど、王を前にしても少しも引かない、ふてぶてしく肝が据わった男のようだ。ある意味、ナファフィステアの警護にぴったりである。

「よい。カウンゼルはそこでダリウスを待て。ラシュエル、来い」

「はっ」

案内された森の中は一足早く闇に覆われていた。妃付き騎士達は見つからないよう彼女から距離をとっていた。そのためか、森の奥で見つけた彼女は心細げに立っていた。

本人は懸命に「陛下」と繰り返し口にしていたが、その声はか細く、森に入った者達の音にかき消されてしまい、近づかなければ本当に声を発しているのかわからないほどだった。

アルフレドがそばに寄り、彼女に腕を伸ばしても、泣き濡れた目で震えながら見上げるばかりで動かない。心配して駆けつけたというのに、警戒しているのは何故なのか。まさか王がナファフィステアを襲撃させたとでも思っているのか。

アルフレドを強い怒りが支配した。

乱暴に彼女の腕を掴み、引き寄せる。そして、怯えるような顔をしたナファフィステアの唇に噛みつくようにキスをした。身体を硬く強張らせたままの彼女に苛立ちも覚えたが、彼女の熱い口内は彼女が生きていることをアルフレドに実感させる。彼女の匂い、柔らかさ。彼女こそがアルフレドが必死に駆け、求めたもの。ナファフィステアは生きている。彼女をこの腕に取り戻したのだ。

怒りを落ち着かせたアルフレドは、彼女をキスから解放し、腕に抱き上げた。

すると、彼女はアルフレドの首にしがみつき、火がついたように大声で泣き喚《わめ》きはじめた。喚く言葉は全く意味のわからないものだったが、彼女の母国語なのだろうそれは尽きることなく続く。癇癪《かんしゃく》を起こして喚く子供のようなそれに、周囲の者は眉を寄せ、視線をそらした。どんなに恐ろし

く、怯えていたことか。やっと、アルフレドの腕の中で安堵しているのだ。

わからない言葉は、怖かったと、どうして早く迎えに来なかったのかと、そう訴えているのだろう。喚く彼女に、アルフレドの内にあった怒りは跡形もなく消え失《う》せていた。

ナファフィステアはアルフレドの首を絞める勢いでしがみついたまま離れない。こんな風に彼女が取り乱した姿を見たのははじめてだった。

アルフレドは大声で泣き喚く彼女を腕に抱き、彼女の滞在場所だという館まで歩いて運んだ。


館へ着いても、ナファフィステアはアルフレドの腕から降りようとはしなかった。

「ナファフィステア妃もお召し替えをなさらなければ」

「陛下がお疲れでございますので、お降りになってはいかがですか?」

騎士達が彼女に何を言っても、首に回した手を離すのを嫌がる。涙と鼻水で濡れた顔で、呻き声で威嚇しつつ辺りの人々を睨み返し、首を横に振り続けた。

しかし、ナファフィステア付き侍女が、

「陛下が汚れてしまわれます。湯の仕度ができておりますので、お身を清めましょう」

と声をかけると、彼女は顔を上げた。自分の泥だらけの姿と、アルフレドの衣服についた汚れを見て、ナファファィステアはゆっくりと腕を緩めた。

「陛下……降ろして」

そして、ぼそっと呟くように言った。

アルフレドは彼女を降ろした。腕の中が空になったことで、彼女の温もりが己の気を和らげていたことを思い知る。彼女がアルフレドの腕の中にいることで安心していたように、アルフレドもまた彼女の温もりで彼女を直《じか》に感じ安堵していたのだ。

侍女に促され、とぼとぼと歩いて立ち去る彼女に、アルフレドは腕を伸ばした。再び抱き上げ、湯場へと連れていく。

普段の彼女ならそこからアルフレドを追い出すところだが、行かないでという目を向けられ、アルフレドは彼女の服に手をかけた。抵抗するどころか大人しく従い、柔らかな裸体をアルフレドの目に晒す。肌を隠しもせず、一緒に風呂に入るのを待っている姿は、アルフレドを誘っているとしか思えなかった。触れれば応え、もっと素直にねだるいつにない彼女の肢体は柔らかで熱い。

アルフレドは普段とは違う彼女に触れ堪能した。焦らせば焦らすほどねだり、縋《すが》りつき甘えてくる。息が上がりその身体が怠くても、なお、彼女は視線と吐息で煽ってきた。気絶するように眠りに落ちるまで。

明日からも彼女はこんな風に甘えてくれるだろうか。それならそれでよいが、おそらくそうはならないだろう。動けない身体のせいで、彼女は不機嫌になるのだ。いつものように。

アルフレドは眠るナファフィステアの黒髪を指で梳きながら、眠りの訪れを待った。

翌朝、アルフレドはカウンゼルとユーロウスから今までの詳しい状況の説明を受けた。ナファフィステアはまだ眠っているが、王宮へ戻る仕度を急がせる。

そこへ本物のカルダン・ガウ国王女だという女性と男が訪ねてきた。

「お初にお目にかかります、陛下。今はマリーナと名乗っておりますので、そうお呼びください」

その女性は、少し小柄でマレリーニャと名乗った女性とは随分と様子が違っていた。古ぼけた服を身に着けてはいても、王の前で揺るがない畏《かしこ》まらない態度はなるほどと思わせる。ナファフィステアもそうだったが、身分を意識せず対等に話すことに慣れた者は、それを装う者とはまるで違うのだ。真似ることのできない空気がそこにはあった。

彼女の背後に立つ男性が、件《くだん》の駆け落ちしたと言われるカルダン・ガウ国の騎士なのだろう。

マリーナの話では、二人は駆け落ちしたわけではなかった。偽王女が王女を殺そうとしたために、騎士が王女を連れて逃げたのだという。

「彼女はミッティ・ロナン。私のそば付き女官でしたが、私の母と彼女の母が従姉《いとこ》という間柄です。彼女が私を殺そうとした時、母親から自分は王の子だと聞かされて育ったと言っていました。自分を王の落とし子だと信じているのです。彼女は私と容姿が似ていますし、私を殺せば成り代われると思ったのでしょう。私はこの国で失踪する計画を立てていました。妃になりたくはありませんでしたので。彼女はその協力者だったのですが……私と入れ替わることを考えていたようです。私は自由な彼女が羨ましくて、でも、彼女には私が羨ましかったのでしょう」

マリーナとマレリーニャは言われてみれば似ているが、醸し出す雰囲気はまるで違うため、言われなければ気づかない。つまり、その程度でしかないということだ。王女を失った使者達は何としても王のもとに王女を連れて行かねばならず、マレリーニャを替え玉に仕立てあげた。しかし、さすがに替え玉の王女を王の妃とする危険はおかせず、使者達はナファフィステアを差し出し、王宮から去った。そのまま使者一行が皆カルダン・ガウ国に戻っていれば、王女の不在を隠し通せたに違いない。ところが、マレリーニャは王宮で王女の替え玉を演じたことにより、この国でなら王女に成り代われると知った。国境を越えカルダン・ガウ国に入ってしまえば、王女として扱われる生活が消えてしまう。そう考えたマレリーニャは、自国に戻らずホルザーロスのもとに身を寄せることを選んだのだ。国境近くでの使者一行の馬車事故も、偶然ではなかったのかもしれない。

マレリーニャが妃となり王宮で暮らすことを望んだのか、ホルザーロスがカルダン・ガウ国の王女であれば今からでも妃になれるはずであり、いずれは王妃の座にも就けるとそそのかしたか。いずれにせよ、マレリーニャが王女として王宮に現れたのは、ホルザーロスと互いに利害が一致した結果だったのだろう。

「何が望みだ？　わざわざ余の前に出てきたからには、相応の褒美を望むのであろう？」

「もちろんです。私達をこの国の住民にしてください。私はここで静かに暮らしていきたいのです」

マリーナは王女としての地位を取り戻すのではなく、自由になることを希望していた。しかし、ガウ国王家の血を引く事実は消えないため、野放しにするわけにはいかない。

さて、どうするべきかとアルフレドが返事をせずにいると。

「ナファフィステア妃に会わせていただけないでしょうか？」

マリーナがそう切り出した。慎重に発言したつもりのようだが、彼女の様子には何とかしてナファフィステアに接触しようという意気込みが透けて見える。そのあたりが、駆け引きに疎いまだ年若い少女ゆえであろう。

アルフレドは答えた。

「会わせることはできぬ。あれは伏せっておるゆえ。此度《こたび》のことは町でも知れておろう」

「ナファフィステア妃に直接お渡ししたい物があるのです」

「ならば、余が受け取ろう」

しかし、マリーナは渡すべき何かを出し示す素振りを全く見せない。何を渡そうというのか。物ではなく直接会って伝えようというのか、会うこと自体が目的なのか。いずれにせよ、信用のならない女をナファフィステアに近づける理由などない。

アルフレドは眉をひそめた。

「あの方が落とした物です。あの方以外に預けるわけにはまいりません」

「妃が落とした物となぜわかる？」

「湖のほとりで使者達があの方を見つけて、運び去るところに居合わせたからです。使者達は私達を追っていましたので」

カウンゼル達から、ナファフィステアが湖の近くでカルダン・ガウ国の者に捕らわれたらしいとの話は聞いており、アルフレドも把握はしていたが、あくまで足跡や使者達の動きからの推測でしかなかった。マリーナはその時その場に居合わせたと言うが、本当なのか。使者達が森に入った目的は王女の捜索であったのだから、おかしくはない。

「一体、何があったのだ？」

アルフレドの問いかけに返ってきたマリーナの答えは、全く予想もしない内容だった。

マリーナと騎士は追手から逃れるため、森の中を逃げ回っていた。湖に出て喉を潤していた時、湖面の上に突如人が現れ、落ちるのを目撃した。突然のことに驚いた二人だったが、水しぶきを上げて落ちた人が浮かんでくる様子がなかったため、慌てて騎士が助けに飛び込んだのだという。

引き上げるとそれは、長い黒髪、黒い眉、水に濡れて張り付いた薄い服と太腿まで露《あら》わになりそうな短いスカートを身に着けた小さな少女だった。彼女は意識を失ってはいたが、呼吸はしており怪我もなく命に別状はなかったらしい。

追手の気配がしたため、二人は一旦そこから離れた。

再び二人がそこに戻った時には、彼女の姿はなく、彼女を引き上げた水辺にその落とし物が残っていた。後に、住民からずぶ濡れの子供が領主館に運び込まれたと聞き、使者達が連れて行ったことを知った。二人は彼女を湖のほとりに置き去りにして逃げたことを後悔していたが、王に見染められ妃として大事にされているとの噂話を耳にして安堵したという。

「水辺に残っていたものが、なぜ彼女のものだとわかる？　彼女の身から落ちたところを見たわけではないのであろう？」

「いいえ。あの方のものです」

マリーナは自信満々に断言した。意味深な微笑みを浮かべている。ナファフィステアを見つけたという話は本当なのか。彼女が空中に現れたなどと、かなり疑わしい。彼女を助けたことで恩を売ろうというのか。だが、そういう話の流れではない。ナファフィステアが落としたその物が重要なのだろう。

「そう断言するからには、確信があるようだな」

「もちろんです」

アルフレドが水を向けても、それに関して口を割るつもりはないようだった。一体どのような物なのか。

「会わせるわけにはいかぬ」

「私達をこの国の民として別の人生を歩ませていただけますか？　それならば、あなたにお渡ししてもいいと思っています」

マリーナは自分達の保身と引き換えに、それを引き渡すと提案してきた。もともとこれが彼女の切り札だったのだろう。もしアルフレドにこの国に亡命する許可が得られなくとも、ナファフィステアに直接会って交渉すれば、この国で暮らすための協力を得られる、と確信がもてるほどのものなのだ。

「よかろう。だが、この町では不自然だ。住む場所は別のところに用意させる。その場所でならば我が国の民として暮らすことを許してもよい」

その答えに満足したのか、マリーナはゆっくりとスカートから小さな物を取りだした。

艶やかに光沢のある四角い薄っぺらな小さい金属物だった。精巧な代物であることは一目で見てとれる。

「今はもう反応しませんが、その場所を押すと、黒いところが光を放ち何かを映し出していました。

それは触れると変化して、とても不思議な、この世の物とは考えられない物だったのです。これほどの物、あの方がいつか探しに来るのではないかと思っていました」

アルフレドは手のひらほどの大きさの四角い金属物を受け取った。マリーナの言う場所に触れても何の変化もしない。だが、これがただの飾り物でないことは明白だった。ナファフィステアがこれを探しに来ると思ったのも不思議ではない。

「これを落としたとは聞いてはいないが、妃に渡せば喜ぶだろう。そなたらには東の地へ住居を用意させる。後で使いを送る故、待っているがよい」

「使いには、剣をふるわないでいただきたいものです。私はただ静かに暮らしたいだけ。無用なことは他言しません」

マリーナはそう言い残し、騎士と共に帰っていった。アルフレドに対し、口を封じるつもりなら相応の対応をすると答えるとは、強かなことである。それを揉み消すくらいは容易いが、本物の隣国の王女を殺すと面倒なことになる。時期をはかるべきだろう。

アルフレドはマリーナとの会話は全て他言無用とし、ナファフィステアの耳には絶対に入れぬようにときつく言い渡した。そして、その薄い金属物は布でくるみ王宮宝物庫にて厳重に保管させるよう手配する。

マリーナの話、そして、ナファフィステアのものだという金属物は、アルフレドの感情を黒く塗りつぶした。空中に突然姿を現したという話は、荒唐《こうとう》無稽《むけい》な作り話と否定することは簡単だ。しかし、恐ろしく高度な技術を感じさせる、それ。この世界には存在しない黒い髪。彼女はどこから来たのか。マリーナの言うように、突然現れたのならば、突然消えることもあり得るのではないのか。ナファフィステアは、これを探すためにここまで来たのか。故郷へ帰ろうとしたのか。

ナファフィステアが王宮を出てから、何度も彼女の行動をはかろうとしてきた。王宮から逃げたかったのか、カルダン・ガウ国のそのまた向こうにあるという故国へ戻ろうとしているのか、と。しかし、彼女が二年前にカルダン・ガウ国の使者に捕らえられた時の状況を調べようとしているという報告から、逃げたいのではない、王女の嘘を暴き、王宮に戻ってくるつもりなのだと考えていた。

彼女が調べていたのは、本当に調べたかったことは、故国への道ではないのか。あの湖には彼女が故国に帰る方法が隠されているのではないのか。

ベッドで疲れて眠るナファフィステアは、数日前に湖には行ったが、彼女が溺れたらしい場所を眺めただけだったとの報告を受けている。その後、湖に行ってはいない。彼女にはアンデ領主館で目が覚めてからの記憶しかなく、故国に戻る方法がわからないのではないのか。湖から故国に戻るなどとバカバカしいと笑い飛ばしたいが、完全には打ち消せない。

油断すれば、ナファフィステアは手の中からすり抜けてしまう。アルフレドはいつか彼女を失うのではないかと常に恐れているのだ。逃がさないよう常時何人もの騎士を付け、行動範囲を制限し、見張らせているにもかかわらず。

昨夜は、やっとナファフィステアを完全に手に入れることができたのだと思った。彼女はアルフレドの腕を強く欲していた。己の腕の中でのみ不安を和らげ安心することができる、彼女にとって己はそういう存在なのだと、今朝までは満足に浸っていたというのに。

今は、違う。

彼女には何も伝えるつもりはない。彼女のものだという金属物のことも、マリーナの話も。彼女を過去や故郷へと向かわせるものは排除する。金属物、マリーナと騎士を、今すぐこの世から抹消したいとさえ思った。アルフレドがそうしなかったのは、何も理性や体裁のためではない。それらが彼女をアルフレドのもとにつなぎとめる手段にもなり得ると考えたからである。

アルフレドはその日のうちにナファフィステアを連れて王宮へ戻るべく館を発った。


「もうっ、アンデの領主様にきちんとお礼を言いたかったのにっ」

「礼は弾んだ。そなたが出る必要はない」

「そういう問題じゃないでしょっ」

ナファフィステアは帰りの馬車でアルフレドと二人になると知ってから、不機嫌な態度を隠さない。昨晩の甘えた姿など欠片もなく、馬車に乗る時はあからさまに嫌がった。アルフレドは抱き上げて彼女を無理やり馬車に押し込めたのだが。不貞腐れてアルフレドから顔を背け、急に出発となったこと、馬車に侍女が同乗しないことなどの不満をアルフレドにぶつけていた。

ただの軽い愚痴であり、たいして怒っていないのはわかっているが、今のアルフレドは彼女の些細なことにも苛立った。

「何が不満だ」

アルフレドは苛立つ口調のまま、彼女を強引に膝にのせ、無理やり顔を上げさせ覗き込んだ。すると、彼女は頬を膨らませ唇を尖《とが》らせていたが、その顔は真っ赤だった。

「……だから……」

膨れていた顔が、泣きそうにも見えるほど狼狽《うろた》え、落ち着きなく、ちらちらとアルフレドの様子を窺う滑稽《こっけい》な様に、アルフレドは噴き出した。

彼女はあの町でこれ以上調査ができなくなったことを不満に思っていたのではない。恥ずかしがっているのだ。おそらくアルフレドに甘え媚態《びたい》を晒した昨夜のせいで。

アルフレドは久しぶりに声を上げて笑った。

『×××、×××、××××っ！　××××××ーっ！』

笑うのが気に入らないのか、ナファフィステアはわけのわからない言葉で喚きながら拳でアルフレドの胸を叩くが、痛くも痒《かゆ》くもない。彼女はアルフレドの膝の上でしばらく子供のように暴れていた。

アルフレドはいつもの彼女に安堵した。彼女は何も知らない。これからも何も変わらないのだ。暴れるのも長くは続かず、ナファフィステアは馬車の揺れにうとうとしはじめると、腕の中で大人しく眠りに落ちていった。

気まぐれな彼女を連れた馬車の旅は、なかなか退屈しないものだった。

アルフレド達が王宮に帰ると、宰相が待っていた。

「少しの遠出のはずが、随分と遅いお帰りでございますな、陛下。何はともあれ、ご無事で何よりでございます」

宰相は嫌みを含めた挨拶を述べ、アルフレドに文書を差し出す。カルダン・ガウ国からの返事が届いたのだ。

王女は帰国後体調を崩し床に伏していたが、とうとう先日世を去った。そちらに滞在する王女は当国とは全く関係ない。との内容だった。

「ホルザーロスは捕らえて尋問中でございます。王女を騙《かた》った女は確保しておりますが、カルダン・ガウ国との本格的な交渉に入りますので、今しばらく生かしておくのがよろしいかと存じます」

「それでよい。ナファフィステアを襲った者達がホルザーロスとどのようにかかわっているのか、王宮騎士の中にいるホルザーロスと通じた者の洗い出しを進めよ」

「承知いたしました」

◇　◇　◇　◇　◇　◇

「やっぱり自分の部屋は落ち着くわねーっ」

私は自分の部屋のソファにごろりと転がった。やっぱりというか、王宮の家具は安定感が抜群なので座り心地・寝心地が全く違う。旅先の宿もランクの高いところばかりだったとは思うけど、その差は歴然だ。比較にもならない。私はクッションを抱え、まったり寛ぐ。

そんな私を見て、リリアは苦笑しながらも何も言わないでくれた。帰りは途中で陛下の馬車に乗り換えすごく飛ばしたので、私だけでなく一緒に来てくれてたリリア達も大変だったはず。なので、のんびり寛ぎたい私の気持ちもわかってくれているのだ。

でも、リリアが私の素行を見逃すのには、別の理由もあると思う。

それは、私が帰りはずっと陛下と一緒だったこと。私を助けに来てくれた陛下は、てっきり来た時と同じで馬で戻ると思っていた。陛下は忙しい身だし。ところが、私と一緒に馬車に乗って戻るというので、私はすごく驚いた。一応、アンデに行く時は探しながらだったから時間がかかったけど、帰りは行く時ほどではなかった。それでも、馬で走るのに比べれば倍以上かかってしまうのに。

でも、まあ、陛下もゆっくり休む必要があったのかもしれない。私を助けるために、相当に無理をして走ったみたいだし、ホルザーロスの私兵と戦ったとも聞いたし、ほんとに大変だったはずだから。

陛下が助けにきてくれて、すごく感謝してる。陽が暮れた森の中は暗くて、ここで死ぬかもしれないと怖くてたまらなかったところに現れた武装している陛下は本当にカッコよくて、嬉しかった。あの時は、がーっと感情が高ぶって、私はおかしなことになっていたと思う。陛下に縋りついて、甘えて、我儘も言った。キスをしてとか、離れちゃダメとか、抱きしめててとか、寝ちゃダメとか、思い出したくないくらいたくさん、いろいろ言った。

陛下は私をすごく甘やかした。何度も何度もナファフィステアと囁いて、私が望めばキスをして、望むだけ抱きしめて、望むままに何度も私を満たした。陛下は激しくしたいはずなのに、疲れて眠いはずなのに、私が安心して眠りにつくまで、私の望むようにしてくれて。すごく甘い夜だった。

今でもあの時の自分を思い出すと顔から火が出そうなくらい甘えてしまった。陛下は陛下で怒らないし、強引にはしないし、私が甘えるのを全然止めないし、だから私の甘えに際限がなかったわけで。

翌朝、目が覚めて正気を取り戻した私は、恥ずかしさでどうにかなりそうだった。陛下は来客中で、そこにいなかったからよかったけど、いたら私はパニックを起こしてたかもしれない。

その昼には王宮へ戻るため出発することになってバタバタしていた中、陛下は少し不機嫌そうだった。いつもの陛下に、私は平常心平常心って思うのに前日を思い出しては、みっともなく慌てていた。いつも通りの態度を心掛けたけど、できてたかどうかはわからない。

なにせ何日も陛下とずーっと一緒にいるという経験は今回がはじめてだったのだ。その上、馬車旅というのは乗っている間ものすごく暇なので、陛下がちょっかいを出してきてエロい状態になってるか、寝てるかの繰り返し。夜も同じ。陛下もっと身体を休めようよって思ってたけど、逆に休んで体力あまりすぎたせいであんな状態だったのかも。

時々、馬車を止めて食事休憩したり、馬に水をやったり休ませたりするんだけど、その間も陛下は私をそばから離さなくて、膝にのせたり抱き上げたりして、そんな時もうっかりすると悪戯してくるから、リリアや騎士達にもイチャイチャしているようにしか見えなかっただろう。

だから、リリアは私が行儀悪くても見逃してくれるわけ。彼女は私と陛下が仲良くしてると機嫌がいいのだ。

陛下がずっとそばにいてくれて心強かったのは間違いない。あの森で隠れていた日から、私は一人暗い森の中に取り残される夢を何度も見るようになっていた。でも目を覚ました時、そこにはいつも陛下がいて、いつの間にか、夢の中にも陛下が駆けつけてくれるようになり、もう怖い夢は見ない。

王宮へ戻ると、ホルザーロス卿のこともマレリーニャ嬢のことも、すでに何もなかったことになっていた。本物の王女はこっそり国に戻っていて、亡くなったんだそう。偽王女が使者団一行の一人だったことは口外しないようにと言われた。そういうことは国同士で交渉するため下手に漏らさない方がいいのだろう。

そして、私に付いてる警護騎士と女官の人数が倍になった。今や、廊下を移動する時の行列の長さは、陛下に匹敵するほどになっている。散歩に行く庭園にも騎士が先に行って待ち構えているので落ち着かない。王宮内なのだから、こんなに私に付いてなくても大丈夫だと思うんだけど。

それ以外は、王宮を出る前と同じ日々に戻った。でも、今回はマレリーニャが偽王女だったから話が立ち消えになったみたいだけど、いつまた妃業リストラの声がかかるとも限らない。それに、いつまでも陛下や騎士達に護ってもらえるわけじゃない。

まずは、自分の身を護る対策をしようと思い立ち、へそくり（陛下にもらった宝飾品）で買い物をした。リリアにも席を外してもらい、内緒で業者の人に細かく要望を説明して作ってもらえるよう頼んだ。でき次第、届けてくれるらしい。頼んだらすぐに欲しいと思うのは、作る大変さを考えない購買者ならではの考えよねと反省しながら、毎日、今日連絡こないかなと期待する日々が続く。

私がそわそわしていると、

「ナファフィステア妃、そろそろ陛下へお茶をお持ちするためのお仕度をなさいませんか？」

と、リリアに声をかけられた。

そうだった。アンデに行ってた間に溜まった執務と、今回の事件の処理などで、陛下はとても忙しい。でも、私はとても暇。もともと忙しくないけど、今は妃業が減らされてるみたい。忙しいのに休憩時間になると陛下がやってくるので、それなら私が陛下のところへ行けばいいんじゃないかと提案したのだ。

それは快諾され、私は毎日午後のお茶の時間に陛下の執務室へ通うことになった。だから、午後には仰々しい行列を引き連れて陛下のもとにお茶を持っていってるってわけ。

「そうね、そろそろ着替えましょうか」

リリアの声に、私は立ち上がった。

執務室へ行くだけのために着飾るのは面倒だけど、これも妃業の一環なので手は抜けない。執務室にいる人達や廊下ですれ違う王宮を訪れた人々に、みっともない格好をした妃の姿を見せるわけにはいかないのだ。本宮の滞在時間は短くても、しっかり身だしなみを整えておかなくては。

そして休憩時間、私は執務室を訪れた。以前にも休憩時間を陛下と過ごしたことがあったけど、その時は別のちゃんとした部屋で陛下とお茶していた。ちゃんとした部屋って言い方は少し変だけど、来客用の部屋だったのだ。ところが、今通されている部屋は、執務室の奥にある小部屋で、とても殺風景で狭い。たぶん、陛下が休むためだけの部屋なのだろう。

ゆったりとした背もたれ付きの椅子があって、今そこで陛下が目を瞑って休んでいる。私はというと、陛下の膝の上にいた。私を抱えていては休めないだろうに、陛下はお茶を飲んだ後は、抱き枕か何かのように私を抱えて眠ってしまうのだ。

小さな部屋に、私と陛下の二人きり。

もちろん、すぐ隣の執務室には休憩時とはいえ何人もの人がいるけれど、馬車で一緒だった時のように陛下との距離を近く感じる。あの旅の間は、すごく身近な存在みたいに感じていた。

でも、陛下はこの国の国王だから。王宮に戻れば、とても忙しくて、顔を合わせるのは休憩時のほんの短い時間と、夜に陛下が私の部屋を訪れる時だけ。

私はそうっと陛下の寝顔を見た。ゆらゆらと窓際でカーテンが揺れ、入り込む陽の光も陛下の影を濃くしたり薄くしたりさせる。金色の髪や睫毛はこういう時にしかじっくり見ることはできない。白く透けるような金色の毛が柔らかく波打っている。陛下が私の髪を触りたがるのが、少しだけわかったかも。

けっこう眉間の皺が深くて、眠っていても渋っているように見える。ストレスも多くて、疲れているんだろうな。

気持ちのいいそよ風が入ってきていて、昼寝にはちょうどいい。緑や土が多いと吹く風も違うと思う。アスファルトから立ち上る熱のゆらぎも、道路脇を歩けば車から吐き出される熱さも、じめじめした湿気の多い息苦しさも、ここにはない。

「陛下、遠くまでわざわざ助けにきてくれてありがとう。すごく嬉しかった」

私はまだ言ってなかったお礼を、聞こえていないだろう陛下に小さな声で告げた。すぅすぅという規則正しい呼吸音は変わらない。なので、私は調子にのって喋る。

「陛下、絶対に老けて見えるわ。毎日仕事ばっかりで休まないからだと思う。だから、私が横に並んだら子供にしか見えないんじゃない」

そう言ったら、陛下の眉間の皺がより深くなったようで、ちょっと笑ってしまう。

『でもね、若く見えるっていうのは、割と使えるんじゃないかと思うのよ。芸人一座で、この黒髪を目玉に有名子役を目指すのはどうかなって。黒毛の注目度が高いのはわかっているし、他の職業で私を雇うメリットってあんまりないでしょ？』

私は日本語で陛下に向かって話しかけてみた。もう誰にも使うことのない言葉は、喋らなくても覚えていられるだろうか。それとも、いつかは忘れてしまうのだろうか。長い時間が経てば喋ることもできなくなるくらいに。今だって、時々言葉に詰まってしまって、少し怖い。そんな塞いだ気分を消すように、私は明るいことだけを考えた。

『いつか、私が有名になったら、陛下は王宮へ呼んでくれる？　私のこと、覚えていてくれたらいいな。陛下が、元気だったかって、ただの芸人に声をかけるの。で、周りの人が驚くのよ。お前、陛下と知り合いだったのかって。そしたら、私は得意そうに自慢するの。私はここで妃だったことがあるのよってね』

空想の未来。そんな風になったらいいと思う。喋る相手がいなくても、たとえ記憶が薄れても、日本人としての記憶が心の奥で私を支え続けるように、ここを離れてもまたいつか会えるかもしれないと思うことが、何かの支えになるだろうから。

「いつかまた会った時には声をかけて。どんな言葉でも、私は覚えていてくれるだけできっと嬉しいと思うから」

日本語ではなくこの国の言葉で陛下に伝えた。眠ってるんだから伝わらないとわかっているけど、伝わるといいなと思って。

陛下は当然だけどうんともすんとも言わなくて、ただ静かに寝息を立てていた。陛下の顔を見ていると、女官が戸口から合図を送ってきた。

陛下を起こす時間だ。

「陛下。お時間です。起きてください」

私が陛下の肩に手をかけ、身体を揺するようにしながら声をかけた。すると、ぱかっと陛下の瞼が開いた。

ひっ、怖っ！　思わず後ろにのけ反り、陛下の膝からずり落ちそうになる。高確率で陛下の寝起きにはびっくりする。寝起きなら、目くらいゆっくり開けようよ。アンティーク人形みたいな無表情なガラスの青い目は、真近で急に見るのは怖いんだって。

心臓がバクバクしている私から陛下は腕を離した。

寝起きだからなのか、機嫌が低空飛行のようだった。

「大丈夫、陛下?」

という私の問いかけに、軽く頷いただけで陛下は執務室へと歩いていった。

疲れているのかな？　と思いながら、役目を終えた私は部屋へと戻った。

◇　◇　◇　◇　◇　◇

アルフレドはナファフィステアが思った通り、非常に不機嫌だった。目を閉じてはいたが、起きていたからである。

ナファフィステアが話しはじめたので、何を言うかと黙って聞いていた。その声は潜めてはいたが明るく軽い口調だったので、普段は言えない不満でも口にするかと思って聞いていれば。そのうち、彼女はまるでわからない言葉を話しはじめた。わからない言葉は彼女の種族にしか理解しえないのだと拒絶されているようで気に入らなかった。

明るい口調で何を告げていたのか。最後に彼女が告げた言葉から、アルフレドの望む内容でないことは明白だった。

ここを去ることは彼女の中では揺るぎない事実なのだ。楽しそうに、去った後のことを話していたのか。それとも去る日を楽しみにしているのか。

いつかまた会えた時、だと？　声をかけてなどやるものか。それを望むのなら、覚えていたとしても、素振りを見せはしない。覚えていてほしいと思うくらいなら、なぜ、ここを出ようとする？　なぜここで暮らそうと思わない？

ここを去らなければならない理由はないはずだ。旅へ出た彼女は、大人しく王宮への帰路についた。ずっと彼女のそばにいたが、逃げる素振りなど見せなかった。逃げたがっているとは思えなかった。

だが、帰りたいと思っているのだろうか。彼女の故郷へ。彼女がアンデの町へ向かったのは、王女のことを調べるためではない。

王女が語った、空中に突然現れたという話は、脚色されているとしても概《おおむ》ね事実なのだろう。そこには彼女の故国へとつながる何かがあるのだ。だから、彼女はそこへ向かい、故郷へ帰る道を探そうとした。

しかし、彼女はそれを特定できなかったに違いない。王女と接触しておらず、住民達の湖か川で溺れていたらしいという、あいまいな情報しか得られなかったために。だから、王宮へ戻ったのだ。

彼女が故郷について語ることはほとんどない。彼女の種族は黒髪しかいない、服はもっと薄くて軽かったから着替えには苦労しなかったなど、会話の中でふと漏らす程度である。話そうとしないのは、あまりいい過去ではなかったか、身分の低い暮らしだったためだろうと深くは考えなかったが。

以前、教育係だったセグジュが、彼女の故国はこの世界のどこにもないと言っていた。それは、てっきり彼女の身分が作られたもので、架空の国の出身だとの意味だと捉えていた。

しかし、本当にこの世界にはないという意味であるなら。戻る方法が見つからない状態で、彼女はここを出て、どこへ行こうというのか。ここにいたいとは思えないのだろうか。

彼女が望むもの、それは何なのだろう。尋ねても答えない。言っても与えられないと思っているのか。

好かれていることぐらいはわかる。先程の言葉からも、それは間違いない。ならば、なぜ離れていこうとする？　なぜ王宮を出ようとするのか？

結局は堂々巡りだ。大事だと思いもするが、憎々しいと思う感情も湧く。去らせてなどやるものか。ここからは、決して。

アルフレドは乱暴に立ち上がり、執務室へと戻った。

そこには文書を手に表情を曇らせたカウンゼルが待っていた。

「王宮内騎士達の中に該当者は八名見つかりました」

と、早速アルフレドに文書を見せる。

カウンゼルには、ナファフィステアを襲撃した者達と通じていたと思われる王宮騎士を洗い出すよう命じており、その結果が出たのだ。

襲撃者はとある講話会に参加していたことがわかっている。それに参加した騎士ならホルザーロスや襲撃を画策した者等と面識があってもおかしくはない。

旅に随行していた騎士の中に最低でも二人はいると予想していた。アルフレドがナファフィステアを抱き上げて馬車に乗り込む際、それを複雑な表情で見ている騎士がいたからだ。彼女が王のそばにあるのが気に入らなかったらしい。

カウンゼルの文書には随行していた騎士の二名が記載されていたが、他にも思想に影響を受けた者はいるだろう。カウンゼルが顔を曇らせるのも当然である。

その講話会というのは、神々に祝福された存在は光に近い淡く美しい姿に生まれ、薄く透明に近いほど高貴な存在であると定義していた。それに反する黒髪で小さな妃は異常な存在であり、人ですらない、人の形をした獣である。神聖なる王の近くにあるべきではないと説いているという。

あちこちで講話会を展開し、信者を増やし、命をかけてナファフィステア妃を亡き者にすることこそが王と国への忠誠である、という理想を掲げる教団にまで育っていた。妃を葬ることが正義と考える彼等は、彼等の理想が王へ刃《やいば》を向けたも同然ということを理解してはいないらしい。

そのような理想を掲げる教団に参加しているのは若い者達ばかりであり、一過性の、暇を持て余した貴族子息達が遊び半分ではじめた怪しげな宗教だと思われていた。しかし、調査が進むにつれ、その考えを貴族子息達に説き、広めた人物がいることが発覚した。国外から流れてきた神殿関係者だったのだ。若く愚かな者を集めて洗脳し、妃暗殺を企てさせる。後宮騒動からそれほど時間が経たないうちに、再び王宮を混乱に陥れるのが目的なのだ。王家の力を弱め、内紛を起こさせるか、混乱に乗じて攻め入るか。例の講話会が、諸外国の仕業である可能性は高い。

ホルザーロスもそうした教団に加担していた。洗脳される側ではなく、洗脳させる側として。

アルフレドは文書をカウンゼルに戻し、告げた。

「一気に片付ける。ナファフィステアが離宮へ行くとの噂を流せ。それと悟られぬよう予定を漏らすのを忘れるな」

「はっ」

カウンゼルは表情を引き締めた。王がナファフィステアの離宮行きという罠を仕掛けようとしているのを理解したためである。王宮警護騎士の中に該当者がおり、まだ他にも隠れているかもしれない。そのため、仲間をも騙さねばならないのだ。しかし、必要とあれば仲間を欺くことに躊躇いはない。カウンゼルは、王に一礼すると執務室を出ていった。

アルフレドはナファフィステアやその周辺の者達へも罠と知られないよう手配させた。ナファフィステアを狙っているのだから、彼女がさも本当に離宮へ行くかのように見せかけねばならない。餌《えさ》をまき、十分な隙を与え、ナファフィステアを狙う輩を一網打尽《いちもうだじん》にしようというのだ。

この計画において、少数である妃付き騎士達は大いに役割を果たすことだろう。彼女に危険を及ぼそうとする者達の一掃は、彼等こそが望んでいることなのだから。そんな彼等は、現在、神経を尖らせピリピリしているが、その緊張をナファフィステアに感じさせてはいない。彼女が彼等を非常に信頼しているということも大きいだろうが、彼等はその点には細やかに気を配っているのだ。

後ろ盾のない妃一人に専属の護衛騎士を付けること自体異例であり、その護衛が庶民出ばかりであることもまた前代未聞のこと。彼女の警護には実力のある騎士を選んだが、それがどの程度機能するかは未知数だった。だが、予想を超える働きに、アルフレドは満足していた。彼女から信頼を得ている彼等には、嫉妬すら覚えるほどである。

王宮を出た後の彼女の行動、襲撃を受けた時、彼女は彼等がいるから大丈夫だと妃付き騎士達に絶対的な信頼を寄せていた。だからこそ、暗い森の中で怯えながらもその場を動かず、じっと彼等が助けに戻るのを待っていたのだ。一人でどれほど恐ろしかったことか。その後、彼女は何度もその時のことを夢に見ては怯えている。それほどの恐怖に耐え、彼女は彼等を待ったのだ。

はたして彼女にとって己は彼等よりも信頼があるだろうか。そんな埒もない疑問がアルフレドの中に浮かんだ。だが、考えるに値しないと即座に打ち消す。

片付けなければならないことは山積みなのだ。感傷にとらわれている暇はない。アルフレドはやり場のない感情を押しやり、毎日の忙しさの中に埋没していった。

七．手紙の中の

私は王宮へ戻ってからすぐに注文したものがようやく出来上がったと聞き、ワクワクしながら届けられた木箱を受け取った。といっても、それは小さなものではないので、部屋の中に運び入れてもらう。

「それは、以前、ナファフィステア妃が業者を呼び寄せてまで発注なさったものですね？」

リリアは胡散臭そうな顔で木箱が運び込まれるのを眺めながら言った。

「そう！　やっとできたのよ。リリアにも見せてあげるから、ちょっと待ってて」

私は木箱を開け、中の物を取り出して身に着けた。私の体型にあわせて金属で作ってもらったベスト型の鎧《よろい》だ。防弾チョッキの鎧版、みたいな感じ。森で襲撃された時に、剣で応戦するのは無理だけど、致命傷を負わないような対策をしておけばいいんじゃないかと考え、こういう形で作ってもらった。私にちょっと甲冑《かっちゅう》への憧れがあったのは、否定しない。騎士達の武装姿ってものすごくカッコよかったから。陛下も。

金属で重いから上半身の身頃部分だけ。着脱するには前の部分でとめるようになっている。素材が金属だから仕方ないけど、上だけなのにけっこう重い。

「ナファフィステア妃、それではドレスが台無しでございます」

リリアに言われて、改めて自分の姿を見てみる。上半身を金属の鎧で覆われ、ドレスはスカート部分しか見えてない状態。まるで、救命胴衣を身に着けた人みたいだった。これでは甲冑というほどカッコよくないし、周囲を警戒していますと宣伝しているようで見目よろしくない。

「んー、じゃあ、ドレスの中に着ればいいわ」

「それではドレスのラインが台無しになってしまいます。その上、そのように薄くては、防御の役割をはたさないでしょう」

私の姿を目に映しながら、リリアは淡々と指摘した。

なんて鋭い意見。なぜそんなことがわかるんだろう。そこはさすが王宮勤め女官だから？

でも、これで、薄い？　こんなに重いのに？　防御力をあげるには厚みを増さなくてはならないけど、もっと重くなってしまう。これ以上重くなると、私には重すぎて動けなくなる。それだと本末転倒だ。身に着ける意味がない。

ということは……厚み以外で補強手段がないか考えることにしよう。

続いて、私は木箱の中からもう一つの注文品を取り出した。思ったよりデザインが悪い。とても残念だけど、私の説明が悪かったと思われる。仕方ないと思いながら、私はそれを頭に被った。

二つ目の注文品は、大きく髪を盛った、髷に見せかけた冑《かぶと》である。テレビで大きな黒いタマネギのような髪型をしている女性をたまに見る、あれをヒントに考案した。金属の冑をそのまま頭に被るのはどうかと思ったので、髷にしてみたのだ。

名付けて、鬘ヘルメット！

「何を、しておるのだ？」

扉の方から重苦しい気配を漂わせながら、室内に低い声が響いてきた。

私はふいっと頭を声の方に向けた。つもりだったけど、鬘ヘルメットのせいで頭がぐらりと揺れて、目標の方向では止まらない。止まれない。思ったより重くて、私の首がヘルメットを支えきれなかったのだ。

重力が、重い。地球が回る。鬘ヘルメットは床へ向かって落下する。私の視界が、それにつられて落ちていく。

下手に抵抗すると、首がヤバい気がするので自然落下に頭を任せた。ふわふわ絨毯《じゅうたん》の床がゆっくりとアップになっていき、時間経過が異様に遅い。これは生命の危機なのでは。ヤバい。

床が迫り、私はとっさに膝をついた。さらに腕を伸ばして身体を支える。が、頭はなおも落下する。

どんっと頭への衝撃とともに鬘ヘルメットの先が床の絨毯に埋まり、私は四つん這いの奇妙な姿勢で止まった。

ふうっ、危なかった。この鬘ヘルメットでは、頭を護るより先に首の骨を折ってぽっくりいきそうだ。これは改善しないとさすがに危ない。

床しか見えない状況でそんなことを考えている私の視界に、大きな男性の靴が入ってきた。

この豪華さは、陛下だろう。頭上から無言の何かが降ってくるのは、気のせいかな。気のせいに違いない。

なんだか居心地悪くてそわそわする私の頭から、陛下の手で鬘ヘルメットが取り外される。おかげで重りから解放され、私の頭は自由を取り戻した。私のそばに跪《ひざまず》いてヘルメットを外す陛下の手つきはとても丁寧だったけれど、押し寄せる冷気は半端ない。

私は自由になった頭を上げ、お礼のにっこり笑顔で陛下を見上げた。冷たい青い目が、超ドアップで私を見返してくる。陛下の口元には笑みが形作られているのに、全然笑ってない。

なんだか笑顔が怖いよ、陛下。

「何を、しておったのだ？」

再び陛下が問いかけた。一語一語を区切り、強調しながら。

「注文した物が届いたから、試着していたのよ」

鎧ベストを身に着けたままの私を、陛下は軽々と持ち上げた。

「そうか」

陛下は低い声で短く答えた。そして、私が被っていた鬘ヘルメットを右手で拾う。私にはすごく重いのに陛下だととても軽そう。デザインは悪いけど、髪飾りはちょっと歪んだだけで外れてないから作りは悪くない。強度もあるけど、問題は重さだ。陛下のように鍛えるべきなのか、悩む。

「この髪はどうした？」

鬘ヘルメットの手触りで、陛下には本物の髪だとわかったらしい。すごい。

私は感心しながら、陛下に答えた。

「私の切った髪を使ったの。ちょっと前に、長くなって重いから切ったって言ったでしょ？　あれを鬘に使ってみたのよ。その方が本物の頭に見えるから」

陛下は、私と鬘ヘルメットを持ったまま部屋を出た。廊下では騎士達が真面目な顔で目礼してくれる。

少し驚いている彼等を、上から見下ろすのはなかなか面白い。私はきょろきょろと見慣れない視線の高さの廊下を楽しんだ。でも、何処に行くんだろう。

陛下は黙ってすたすたと廊下を歩いていく。そして着いたのは、陛下の自室だった。考えてみれば、私を連れて行くところなんて限られている。

あれっ？　という間に、私の身体は陛下に放り投げられた。宙を舞い、陛下の寝室のベッドに落ちる。ふわっふわしているベッドに身体がぼふんと埋もれた。

そして。

「当分、この部屋で大人しくしておれっ！　誰もナファフィステアには会わせるでない」

ベッドでもたもたしている私を余所に、陛下は大きな声で怒鳴った。

陛下ったら、また私をここに閉じ込めるつもりらしい。酷いっ。突然連れてきて、何勝手なことを。文句を言わなきゃと、私はベッドの上で半身を起こそうとした。しかし、鎧ベストのせいでふかふかベッドに翻弄され、起き上がるにはかなり時間をくってしまう。

なんとか起き上がって体勢を整え陛下の方を見ると、陛下は冷え冷えした表情で私を待っていた。白い顔に青い瞳が映えて、怖い。これは、怖い。とても怒ってる。

何で？　何かあったの？

頭をフル回転させたけど、陛下が怒るようなことには思い当たらなかった。

息詰まる沈黙。時間が止まったかのように誰も動かない。

その間、死ぬ間際に過去のことが走馬灯のように頭によぎるっていうけど、まさしくそんな感じで様々な場面が頭の中を駆け巡った。別に、死ぬような危険に瀕《ひん》しているわけではないと思うけど、陛下の目は殺気立って見える。

事情がわからず焦る私の目の前で、陛下はゆっくりと口を開いた。

「ナファフィステア、余に無断で髪を切るな！」

そう怒鳴って、陛下は部屋を出ていった。

無断で髪を切るな？　おどろおどろしく言う台詞《せりふ》が、それ？　それだけ？

私はぽかんと口を開け、間抜け面で陛下を見送った。

しばらくして、陛下以外は面会謝絶状態となったことを思い出したのだった。

◇　◇　◇　◇　◇　◇

アルフレドは、ナファフィステアがわざわざ金物細工師を部屋へ呼んで注文した品が届いたというので彼女の部屋へ向かった。しかし、そこで彼女はうっかり死にそうになっていた。彼女が注文した品を身に着けたという、信じられない理由のためである。

馬鹿も大概にしろ！

と、今でこそ怒りが収まらないアルフレドだが、あの瞬間は、彼女の首が折れたのだと思った。

彼女の部屋を訪ね、声をかけたアルフレドの方を振り向こうとしたナファフィステアは、いつもよりも大きく飾った頭を奇妙に傾け、ゆっくりと床に沈んでいった。力なく崩れ落ちる彼女を、なすすべもなく見ていたその時の感情は、とても言葉では言い表せない。何が起こったのか、どこから彼女が狙われたのか、毒が盛られたのか。一瞬のうちに様々なことを考え、ナファフィステアのそばに駆け寄った。

床でもぞもぞと動く彼女を見て、どれほど安堵したかしれない。しかし、状況がわかってくると、アルフレドは驚愕した。

原因は、彼女が注文した品である被り物が重すぎただけ、だったのだ。

アルフレドは、ドレスや宝飾品には興味がなく何も欲しがらない彼女が望んだものなら、何でも喜んでくれてやろうと思っていたが。自分の身の危険をはかれない者に、そんな勝手はさせられない。見た目のような子供でもあるまいに、なぜ身の安全を考えないのか。

アルフレドは怒りに任せてナファフィステアを己の部屋へ閉じ込めた。庭を歩くのが好きな彼女も、今はアルフレドが一緒でなければ王の居室の外に一歩も出られない。王宮の奥深くに閉じ込め、彼女には何もさせないよう自由を奪ったのである。窮屈に感じようが彼女に自由を与えるものか。

ところが、アルフレドの部屋で過ごすようになっても、彼女に全く反省の色はなく、懲りることもなく、誰かに説明されるまでアルフレドの怒りを理解することもできなかった。それどころか、彼女は狭い空間での生活にすぐ順応してみせたのである。二度目とはいえ、王の怒りをものともせず、恐ろしいほどのマイペースぶりに、アルフレドも怒りを通り越し呆れてしまうほどだった。

そうして、ナファフィステアを自室に閉じ込める日々が過ぎ。

アルフレドが戻ると彼女が部屋で寛いでいるという状況は、それほど悪いものではなかった。彼女に笑顔でお帰りなさいと出迎えられるのも、ソファでうたた寝しているのも。時々、退屈した彼女に、庭園へ散歩に行きましょうよと強請られるのも。

「何をしている？」

アルフレドは部屋に戻っても彼女が動かないので、上着を脱ぎながら尋ねた。

ナファフィステアはアルフレドの大きな机に座り、書き物に夢中になっていた。大きな机、椅子に小さな子供が座っている様は可愛らしいが、いささか可笑しい。

彼女の手元を覗き込むと、それに気づいた彼女がようやく顔を上げた。

「お帰りなさい、陛下」

手を止め、にっこりと笑顔で見上げてくる。

「何だ、それは？」

「これ？　これは私の国の言葉よ。この国の単語ごとに私の国の言葉で説明を書いておいたら、もしも私と同じ国の人がここに来た時に、これを見れば言葉の意味がわかって便利でしょ？」

彼女の手元には何枚もの紙があり、大半が絵のような記号で埋められていた。それらがナファフィステアの母国語の文字らしい。

「そなたの手紙にも書いていたな。あれは何と書いておったのだ？」

「私が日本語を書いたことあった？　何だろ。覚えてないけど」

書いた記憶がないというので、アルフレドは戸棚から手紙を取り出し、彼女に手渡した。王宮を出たいと嘆願した手紙である。

「やだっ、字を間違えてるっ」

手紙を開いた彼女は、ぱっと見で間違いを見つけてしまったらしい。何か所もあるため、見つかりやすいのだが、問題はそこではない。アルフレドは「あの時は動揺してたから……」と言い訳するナファフィステアの手から手紙を抜き取り、裏返して見せた。

「あらっ、ま。こんなとこに」

手紙の裏に小さな文字が書かれているのを、彼女が目にとめる。自分で書いておいて、そう簡単に忘れるか？　と思うが、すっかり忘れていたらしい。

彼女はそれをしばらく見ていたが、ゆっくりと笑みを浮かべた。黙って文字を見つめるナファフィステアは、しみじみと何かを考えているようでもあり、ぼんやりと突っ立っているだけのようでもある。

何を考えているのかわからず、アルフレドは黙って彼女を待った。

「これはね、私の名前よ」

彼女は手紙から顔を上げ、少しだけ困ったような表情でアルフレドを見上げて言った。

ナファフィステアの、名前。

彼女に名前があると、アルフレドははじめて知った。隣国が彼女を差し出した時、彼女は名前を持たない辺境の種族だと文書に記していたのだ。その記述が正しいとの保証はないとわかっていたが、辺境地は文化的に遅れているため、彼女に名がないことを疑問に思わなかったのである。

しかし、これまでに彼女が名乗る機会はいくらでもあったはずだ。それなのに、なぜ。

「なぜ、今まで名乗らなかったのだ？」

「んー……、本当の名前を知られたら、その名前を使って呪ったり殺したりされるかもしれないと思って」

ナファフィステアの国には、不思議なことができる者がいるようだ。そんなことができるからこそ、突然アンデの町に現れたのかもしれない。

「加奈《かな》。これは、カ・ナって発音するのよ」

彼女は手紙の文字を指で一つ一つ指し示しながら発音して見せた。

「かな？」

アルフレドは、彼女の口の動きを見ながら、同じように発音してみる。それは、彼女にナファフィステアの名を与えた時とは逆のようだと当時を思い出す。

彼女は長い名前で発音が難しいと困っていた。なかなか上手く発音できず、アルフレドに何度も繰り返させた。なるほど、彼女の名は短く簡単だ。これなら困るのも無理はない。

あの時は子供だと思っていた彼女は、今も変わらない。小さく弱いくせに、黒い瞳が不躾《ぶしつけ》に見返してくる。

「加奈」

アルフレドがそう呼ぶと、彼女は照れたように恥ずかしそうな顔をした。ほんのりと頬を染めて手紙へ視線を落とす。

「この手紙を書いた時、もしかしたらもう陛下に会うことはないのかもしれないって思ったの」

宰相の話の後、彼女の行動は素早かった。王宮を出ることに躊躇いなどないかのようで、手紙の文面は体裁を整えただけのものだと考えていた。ナファフィステアは王や王宮から逃げたかったのではと疑いもした。しかし、アンデの町に到着したことで、彼女の目的を理解したと思った。

静かに告げる彼女の声は、アルフレドが想像したどの彼女にもない響きだった。突然王宮を出なければならなくなったことに文句を言う彼女や、旅に出る絶好のチャンスだったからとあっけらかんと口にする彼女、本当は不安だったんだとアンデの夜のように恐れをみせる彼女など。この手紙をどうして書いたのかと問えば返ってくるだろう反応を、アルフレドは様々に憶測していたが。

「だから、私のこと、忘れないでって。陛下には読めなくても目に残るでしょ？　私の名前が」

手紙に目を落としたまま、独り言のように呟いた。

ああ、そうなのか。

アルフレドは唐突に理解した。

彼女は突然やってきたこの国に、頼る者がいない。この国で二年以上暮らしていながら、明日はどうなるかわからないと思っているのだ。ナファフィステアは、自身が簡単に追い出される立場であると理解しているために。

去っていった妃達のように、彼女がここを去らねばならないと思うのは、何らおかしなことではなかった。王の寵を知らない彼女には、ここに留まれると考える十分な理由がないのだから。

宰相から宣告を受けた時、ナファフィステアはどう思ったのだろう。頼る者もいない彼女が、不安を抱かなかったはずはない。だから、祖国へ帰る道を探そうとしたのか。

彼女がここを去りたいのではない。王宮は去らねばならない場所だと知らしめたのは、王なのだ。

小さく、本当に小さく書かれた文字は助けを求める言葉ではなく、そこには、ひっそりと別れの意味を込めていた。手紙の表は王へ、そして裏はアルフレドへ向けたものだったのだろう。

宰相が彼女に告げた時、王宮を出たくないと彼女が言っていたとしても、王宮を出ることは決まっていた。何を言っても変わらないと彼女が思うとおりに。

王であるがゆえに、アルフレドがナファフィステアに他の妃を娶らないと約束することはない。生涯彼女を王妃として遇すると告げることもない。時と場合によれば、何時《いつ》どのような判断を下すとも限らないのだ。彼女よりも国の存続を優先するために。

それを、ナファフィステアは知っている。

そうでありながら、彼女には何かを示してほしかった。勝手だと思いはするが、ここにいたいと望んでほしかった。縋ってほしかった。それを己が約束することはできないというのに、それでも。

何かを残したいと思って綴った、心配しないでという文と添えられた本当の名前。先日は、いつかまた会った時に声をかけてと言っていた。

ナファフィステアはちゃんと示そうとしていたのだ。王へではなく、アルフレド自身に。

最後になるかもしれない手紙は、アルフレドを安心させようとしている。しかし、自分こそ不安だったはずなのだ。

そして今は、目の前で、王宮から追い出そうとしたアルフレドを恨むことなく笑みを浮かべている。いまだ抱いているだろう不安を表に出すこともせず。

アルフレドに向けた言葉から察するに、アルフレドは不安を表に出し、頼ろうと思えるほどの存在ではないということだ。彼女にこうまで頼りにされないというのは非常に不満であり悔しくもある。王であるという事実も、彼女にとっては瞳が青いという事実と同程度の意味しか持たないのだろう。

だが、ナファフィステアがアルフレドを特別に想っているのは間違いない。頼りにならないと思っていても、また会いたいと、話しかけてほしいと望み、読めないとわかっている名を残そうとした。逃げようとした過去とは大きく異なる。今は、それで満足しておこう。今は、まだ。

アルフレドは彼女から手紙を受け取り、棚に納めた。

「ねぇ、明日、庭園にジロとチャロに会いに行ってもいい？」

「まだ訓練が終了していないのではなかったか？」

「……そうだけど……」

ナファフィステアはむうっと不満そうに口を尖らせる。その顔のまま、大きな机に散らばらせた紙を片付けると、彼女は椅子から飛び降りた。

「でも、たまには顔を見たいと思うじゃない」

アルフレドになおも言い募る。しかし、どうしてもという強い言い方ではない。些細な、ほんとうに些細な会話である。彼女の独特の話し声は、重厚な室内の空気を和ませるようだった。旅の途中の時とは違い、寛いだナファフィステアの姿は、この場所が安心できる場所であることを物語っている。

彼女はここから逃げたりはしない。ここにいることを望んでいるのだ。いつか彼女が答えたように、彼女の欲しいものは、彼女を抱き上げるアルフレドの腕なのだから。

「加奈？」

アルフレドは背後からゆるやかに腕に抱き込み、名を呼んだ。彼女は首元に回されたアルフレドの腕に手を添え、ゆっくりと見上げる。アルフレドは小さく開いた彼女の口に引き寄せられるようにして唇を重ねた。欲望を掻き立てるためではない。二、三度軽く唇を啄《ついば》み、解放した。だが、離れるには名残惜しく、彼女の頬に添え上を向かせている手はそのままに、鼻にキスを落とす。

「加奈」

彼女の名が未練がましさを滲ませアルフレドの口から漏れる。その声に、彼女は目を瞬かせ、恥ずかしそうに笑った。照れくさそうなとても嬉しそうなその顔を、もうしばらく見ていたい。そう思ったアルフレドは、彼女を腕に抱えてソファに腰を下ろした。膝にのせていれば、彼女に無理に見上げさせずとも近くで見られるからだ。

そんなアルフレドの行動を、ナファフィステアは少し不思議に思ったようだった。背中を密着させていたのだから、彼女にはアルフレドが勃《た》っていたのがわかっていただろう。それなのにベッドに向かわず、ソファに移ったことを怪訝に思ったのだ。

だが、彼女は何も言わず、アルフレドの胸に寄りかかった。

「カナという名だと公表するか?」

「え?」

「ナファフィステア・カナとそなたの名を二つあるとすれば、普段はカナの名で暮らせよう。式典など公の場ではナファフィステアの名を使わねばならぬが」

「あー、それは……やめておくわ」

「本当の名だからとて、それで何かできるような者など、この世にはおらぬ」

「そうかもしれないけど……」

彼女に名の公表を勧めたアルフレドだが、その実、それを望んでいたわけではない。

今まで彼女が隠してきた本当の名は、彼女にとって命にもかかわる非常に大事なもの。アルフレドが与えた名は、かりそめの名にすぎない。黒の姫だろうがナファフィステアだろうが、彼女が何と呼ばれても構わなかったのは、ここが彼女にとってかりそめの場所だったからではないのか。

「そなたに害を成そうとする者があれば、余が排するまでのこと」

アルフレドは彼女の額にかかった黒髪をかき分けながら言った。名を公表しても何の心配もないのだと。

「ありがと、陛下。でも、私、ナファフィステアって名前が気に入ってるのよ。すっごく」

彼女の顔は面白そうに笑っていて、本心からそう言っているのがわかる。しかし、アルフレドが彼女に王の所有物であると知らしめるためにつけた名だ。名を与え、彼女をそう扱った。彼女が受けた苦痛や屈辱の象徴のようなナファフィステアの名。それを使う機会を減らし、本当の名を使うことで、彼女の不安だったであろう過去を少しでも遠ざけようとしての提案だったが。

「だって、綺麗でしょ?」

彼女はそう言って首を傾けた。その顔に嫌悪は微塵もなく、自慢げですらあった。本当にナファフィステアの名が気に入っており、彼女はアルフレドが与えた苦痛などとうの昔に乗り越えているのだ。

後宮ではじめて彼女を見た時、彼女は黒い髪を揺らし、たどたどしいながらも好奇心いっぱいの瞳をして答えた。その姿を思い浮かべながら、彼女に似合うものをとアルフレドが考えた名である。彼女の喜ぶ顔を見たいと思い、頭を悩ませたのだ。嫌悪されたいはずがない。名を与えた時は不満そうな顔をされ彼女に怒りを覚えたが、そうすることで己の感情を誤魔化すしかないほど落胆した。それが、今では。

「……加奈」

どちらの名を呼ぶか迷った末、アルフレドは彼女の本当の名を口にした。途端、彼女は目を見開き、小さく息をのんだ。落ち着きを失い、視線が揺らぐ。

「では、そなたの本当の名は伏せておこう」

「う……うん、そうして」

アルフレドは彼女の肩を抱き、顔を覗き込む。

「加奈」

「何？」

「そなたの本当の名を口にするのは、余だけだ」

彼女に唇を重ねながら告げた。

「よいな、加奈？」

彼女は本当の名を聞くたびにピクリと反応する。久しぶりに呼ばれるせいか、恥ずかしいようだった。そわそわしているが、決して嫌がっているわけではない。むしろ嬉しそうに見える。

「はい」

彼女が消え入りそうな小さな声で答えた。彼女は照れくさそうなこの顔を、他の男が呼んでも見せるかもしれない。アルフレドの中から、彼女の本当の名前を公表するなどという考えは、綺麗に消滅した。

「加奈、そなたの名は誰にも教えるな」

「ん」

「そなたの騎士らにも、だ」

アルフレドは彼女に何度も言い聞かせ、口づけた。

「加奈」

「……んっ」

鼻から漏れる音は、返事をしているのか、いないのか。首にしがみつき甘えるような仕草の彼女

に、アルフレドはのめり込んでいく。ベッドではなくわざわざソファを選んだ理由を思い出そうとするが、腕の中の柔らかな肉感がアルフレドの意識を捕らえて離さない。

「加奈」

アルフレドは穏やかな気持ちでナファフィステアを見つめようと、ベッドではなくソファに連れてきた。彼女が首を折りそうになりこの部屋に閉じ込めてから、連日抱いて眠っている。彼女への怒りも収まり、彼女が望むのであれば、ただ眠るだけの夜でもよいと思っていた。勃っていたが鎮められるはずだったのだ。だが、今のアルフレドには絶望したくなるほど難しく思えた。

「加奈」

ため息をついてはキスを繰り返し、ようやくアルフレドが彼女の身体を己から引きはがすことに成功したところで。

「アルフレド……しないの？」

彼女が不安そうに小さく呟いた。アルフレドがキスはするのに一向に彼女の夜着を脱がそうとしないため、何事かと不安を感じたのだろう。いつにない彼女の態度に煽られるが、余裕のある体《てい》を保ちたい見栄《みえ》もあり。

「たまには、それもよかろう」

アルフレドはそっけなく答えた。感情を抑えすぎたために、怒気すら滲んでいたかもしれない。己の失態に舌打ちしたいアルフレドだったが。

「これ、私のせいよね？　他の女性に出しちゃダメ」

彼女はアルフレドに怯えるような娘ではなかった。アルフレドに身体を密着させ、屹立《きつりつ》したものに太腿を強く押し当て、口を尖らせる。悔しそうな物言いは嫉妬心を含み、彼女にもそういう気持ちがあったのかとアルフレドを驚かせた。

「そなたの中にならよいのか？」

「……いいわ」

アルフレドは見栄を張るのをやめ、ナファフィステアの腰を摑んだ。

「煽ったのはそなただ、加奈」

彼女を抱え上げ、アルフレドの太腿を跨《また》がせるようにして座らせる。すると、大きく足を開きソファの座面に膝をついた格好となった彼女の夜着の裾から小さな足先が覗いた。裾から手を滑り込ませ靴を脱がせると、滑らかな肌に触れる。足首からふくらはぎ、更に上へと手を這わせていく。

「アッ……ここじゃ、」

ナファフィステアが慌てはじめた。

「ここでは、何だ？」

「……ソファが、汚れちゃう……から……」

彼女は寝室ではなくアルフレドの居間にあるソファであることに抵抗を感じているらしい。だが、アルフレドとしては今更移動する気はない。

「もうソファが汚れるほど濡れているのか？」

「ちがっ」

アルフレドは太腿にまで滑らせた手を尻に這わせ、会陰から襞《ひだ》へと指で探る。すでに濡れた膣口《ちつこう》はアルフレドの指を難なく呑み込んだ。

「んゃっ」

浅く抜き差しするだけで、指はぐちゅぐちゅと粘着質な音を立てた。たいした刺激ではないはずだが、彼女の身体はその先を期待して興奮を高めていく。

「随分と濡れやすくなったものだ。この音が聞こえるか、加奈?」

顔を赤らめながら睨む彼女の耳に囁いた。今夜は特に感度がいいのか、アルフレドの吐息が首筋にかかるだけで彼女の身体はビクビクと反応する。

「……ベッドに」

「そなたの汁でソファを汚せばよい。加奈、そなたが余を煽り、ここでどのように咥《くわ》え込んだか、どのように喘ぎ欲しがったかを何度でも思い出せるように」

「っ……あっ、アルフレドっ」

アルフレドは彼女の膣口を指で浅く弄《いじ》り続けた。ナファフィステアは膝の上で刺激を求めて腰を揺らす。だが、その刺激では満足できずにもがくように悶《もだ》える様が、アルフレドの興奮を掻き立てる。

「もっと喘ぐがよい」

「やっ、もう……ゃあっ」

「加奈っ」

ヒクヒクとアルフレドの指を強請るように蠢《うごめ》くそこに、アルフレドは怒張を一気に突き入れた。

「ぁああっ」

彼女の嬌声《きょうせい》が響き、それと同時に媚肉《びにく》がアルフレドを締め上げる。彼女は一突きで達したのだ。本当に今夜の彼女は感じやすい。

「う、動か、な……で」

「中に出せと言ったのはそなただ、加奈」

「んやっ、あ、あ、あっ」

加奈と呼ぶたびに彼女の中がアルフレドを締め付ける。彼女の口から漏れる嬌声は強請るような響きを含み、快感を求めて身体をくねらせる。彼女の乱れる姿は、すでに猛《たけ》ったアルフレドを痛いほどに屹立させた。

「加奈」

「ぃや、も、ぁ」

「口では嫌がっても、腰を揺らしているのはそなただ。まだ足りぬのであろう？　もっと欲しいと膣口から涎《よだれ》を垂らす姿を見せよ」

「ああっ、ゃあああぁ」

「こうして大きく足を開いていると、咥え込んでいる様がよく見える。とても良い眺めだ。加奈、ソファもテーブルも、全てをその下の口から溢れる体液で汚すがよい。そして、淫《みだ》らな姿を余の目に残せ」

アルフレドは己の興奮が鎮まるまで彼女を求めた。ソファで、そして、ベッドでも。

◇　◇　◇　◇　◇　◇

今朝も身体がとても怠くて、私の気分は非常に悪い。その原因である昨晩については誰にも文句が言えないので、不満をぶつける先がなく、更に鬱憤が溜まるという悪循環中。

自分の名前を呼ばれるのが、こんなにクルものだとは思わなかった。

荒い息と一緒に陛下が「加奈」と呼ぶ声が、まだ耳に残ってて、思い出してもドキドキしてしまう。ナファフィステアと呼ばれるのとは全然違う。その音は本当に私を呼んでいるような、黒髪のパンダな妃としてではなく、私自身を呼んでくれているというか。理屈はよくわからないけど、本名って胸に響く。

たぶん、陛下はそれをわかっていたから、何度も口にしてたんだと思う。名前を耳元で囁いて、抱きしめてキスをして……。あ――――っ、もうっ。

と、私は朝からじたばた悶えまくっていた。

そんな私を、リリアはさりげなく見過ごしてくれる。さすが王宮女官、空気を読んでくれてありがとうっ。

陛下の居室で外には出られない状態で、部屋には陛下をお世話する女官達ばかりだったけど、今朝起きるとリリアがいた。陛下が指示したのだろう。陛下の女官達も一流だから困ることはないけど、やっぱりリリアがいてくれると安心する。他の女官達のテリトリーで私の世話をするリリアは大変だろうけど。

ソファであれこれ頭を悩ませ中な私の前に、リリアがお茶を出してくれた。

それを一口含んで。

「これ、いつものと違うのね？」

私はリリアに問いかけた。陛下のせいでブツブツ愚痴る時に、リリアが出してくれるお茶の味とは違っている。陛下の部屋だからだろうか。それとも、体力回復&気分スッキリのための新しいお茶を試しに？　でも、そういう時は、先に効用とか材料の説明をしてくれるのに。

どうしたんだろうとリリアを見ると、彼女は穏やかな笑みを浮かべていた。

「お身体のことを考えますと、こちらの方がよいと思われます」

「そうなのね。ふうん」

リリアが言うならそうなんだろうと聞き流し、私はお茶をゴクゴク飲んだ。後味スッキリというより、いつものよりやや甘めかな。

「あ、そうそう。また、あの金物細工師の女性を呼んでくれない？」

私は、ふと思いついたことを口にした。

それに、リリアは顔をややしかめ気味で答える。

「何をお頼みになられるおつもりでしょうか？」

その口調はいつも通りなのだけど、『何をなさるおつもりで？』というちょっとした批難がかかるーく入っているように聞こえるのは、きっと気のせいに違いない。でも、この前の鎧セットを金物細工師に頼む時にリリアを部屋から追い出したから、不満に思っているのかもしれない。

注文する段階では私の髪飾りとか小物を作ってるという金物細工師に大きな金物の作成が頼めるのかわからなくて、しっかり話をしてからお願いしたかった。だから、彼女と二人きりにしてもらったんだけど、次はリリアにも部屋にいてもらおうか。

「ほらっ、この前届いた鎧もどき。あれを改造してもらおうと思って。リリアも言ってたでしょう？　薄すぎるって」

私は明るく話しはじめた。

リリアは黙って聞いてくれそうなので、そのまま話し続ける。

「でね、もう少しだけ重くなるくらいで強度を強められないか相談したいのよ。鬘ヘルメットは陛下に取り上げられちゃったけど、あれは首の骨折れかけたから全面的に改良が必要だし、まずは鎧の方を使えるようにしないとね」

私は調子に乗ってぺらぺらと喋る。

一区切りついたところで、リリアが口を開いた。

「首の骨を折りそうになっていらしたのですか？　てっきり、遊んでいらっしゃるのだと思っておりましたが」

遊んでたって、どんな風に見えてたのよ。私は鬘ヘルメットのせいで死にそうになってたのにっ。と、ちょっと唇を尖らせてみた。が、しかし。

よく見ればリリアは笑顔を貼り付けてはいるものの、かなり、強張っているようだった。

あれ、れ？　鬘ヘルメットのせいで死にそうだった、というよりも、遊んでいたと誤魔化した方が、今はいいのではない？

「じ、冗談よ。言葉のあやってやつで。その、ちょっと、まあ、遊んでたんだけど、重すぎるのよね、私には」

あははは。と私は笑って誤魔化す。何か変だなと思いつつ言葉を取り繕ってみた。けど、リリアの表情は変わらない。

心なしか怖い？　表情なし陛下みたいになっている気がする。ビシビシと、私を見下ろす視線が痛いかも。

「あの冑は、ナファフィステア妃には重すぎて、首の骨を折ってしまわれそうになっておられたのですね？」

ああ、そんなにはっきりと事実を口にしなくてもいいのに。ゆっくりと丁寧な口調が、より一層の冷え冷え感を醸し出してるし。思いっきり自業自得ですよねって視線が、私にぐっさりと突き刺さる。

そして、リリアだけでなく騎士達からも不穏な空気が漂ってきてるのは気のせいかな。気のせいよね。

リリアは凍りついた笑顔のまま、部屋を出ていった。私はほっと息を吐く。

部屋を出ていったのは、リリアが私の言動に呆れて職務放棄というわけではない。単に女官への指示のためだろう。彼女は妃付き女官のトップとして、私の世話をしながら細々《こまごま》とした指示を出し、女官達を動かしたり、騎士達や事務官ユーロウス達とも渡りあう。詳しくはわからないけど、私にできる職業ではないと思う。

それにしても、彼女の冷笑は怖いわ。今後、気をつけよう。

窓の外の青空をのんびりと眺めながらお茶をすすっていると、部屋へリリアが戻ってきた。

そのしばらく後に、女医さんがやってきた。女医さんは、「今のご気分は？」とか、「どこか痛むところはありますか？」など、私の脈や目や口の中を診《み》ながら質問してきた。頭を折りそうになったのは何日も前なのに、今更？　と思いながらも、特に何ともないので、私はそう答えた。

「順調のようです。ですが、不安定な時期ですので、不用意に動かれるのはお控えください。陛下とは寝室を別にされる方がよろしいでしょう」

何を言っているのかと思った。不安定？　陛下と寝室を別に？　半分口を開けて女医さんを見ると、微笑んで頷かれた。そういえば、とっても定期的にやってきては必ず私を不機嫌にする月のものが来たのは、いつだっけ。

リリアが心配していたのは、こういうことだったのか。私はお腹《なか》に手を当ててみたけど、そこには当然何もない。

でも。

不思議な感じがした。

「そう……。そうなの」

私は呟くだけで。言葉にはならない。

「おめでとうございます。ご懐妊でございます」

女医さんの言葉が私の耳に届いた。

私、妊娠、したんだ。やることやってるんだから当然と言えば当然だけど、驚いた。王族は子供ができにくいって繰り返し聞いてたし、ここの人じゃない私はないだろうと勝手に思ってた。

女医さんの後ろで、リリアが心配そうな顔で私を見つめている。彼女は私の身体が心配だったわけではない。きっと、私が、妊娠していることをどう思うかが心配なのだ。

そんなに不安になるほど、私は陛下を嫌ってるように見えた？　私は思わず顔が緩んだ。

「ありがとう。嬉しいわ、とても」

私は女医さんと、そして、リリアへ笑顔を返した。リリアは何度も頷きを繰り返す。申し訳ないほど彼女を心配させていたらしい。

ちゃんと私は陛下の子供を身籠《みごも》って嬉しいと思ってる。

「すぐに陛下へお知らせいたしましょう」

診察用具をまとめ、女医さんが私の前から下がって言った。

「待って」

とっさに女医さんの言葉を制すると、リリアの顔がさっと曇る。

「まだ誰にも言わないでくれる？　私が伝えたいから」

「承知いたしました。ですが、いつお伝えするのですか？　できるだけ早くお伝えした方がよろしいのではありませんか？」

女医さんも心配そうな顔をしていた。陛下に伝えるのが彼女の役目なのだから、いつまでも黙っていてもらうことはできない。

私はリリアに声をかけた。

「リリア。今日の午後のお茶の時間に、陛下へお伝えしようと思うの」

「陛下はきっとお喜びになられます」

リリアは頭を下げ、目を伏せた。彼女の目には涙が浮かんでいて、きっとそれを見られたくなかったのだろう。

私はそれに気づかないふりをした。彼女が何度もそうしてくれたように。

リリアも、女医さんも、そして他の騎士や女官達も喜びを顔に表していた。陛下に伝えられていないので口に出したりはしないけれど。

私の周りには、私を心配してくれる人々がいる。一人じゃないんだ。

このお腹に新しい命がいる、という実感は、まるで湧かない。

私はここの人達とは違うんだという思いが、まだ消せずにあるけど。

でも、やっと。地に足がついたような気がする。ここが私の現実世界なんだと。

陛下はどんな顔をするだろう。

喜ぶ？　困る？　どっちでもない？　子供が少ないこの世界だから、子供は歓迎されるだろう。

でも、私は？

いらないと言われても、リストラ宣告されても、何がなんでもここに居座る。どんなことをしても王宮に残らなければ。私は子供を養っていかなくてはならないのだ。

身元不明の庶民の出？　だから何？

こんなにいい職場なんて他にない。出産のことを考えても、ここには最高の医療が揃ってるのだから出るわけにはいかない。妃業をがんばって、リストラされないよう売り込もう。ユーロウスなら下手な売り込みでも受けてくれそうな気がする。モアイ宰相は……厳しそうだけど結果を出せばきっと認めさせられるはず。何としても、ここに残らなくては。

どうしてリストラされたら素直にここを出ようなんて思ったのか。

それは……。それは、カッコ悪いと思っていたから。辞めろと出ていけと言われて、嫌だと駄々をこねるなんて、みっともないと思っていた。そんな姿を晒したくないと思っていた。陛下の前では。最後くらいは、陛下にいいところを見せたかったのだ。

でも、どんなにみっともないと思われても、私はここにしがみつかないといけない。

私は陛下に何をどう伝えるか考えようとした。けど、何もまとまらないままに時間だけが過ぎていった。

その日の午後、私は王宮の執務室を訪れた。いつものお茶の時と同様、陛下は椅子から立ち上がり、私を奥の小部屋へといざなう。

私は小部屋の中で立ち止まって、陛下を見上げた。意気込んでやってきたものの、どう言えばいいのか、まだ迷っている。何から、何を、どうしよう。

でも。

「どうした？」

陛下が訝しげに問いかけてきた。見下ろす陛下と私、その距離は遠くて、内緒話ができる距離ではない。

私は深く息を吸い込み、上に向かって口を開いた。

「ずっとここにいたいって言ったら、困る？」

私は陛下に聞こえるように、でもできるだけ小さな声で尋ねた。

私の耳に届いたそれは、ちょっと声が上ずっていて。我ながら意気込みの割に弱々しい。かなり自信がないらしい。

陛下は私をじっと見下ろしているけど、返事はない。黙ったままで何も言わない。

やっぱりか、という落胆。どうしよう。次の言葉が出ない。思った以上に落ち込み、最初の勢いはすっかり消えてしまった。私はがっくりとうなだれてしまう。まだ、言わないといけないことがあるのに。

そんな私の頬を陛下の大きな手が包み、上向かされた。

そこにあったのは無表情ないつもの陛下ではなくて。陛下は驚いている、らしい。すごく。

そして。ゆっくりと、ゆっくりと緩やかに笑みが広がった。

「困りはせぬ」

陛下が答えた。感情が込められるわけではない、少し掠れた低い声で、短い言葉で。でも、静かに見下ろす瞳は、いつもの無表情よりわずかに柔らかく見えた。

陛下はその腕で私を抱き上げた。言葉にはならなくとも、抱き上げるその仕草から、見返す瞳から、私を支える腕から、陛下の感情が伝わる気がした。

私は大事にされているらしい。護られているのだと、甘えてもいいんだと、そう思った。何となく。

陛下はいつも言葉がなさすぎる。こういうところが、陛下はずるいと思う。

私は陛下の首に腕を回した。

陛下にも伝わるといい。触れる指先から、見つめる目から、この腕の中にいたいと思っていると。

いつものように過ごす平凡な日がずっと続けばいいと願っていることを。陛下のように言葉にはしないで。

「陛下、あのね」

私は陛下の耳元で囁いた。きっと喜んでくれるだろうことを告げるために。

八．エピローグ

私はお気に入りの庭園に今日も涼みにやってきた。まだ夏は終わらない。

虫除《よ》けのお香がほんのりと辺りに漂う。虫達には悪いと思うけど、余所に行っててほしい。私がここにいる間だけでいいから。

庭師によって綺麗に整えられたこの場所は自然の中といいながら、隅々まで手が加えられている。やっぱり私は作られた自然が好きだなと思う。本物の自然は勘弁してほしい。

陛下に子供ができたことを報告したら、それはそれは喜んでくれた。それより驚いたのは、モアイ宰相だった。

執務室に戻った陛下がその場で皆に私の妊娠を告げると、宰相は黙っていきなり滂沱《ぼうだ》の涙を流しはじめたのだ。怖いよ、モアイだし。もちろん喜びの涙だったみたいだけど、一瞬、悔し涙？　とか思ってしまった。モアイ宰相は先代の王に仕えていたそうだから、とうとう陛下に子供が、と感激したらしい。

子供ができたってだけだと私は軽く思っていたけど、モアイ宰相のその後の発言に驚いた。早急に乳母の選考、子供の養育準備、王太子宮を整備しなければと言ったのだ。

ご老体の身でそんなに頑張らなくてもと思いつつ、私は頭の中では疑問符が飛びまくっていた。

王太子？　王太子って……なんだったかな？　王位を継ぐ王様の子供のことで、王の子が少ないこの国では子の性別や母親の出自も関係なく、第一子が王太子となる。それは知ってたけど。

私の子供は陛下の子供でもあるわけだから、王位を継ぐ資格があるんだった。

王位？　継ぐ？　私の子供が、王位に就く？

日々忙しそうな陛下を見ていたら、王様はとても跡を継がせたい職業ではない。それを言うと渋い顔をされそうだから、言わないでいるけれども。

陛下の子供ができたっていうのは、大変なことかもしれない。でも、何とかなるだろうとは思う。まだ先のことだし。

お腹にいることの実感は全然ない。体調は確かに怠かったり食欲は減ってたけど、夏だからだと思ってた。だから、本当なのかは、まだ疑っている感じ。

そのうち症状が現れるだろうって女医さんは言っていたけど、妊娠の症状は人それぞれらしい。

そんなだから、私は普通の生活を送れればいいと思っている。でも、そう簡単にはいかなかった。

特に陛下。そして、モアイ宰相がうるさいのだ。私は妃業の仕事をさせてもらえなくなり、部屋はおろか寝室から出ることすら禁止されそうになった。

ちょっと待って、妊婦は病人じゃないの。注意は必要かもしれないけど、ずっと寝てる方が病気になるでしょ。世の中の女性は、妊娠しても普通に生活するよね？

と、何度言い聞かせようとしても、なっかなか納得しない。陛下は女医さんを睨みつけて何も言わせないようにするし、宰相も似たようなもので、ほんと頭が固いったら。

陛下の部屋から自室に戻してもらえたけど、一時は陛下と私の居室がある王宮奥の二階から出してもらえない状態になっていた。妊婦って、そこそこ運動が必要なんですけどっ！

その状況に我慢がならなくなった私は、こっそりと部屋を抜け出して散歩することにした。陛下は昼間忙しいから、その間のんびりすればいい。陛下が部屋に帰る時に戻っていればばれないよね。なんて考えたんだけど、その思惑は初日で崩れた。

私が王宮奥から出たら、すぐ陛下に連絡が行くようになっていたのだろう。抜け出した直後、陛下に強制連行されてしまった。執務室奥の小部屋に。

しかし、そこは執務室のやり取りが耳に入るところ。休憩時間にそこへ行くのはいいとしても、執務中だと国の決定とか難しい話や、外部に漏れたらまずい話ですよね！　っていう話の内容がまる聞こえなのだ。

そこは勘弁してほしいと陛下に訴えた。国のそういう宰相や側近達しか知らないような重要なことを耳にするのは駄目。絶対だめ。うっかり漏らさない自信なんて絶対にないから。

その時、助け舟を出してくれたのが、副宰相だった。私が適度な散歩をするのはいいことなのだと、陛下と宰相を説得してくれたのである。母体が精神的に安定するための気分転換は、お腹の子のためにも必要であると。

ありがとうっ、副宰相！

陛下は、一応その説得に応じたのだけれども。

「ナファフィステアっ！」

あぁ、来た来た。

怒鳴るように私の名前を呼びながら、入口の石の門柱から金髪の大きな男性が庭園に入ってくるのが見える。声と同様に荒々しい足取りで、かなり苛々してそう。

陛下が不機嫌に顔をしかめながら視線で私を探しているのを、四阿から眺めた。私の精神衛生上、散歩はとても必要なんだけど、陛下の精神にはダメージを与えているらしい。でも、陛下が不機嫌なのは、たぶんそれだけじゃない。まあ、夜の問題とか。

あれから夜は別々に眠るようにしていて、私は部屋にやってくる陛下を早々に追い出していた。そこは妊娠という理由があるせいで陛下も私の言い分を聞いてくれるけど、不満には思っているみたい。で、現在、陛下の機嫌は地を這っているのだ。

あなたにもいろいろ都合があるでしょ？　私は早く寝ちゃうし、毎晩、私のところに来なくてもよくない？　と言ってみたんだけど。それに関しては完全スルー。

陛下は毎晩のようにやってきて、しょっちゅう寝入った私を自分の部屋に運んでしまう。私が起きた時には、すでに陛下は部屋にいないのに。そこまでして？　と思うけど、それはそれで、とても嬉しかったりする。

「陛下」

苛々している陛下に私は声をかけた。

その瞳に私を捕らえた陛下は、一瞬、何とも言えない表情になる。見てるこちらが切なくなるような顔をするのだ。すぐに不機嫌な顔に隠されてしまうけれど。

私が小さすぎるせいで、出産できないいんじゃないかとか、ちゃんと普通の子供として生まれるのかとか、たぶんもっと酷い内容の噂があるようだから、陛下も心中穏やかではないのだろう。無事に生まれるかに関しては、陛下にはどうにもできないし、でも、心配だから私を外に出したくないらしい。

私の声に気づいた陛下は、大股でこちらに近づいてきた。そして、すぐさま私をその腕に抱き上げる。その動きは少しも乱暴ではなくて、優雅に感じるくらい軽く丁寧に扱われる。陛下は私を絶対に落としたりはしない。揺れも少ないよう、力を入れすぎないよう、細心の注意がはらわれているのだとようやく最近気がついた。

「迎えに来てくれて、ありがとう」

私は陛下の耳に囁いた。もちろん陛下は何も言わない。けど、少しだけ、ほんの少しだけ機嫌が回復したように見えた。

ゆるい風が吹いて私と陛下の髪を揺らし、陛下の顔に滲んだ汗が伝い落ちていく。庭園にゆっくりとした時間が流れる。

穏やかな日常。時々不機嫌になったり怒ったり笑ったり、こんな風にずっと過ぎていけばいいと思う。

ありがとう。私と出会ってくれて。

私は王妃になるらしい

一．散歩したい私と反対な陛下

妃ナファフィステア襲撃事件が発生してから数カ月が過ぎ。

カルダン・ガウ国との交渉は難航したものの、宰相を中心に偽王女問題を切り札にこちらの要求をほぼ全て呑ませることができた。その結果が、今日アルフレドのもとに届いたカルダン・ガウ国国王からの親書である。

側近達の揃った執務室にて、その親書の内容が読み上げられた。ナファフィステアは亡き王女を助けるために尽力したという理由から、一代に限りガウ国の王族に準ずる地位を与えるという。

アルフレドは側近達に告げた。

「余はナファフィステアを王妃とする。ナファフィステアはカルダン・ガウ国王族に準ずる地位にある者。彼女に害を為《な》そうとするは、余とカルダン・ガウ国王家に刃を向けると同義と心せよ」

「はっ」

ナファフィステアがカルダン・ガウ国国王という後ろ盾を得たことで、すでに王都庶民の間では人気者となっている彼女が王妃となることに異議を唱える者はいない。まだ公表は控えているが、ナファフィステアが妊娠していることは側近達にも知れており、その影響も大きいだろう。

「では、神官らに王妃宣儀に最適な日を選定させよ」

「承知いたしました、陛下。諸外国への王妃のお披露目は、出産後の一年後あたりとなりましょう。そちらも準備を進めてまいります」

宰相が答えた。

王妃宣儀とは、王家を守護する神殿にて王が神にこれが王妃であると伝える儀式のことであり、その宣儀を経て、ナファフィステアは正当な王妃となる。妃にはさしたる特権も与えられず、王への敬意に付随して敬われる存在でしかなかったが、王妃となれば話は違う。王妃は王族に次ぐ地位であり、貴族よりも上に位置するのだ。どのような場であろうとも、王妃を愚弄することは許されない。

ナファフィステアが王妃となることに内心不満を抱いている貴族達は多かったが、表向きは貴族社会でも王妃決定を祝福するムードとなっていた。庶民の間にナファフィステアの人気が依然高いせいというのもあるが、妃ナファフィステア襲撃事件により貴族家に向けられた王の不信を払拭するため、彼等は王への忠誠を強く示す必要があったのである。

「王宮警護騎士団も王太子付き親衛隊の新設を見据えた編成変更を検討いたします。先のホルザーロスの私兵へは対処できましたが、王太子殿下ご誕生を考えますと軍備の増強は必須。王都警備にも騎士増員を」

ナファフィステアの王妃決定により、王宮内は王妃、そして、王太子誕生に向けた準備へと動きはじめた。

執務の休憩時、アルフレドは事務官吏に尋ねた。

「ナファフィステアはどうしている？」

「少し前に、本日は大変ご気分がよいため、庭園にて昼食を召し上がるとの連絡が来ております。まだ庭園におられるのではないでしょうか」

官吏は、近頃悪阻《つわり》で体調が思わしくなかったナファフィステアが外に出られるほど回復していることを喜び、明るい口調で答えはじめたのだが。アルフレドの険しい視線に、しだいに身体を強張らせ、言葉の後半は硬い声となっていた。

「誰がナファフィステアに庭園へ出ることを許した？」

「……」

冷ややかな王の言葉に、官吏は無言だった。ナファフィステアが庭園に出ることに許可は必要ない。王は彼女が王宮奥の居室から出ることに反対しているが、彼女は庭園を散歩することがとても好きで、妊娠中のストレスを考えるとそれくらいは許可した方がよいと副宰相や彼女の王宮医に説得され、王も彼女の庭園散歩を禁止しないと決定したはずなのである。

しかし、アルフレドはナファフィステアの行動を不満に思っていた。王として禁止はしないが、彼女は極力部屋を出るべきではない、悪阻で不安定な状態でうろうろと動き回る必要などないと思っているのだ。

ナファフィステアはここ何日もの間、悪阻のため気持ち悪いと言ってはすぐ横になり、機嫌よく動ける時より辛《つら》そうにしている時の方が多いような状態だった。アルフレドが彼女を膝に抱えれば角度が悪いと文句を言われ、匂いが臭いと服を着替えさせられたが、それには文句を言わず彼女に合わせている。元気のない弱々しい彼女が、アルフレドは不安なほどに心配だったのだ。彼女の体格が子供を産むには小さすぎ、出産は非常に難しいと王宮医から説明を受けていたために。

彼女が王の子を身籠っているという話が公表されるのは、正式に王妃の公布が行われてからとなる予定だが、王宮内では噂がすでに広まりつつあった。そのため、明るく浮足立つような空気が漂っている。若い者だけでなく、宰相を含め重鎮達ですら、この慶事には喜びを滲ませ隠せないほどなのだ。誰も噂が広まるのを止めることはできなかった。小さな王妃は出産に耐えられないだろうという噂とともに。

アルフレドは彼女がいるという庭園に向かい、彼女の姿を探した。

「ナファフィステアっ」

苛々とした感情が声にも表情にも表れていた。王の不機嫌さに、庭園内の空気は一気に緊張する。しかし。

「いらっしゃーい、陛下」

庭園を歩いていたナファフィステアは足を止め、呑気な声で手をひらひらとアルフレドに振ってみせた。庭園内でただ一人、ナファフィステアだけは全く緊張感のない緩んだ態度である。それが彼女だとアルフレドにもわかっているが、少しは察しろと思わないではない。

「なぜ外にいるのだ」

「天気がいいからよ。空は青いし、緑は綺麗だし、ほーんと気持ちいいわー」

「晴れれば空は青く、木々が緑なのもいつものことであろう。なぜ、外へ出た！」

近づくアルフレドに背を向け、まだ散歩を続けようとするナファフィステアを捕まえた。そして、腕に抱え上げる。アルフレドの腕の中に収まった彼女は、抵抗することなくアルフレドの首に腕を回し、顔を寄せた。

「いやぁね。そういう気分だったからよ。私には運動が必要だし、今日は久々にすごく調子良いんだもの、これを逃すわけにはいかないわ」

ナファフィステアはとても明るい笑顔で言った。彼女の晴れやかな表情から、とても体調が良いのが見て取れる。それはアルフレドの気を少し落ち着かせた。しかし、苛立ちを収めるまでには至らない。

「いつまた体調が崩れるかわかるまい。それに、医師に王宮内を歩くだけで十分運動になると言われたであろう。外に出る必要などない」

「ここも王宮内よ」

「ナファフィステア」

「どうして庭園はダメなのよ？　騎士達だって一緒に来ているし、体調が崩れても全然歩けないわけじゃないわ。ゆっくり休みながらなら、部屋に戻れるし。他に何が問題？」

むっと口を尖らせてアルフレドの耳元で話す彼女の声は、上に向いて喋る時に比べると小さく囁きに近い。そのせいか、アルフレドには拗ねて甘えているように聞こえる。以前は反抗的に感じていた言葉も、彼女にここにいたいと告げられて以降、アルフレドの受け取り方が変化したせいもあるだろう。

「ここまで来るには階段が多い。そなたの短い足では何度も転びかけているではないか」

「転びかけたのは、私の足が短いからじゃありませんっ、失礼ね」

彼女はアルフレドの頬をつまんで言った。

「陛下のせいなのっ。だから、大丈夫なの！」

ナファフィステアは可愛らしく主張するが、アルフレドがその言葉を信用できるはずがない。彼女が購入した被り物のせいで首を折り死にそうになったのは、つい一カ月前のことなのだ。本人はきれいさっぱり忘れているようだが。

「とにかく、そなたは妊娠しているのだ。大人しくしておれ。転んで何かあってはどうするのだ？」

「お腹が大きくなれば違うけど、今はまだ階段くらい危険でも何でもないわ」

「幾度も落ちかけた者の言葉は、信用できぬ」

「うぅー……」

ナファフィステアは唸りながらアルフレドの首に頭をのせた。やっと諦めたかと思ったが、そんなことで引き下がる彼女ではない。

「じゃあ、私が一階に引っ越せばいいんじゃない？」

「……」

「二階に私の部屋があるから階段を使わなければここには来れないけど、部屋が一階なら階段を使う必要がないし、一階から外に出る時の階段は段数が少ないから、落ちてもたいしたことないわ」

ナファフィステアの言葉にアルフレドは返事をしなかった。妊娠している身では何段であれ落ちて平気なはずがない。彼女の王の子を身籠っているという自覚のなさ、危機感のなさに呆れてしまう。しかし、だからこそ妊娠・出産への悲観的な雰囲気が彼女の周りにないのも事実であり、アルフレドは息を吐いた。

「一階には寝室がない」

「陛下の寝室じゃあるまいし、私はベッドがありさえすれば、どんな部屋でも寝室にできるの。一階には部屋がたくさんあるんだから、どこか一部屋くらい空けてよ？　引っ越すから」

「そう簡単に移れるはずがなかろう。警護の者達の配置や、扉や壁の強度、脱出用非常経路を新たに構築するとなれば、今から改装してもいつ完成するかわからぬ」

「壁の強度？　脱出？　改装？　そんな……の、必要？　必要……なんだ。あー、うー……」

彼女は何やらぶつぶつと言葉を発していたが、それはアルフレドへの言葉ではない。どうやら彼女の部屋は、簡単に用意できるものではないと理解はしたようだった。

「じゃあ、引っ越しは無理なのね？」

「できなくはないが、子供が生まれてからにはなるであろう。提案させてみるか？」

「あっそ。なら、引っ越さなくていいわ。何か別の方法を」

「今後は階段を使用するでない」

「待って、何か方法を考えるって言ってるでしょ！」

「……」

「えーっと、じゃあ、私が前にいた後宮の部屋はどう？　あそこなら王宮奥の二階よりは」

「後宮は閉じた」

「えー……」

「明日には階段を使わずとも王宮奥と本宮の二階をつなぐ通路が完成する。王宮奥だけで狭ければ、執務室まで歩けばよい」

「え？」

「通路を使用するのは余とそなただけだ。庭園のように植物を植えるなり、好きに飾ればよかろう」

「え？　え？　……え？」

ナファフィステアはしばらく目を泳がせていた。アルフレドの言葉がのみ込めなかったらしい。

アルフレドはしばらく前から本宮と王宮奥をつなぐ通路を整備させていた。数代前までは使われていたのだが、狭い通路は王や王妃が使用するにはふさわしくないとして封じられていたのだ。それを使用できるように改修するのは、それほど難しいことではなかった。ただし、短期改修のため、王宮内の廊下のような装飾は施されず、非常用通路のような仕上がりとなる。

王妃にそのような狭い通路を使わせようという王の決定に、一部の者は顔をしかめた。身分の高い女性は、自分の地位にふさわしい扱われ方にこだわる。それが、この国で一番身分の高い王妃であればなおのこと、王妃自身だけでなく女官達もそのような通路を使うのを嫌がるに違いない。そう考えたのだ。

アルフレドがそれを知らなかったわけではない。ナファフィステアがその狭い通路を好まないだろうことも予想していた。しかし、彼女がそれを好まない理由は、貴族女性達の理由とは若干異なる。そういう場所には虫除けが十分に施されず、彼女の大嫌いな虫が潜んでいるためだ。

彼女と王宮へ戻る馬車旅で、ナファフィステアは近くに嫌いな虫を見つけるたびにアルフレドにしがみついていた。そして、怯えながらアルフレドにそこから離れようとしきりに促す。その様子には、アルフレドも大いに庇護欲を掻き立てられ、満足であったため止めはしなかったが。それほど怖いのならば虫除けを強く施している馬車から出なければよいものを、彼女は頻繁に外に出たがった。嫌いな虫とはある程度の距離が保てれば我慢でき、我慢してでも彼女は外に出たいのだ。

そうした彼女の傾向から、通路に虫除けを施しさえすれば、狭かろうが美しくなかろうが彼女は使用する、とアルフレドは判断した。通路が完成してからナファフィステアに説明する予定だったのだが、彼女の危険を回避するためにはやむを得ない。

「陛下。どこへ向かっているの？」

アルフレドの足は王宮奥ではなく本宮の執務室へと向かっていた。本来であればこれまでと同様に、ナファフィステアを王宮奥の部屋に運ぶべきなのだが、そうしなかったのは、アルフレドにとっても明るい彼女は久しぶりであり、手放し難かったからである。

「陛下、これからお仕事なんでしょう？　私は部屋に帰るわ。通路はまだ完成してないのよね？」

「そなた用のベッドも入れてある」

「私の、ベッド？　何の話？」

彼女の訝しげな声色に、アルフレドは答えるのを躊躇った。執務室の小部屋にベッドを置かせたのだが、妊娠している彼女をどうこうしようと思ってのことではなく、単に彼女がそこで休めるようにしただけのこと。あわよくばなどとは考えてはいない。多少触れられればという程度だ。と、説明するのも馬鹿らしく、無言で足を進める。

執務室では執務再開を待つ宰相達が、ナファフィステアを抱えて戻ったアルフレドを恭しい態度で迎えた。だが、その表情には多少の呆れを滲ませていた。彼女が一緒ということは、まだしばらく執務は再開されないと悟ったためである。

彼等を待たせ、アルフレドは小部屋のベッドにナファフィステアを降ろした。彼女はきょとんとした顔でベッドと室内をキョロキョロと見回す。

「悪くはなかろう？」

小部屋に置いたベッドは彼女用とはいえアルフレドも眠れるサイズであるため、小部屋を窮屈な空間に変えてしまっていた。大きなベッドにちょこんと座る彼女の姿には満足だが、誤解を与えないよう、彼女が横になれるゆったりとした長椅子の方がよかったかとアルフレドは部屋の構成を再び考える。しかし、身体を休めるにはベッドの方がよい。長椅子でうっかり転げ落ちでもすれば大事になりかねないのだ。しかし、彼女がここを気に入らなければ、庭園へ行くため階段を使用しようとするだろう。それは阻止しなければ、などと考えながら、アルフレドは答えないナファフィステアに問いかけた。

「どうした？」

「私がここにいちゃ、邪魔になるんじゃない？　執務室の声が聞こえるから、その……私が聞いたら不都合なこととか、あるでしょ？」

「ない」

「嘘っ。あるわよ。絶対あるはずよっ！」

「不都合はない。そなたは王妃になるのだから」

「は？」

ナファフィステアは呆《ほう》けた表情のまま動きを止めた。

王の子を孕み、その子は王太子となるというのに、彼女は自身が王妃となる可能性を全く考えていなかったらしい。呆けた顔に喜びの色は全くない。妃であることもここにいることも、彼女が自ら望んだことではなかったが、ここにいたいと言い、全てを受け入れたはずではなかったのか。

「そなたにはまだ言ってなかったが、一カ月ほど後には神官達を呼び、そなたを王妃とする儀式が行われる」

アルフレドはナファフィステアに告げた。彼女の期待を裏切る反応にアルフレドが苛立ったのは、これが最初でもなければ、これが最後でもない。王の期待を裏切るなと、他の者と同様にたとえナファフィステアであっても思いはする。しかし、苛立つと同時に彼女が彼女であることに安堵してもいるのだ。王妃という地位に就いても彼女はこのままであり続けるのかもしれないということに呆れつつも、それをこそ強く期待している己をアルフレドは自覚していた。

◇　◇　◇　◇　◇　◇

王妃になる？　王妃に、なる？　私が？　王妃に？　初耳なんですが。

いや、アンデでユーロウスが陛下はそういうつもりだとか何とか言っていたけど、あの時はリストラ対象者だったわけだし。王妃？　王妃って……何だっけ？　えーっと。

私の頭はめちゃくちゃ混乱しているのに、陛下は話を続けて、王妃になる儀式がどうとか言っている。

「王妃、になる、儀式って、何？」

声がひっくり返っておかしなことになってるけど、一応発音はできているから通じるはず。私は陛下の話を先に進ませないよう、何でもいいから陛下に尋ねた。

陛下は眉を寄せ、目を細めた。この部屋に来た時に比べると、明らかに不機嫌そうだ。通路ができるとか歩きながら話している間は普通に無表情だったから、それ以降で機嫌が悪化したみたいだけど。何が気に入らなかったんだろう。そんなことを思いながら、陛下の様子を窺う私。私の頭は、王妃って、王妃になるって何、という話題からそれたくて仕方ないらしい。

「余がそなたを王妃とすると書いた書類へそなたが署名し、それを神官が見届けるのだ。儀式は神官達が執《と》り行う。そなたは指示された通りに動けばよいだけだ。難しくはない。そのうち、国内外に王妃を披露する場が設けられるであろうが、それは一年ほど先になる。王妃としての衣装や宝飾品は今から仕度させねば」

「あー、えー、披露の場はまだ先なのよね？　ええっと、だから……、まずは儀式があって、私が王妃になる、の？」

「そうだ」

「……王妃って、何？」

「余の妻だ」

そうなんだけど、そういう意味じゃなくて！　神官が儀式をってことは、結婚式みたいなものなのかな？　書類に署名って、婚姻届みたいな？

「それは、わかってるけど……。じゃあ、私が陛下と結婚するってこと？」

「そなたは妃なのだから、余とはすでに結婚しておる」

そう言う陛下は、不審顔で見つめてくる。が、しかし。さっきから衝撃の事実が、怒濤《どとう》のように押し寄せてくるんだけど、どうしよう。頭が考えることを放棄しそうで、ヤバい。

私は陛下から視線をそらした。でも、陛下の無言の圧力が、ビシバシ突き刺さってくる。この際、陛下にはちょっと待ってもらうことにして、頭を整理する。

妃の私は、すでに陛下と結婚しているらしい。で、今度は王妃になるので、書類に署名をする儀式がある、と。

王妃になる儀式とか書類に署名があるなら、結婚する時にもあるんじゃないのかな。この国では王と王太子を除いて一夫一婦制なので、結婚というイベントは、人生においてとても重要だし、重婚が許されないのだから結婚の情報をどこかが管理しているはず。ここの制度的に、少なくとも結婚の時には何らかの書類に本人の署名が必要だと思う。

でも、私が妃候補から妃になった時、そんな書類に署名した記憶はない。ナファフィステアの綴りを間違えずに書けるようになったのは、妃になってしばらく経ってからだし、王様サイテーとか思っていた頃だから、結婚の書類に署名なんてしてたら、さすがに覚えてるだろう。

「結婚する時って署名しないの？　覚えてないんだけど」

「そなたは結婚に同意した覚えはない、と言うつもりか？」

陛下は抑えた低い声で訊き返してきた。機嫌が急降下している。

妃になった頃の私には拒否権が全然なかったんだから、同意も何もないでしょ、と思うけど。それを言うと余計にこじれそうなので、書類の署名にこだわって答える。

「そうじゃなくて、その……。私が最初にナファフィステアの名前を署名したのは、ボルグ達とはじめて外出する件だったのよ？　ナファフィステアの綴り、陛下が最初に書いてくれた形に似せて書いてみようとしたら、悲惨なくらい間違えちゃったのよね、確か」

私がはじめて名前を署名した時を思い出しながら話していると、陛下は少しだけ気を持ち直したらしい。でもまだ、低空飛行なガン飛ばしてくるせいで、頭の上がチリチリする。なので、顔は上げないでいよう。

「そうであったな。言葉がわからぬそなたに、理解できたはずがない」

「え？　妃になった時に書くものじゃないの？」

私は驚いて思わず顔を上げてしまった。ベッドのすぐ脇に立つ陛下は、無表情で私を見下ろしている。角度的にほぼ真下から見上げているのではっきりしないけど、眉間に皺が寄っているので不満そう。でも、怒りが滲むほどではない。たぶん山場は越えたなと思っていると、陛下が口を開いた。

「後宮へ入る時に本人が署名するのを神官が見届ける。妃になった際、その文書に余が署名することで結婚が成立するのだ」

私が後宮に入って一年もの間、陛下に会ったこともないし、子供だと思われていたこともあってずっと妃候補でしかなかった。だから、てっきり妃になった時に書くものだとばかり思ってたのに、後宮に入る時だったとは。そんなのわかるわけがない。

カルダン・ガウ国の連中に陛下へ差し出された時なら、確かに何かを書いた記憶はある。一枚じゃなく、何かが書かれた紙を何枚も出されて、書けってペンを握らされた。書かなければ私の後ろにいる男に刺されるって思ったから書いたけど。当然ながら、各紙に何が書いてあったのかは全くわからなかったし覚えてもない。それに自分が何を書いたのかもさっぱり記憶になし。

「私がここに来た時に書かされた覚えはあるけど、一枚じゃなかったわよ？」

「故国を捨てただの国民となり王に忠誠を誓うための書や、異国の神を信仰しないという誓書があったのだ」

「陛下は……私が書いたものを、見たのよね？」

「見た。誰にも読めぬので、そなたの国の文字なのだと思っておったが……」

ゴホンと、わざとらしい咳払いが聞こえた。戸口を見ると、事務官吏が書類を手に立っていた。

陛下の休憩時間の終了だ。というか、休憩終了の合図は女官が行うものなので、女官の合図を無視したため、事務官吏が催促するしかなかったのだろう。

「この件は後だ。余が執務を終えるまで、そなたはここで休んでおるがよい」

陛下は私の頰に手を添え、自分を見させる。

「悪くはなかろう？」

だから、ここだと執務の様子が丸聞こえなんだけど、という言葉をのみ込んだ。

「そうね。すごく寝心地よさそう。眠くなってきたから、ここで寝てくわ」

そう答えると、陛下は腰を屈めて、私に軽くキスをした。そして、

「後で来る」

と言って、私の頰を撫でると小部屋を出ていった。

私が階段を下りるのが危ないからと通路を整備させ、二階だけで過ごせるようにするとか、小部屋にベッドを置いていつでも休めるようにするって。陛下、何やってるんだろう。

私はボフンとベッドに寝転がった。柔らかいベッドに、肌触りの良いシーツ。このベッドのせいで、陛下が休むための大きな椅子は端に移動させられている。

なんだかなーと息を吐く私の顔は、締まりがない。

本宮にはたくさんの部屋があるから、この小部屋でなくても私が休むためのベッドを置くことができるはずなのに、陛下の椅子を移動させてまで、ここに置かれているという事実。これは、絶対に陛下の指示だ。陛下を第一に考える女官や事務官吏、側近達は、きっと陛下に他の案を提案した

はずだ。私なんて妃業も休業状態で暇なんだから、いつでもどこででも休める。それなのに、この小部屋にわざわざ陛下の椅子を押しのけてまで私のベッドを入れた人達の心中を思うと、気の毒でならない。陛下にこそ休んでほしい、快適に過ごしてほしいはずなのに。

でも、私をここに散歩に来させたくてベッドを運ばせたり、私のために王宮内ではあり得ないほど低いベッドにしたり、不機嫌そうな顔ばかりの陛下が、そんなことに時間を費やしていたんだと思うと、顔が緩んで仕方がない。

庭園を散歩できなくなるのは残念だけど、陛下のストレス軽減のために、身重の間は新しくできる通路とやらを通って、ここへ散歩することにしよう。それが、陛下にとっても、私にとっても、そして、たぶん女官達や他の人達にとってもいいことだろうから。

私はごそごそとシーツの中に潜り込んだ。さすがに陛下の選んだベッドだけあって、寝心地がいい。目を閉じるとすぐに眠気が襲ってくる。陛下にベッドのお礼を言うのを忘れてたなとニヤニヤ笑いながら、私は意識を手放した。

目を開けると、夕暮れになっていた。

「お休みになられるのでしたら、呼んでくだされば、ドレスと髪を緩めにまいりましたのに。寝苦しかったのではございませんか？」

「ごめんなさい、軽く寝るだけのつもりだったのよ。でも、このままでも十分よく眠れたわ。このベッドすごく寝心地よくて」

私はベッドから起き上がり、ベッド横の小さな四角い椅子に腰かけた。背もたれがない椅子で、リリアが私の背後に回って髪を整えてくれる。

「髪、結構、崩れてる?」

「はい。ここには鏡がございませんので妃様にはご確認いただけませんが、これでは解いて結いなおさなければなりません」

「そうなの? じゃあ、解いて簡単にでいいからまとめてくれる? 暗くなってきたし、部屋に戻る間なら少しくらい手を抜いててもバレないでしょ」

「お戻りになる時に乱れた髪で王宮を歩くわけにはまいりません。髪を結い変えましょう。夕刻ですし、少し首元をすっきり見せるように変えてみてはいかがでしょうか?」

「そうね。じゃ、任せるわ」

鏡も櫛《くし》も小部屋にはなかったはずなのに、リリアがいつの間にか持ってこさせたようで、テキパキと私の髪を解きほぐしていく。いつもなら私の髪をセットしてくれる役目の女官がいるのだけど、ここにはリリアしかいないので、リリアが髪を整えてくれる。執務室の奥だから、さすがに他の女官は入れてもらえなかったのだろう。

「リリア、明日には王宮奥の二階から本宮に通路がつながるんですって。だから、明日からは散歩したくなったら、庭に出るんじゃなく、ここに来るようにするわ」

「妃様の元気なご様子をお見せすれば、陛下も安心なさってくださいます」

「でも、たまーにどーしても外に出たくなったら、付き合ってね」

「……」

リリアは返事をしなかった。聞こえなかったのか、聞こえないふりをしているのかはわからないけど。

起きた時はボサボサだった髪もまとまり、私の寝起きのぼんやり頭もクリアになったところで、

「起きたか」

と、陛下が小部屋に入ってきた。執務が一区切りついたのだろう。以前なら、そろそろ晩餐のためのドレスに着替えなくてはならない時間だ。私は現在、好き嫌いが非常に激しく変化してるせいで簡単に吐いてしまうこともあり、晩餐というマナーが必要な食事はパスしている。食べられるものを食べ、食べたくないものは食べない、無理をしないのが一番。なので、私は王宮奥の食事の間でのんびり食事をとることにしており、晩餐のドレスには着替えない。リリアにも陛下にも納得してもらっている。妊娠期間中だけとはいえ、夕方着替えに時間をとられないのは、ほんとに楽。

「陛下、私はそろそろ戻るわね」

今日は何でも食べられる気がして、ちょっとウキウキしながら立ち上がった。

「今日は本当に具合が良さそうだな。書庫へ寄る、そなたも一緒に来い」

「書庫に？　いいけど」

陛下が私を抱き上げようとするのをするりとかわす。今は歩きたい気分なので。毎日、寝て食べるしかしないのだから、歩くぐらいはしてないとヤバいでしょ。精神的にも、体重的にも。

そんな私が気に入らなかったのか、陛下は眉間に皺を寄せた。

「リリア、陛下と書庫に行ってくるわね」

私は陛下の背中をぐいぐいと押しながら、リリアに言った。

「承知いたしました」

陛下はため息をひとつついてから、諦めたように足を踏み出した。


そして、私と陛下はたぶん書庫の中にいる。たぶんというのは、廊下を通るいつものルートで入ったのではないから。私達がいるのは壁一面が書棚になった部屋だ。ぽつぽつと置かれている灯りでそれはわかるけど、足元はほとんど見えない。私はそんなほぼ真っ暗な中、陛下の左腕を抱えて歩いている。この腕があるから歩けていると言っても過言ではない。

「ここって、書庫よね？」

私の声が暗闇に思ったより大きく響いた。

「そうだ」

陛下はそっけなく答える。もう少し何か説明してほしいんだけど。ここに来た理由とか、ここが何なのか、とか。

ここに入る扉の外で陛下の騎士達はとどまった。いつも陛下のそばにいるのにと不思議に思ったけど、たぶんここは許された者しか入れない場所なのだろう。そういう説明とか、してほしいんですけど。私は見えない不安を陛下への不満に置き換え、足を進めた。

陛下が本棚の前で止まり、書を取ろうと右腕を上げたので、私は陛下の左腕を解放した。

「どうした？」

すると、陛下は動きを止めて私を見下ろしてきた。

いや、どうしたじゃないでしょう。本を見るなら両手を使うだろうと離しただけ。すぐさま訊かれるほど変な行動じゃないはずだけど、陛下は私を見下ろしたまま動かない。いつもながら陛下ってよくわからない。

「気分が悪いのか？」

陛下の手が私の左頬に触れ、撫でる。青い目と黒い目の違いで、陛下は私には暗すぎて見えない場所でも見えるらしい。

「違うわよ。本を取るんでしょ？　だから腕を離しただけよ」

「具合が悪くなったのではないのか？」

「違うってば。ほら、本を取れば？　それが、ここに来た目的なんでしょ？」

私は陛下の背中を叩いて、背中側に回ろうとすると、

「前に来い。後ろでは見えぬ」

「はいはい」

私は陛下の前に移動した。暗闇だからよくわからないけど、本棚と陛下に挟まれて狭いし、揺れたら上から本が降ってくるところだし、ちょっと嫌だなぁと思いながら。

そんな私の肩に陛下が腕を回して、私をくるりと反転させ本棚に向かわせる。私を左腕で抱き寄せた格好のまま、陛下は本棚から本を抜き取った。片手で本を開いてパラ見するくらいは、陛下に

は何でもないことらしい。ここの本ってかなり大きくて重いんだけど。

陛下は開いて見ては棚に戻すのを何度か繰り返した後、私が見えるように開いた状態で本を下ろしてきた。

私に見ろって意味だろうけど、全く見えないから読めない。

「見えないわ」

「読めぬのか？」

「暗すぎて私には見えないのよ！」

「少し、暗いか」

少しどころじゃなく暗いわよっ。ここの人達は私より視力がよくて暗さにも強いので、このくらいでも文字が見えるのだろう。ここでは眼鏡って見ないから、みんな視力もいいんだと思う。

陛下は灯りに手を伸ばして降ろしてくれた。そこに手が届くんだ⁉　という驚きの内に、私の視界が明るく照らされる。陛下の持っている本が見えるようになり。

『ここはどこ？』

その文字が私の目に飛び込んできた。私が書いた日本語の文字だ。

どうしてこんなところに私の字がと考えて、思い出した。これは、私がカルダン・ガウ国の使者達に連れてこられ、どこかの部屋に連れて行かれて書かされたものの一つなのだ。

わけがわからないまま書くことを強要され、私は彼等には読めないことをわかっていて、わざとこれを書いた。諦めていながら、誰か気づいてくれないか、助けてくれないかと一縷《いちる》の望みを込めて。それにしても空いてるところにこれを書くとは、我ながら理解に苦しむ。せめて英語で書くとかすればいいのに。これじゃあ、あっちの世界から来た人がいても、日本語を知らないと読めないじゃないの。

当時の自分に突っ込みながら、書面を眺めた。私の文字は紙の中央やや下にあり、他のところには文章が書かれている。この国の文字に似てるけど違うので、文章が読めない。これはカルダン・ガウ国の文字だろうか？

私が顔を上げると、陛下と目が合った。相変わらず無表情で愛想のない顔をしている。

「これが、そなたが妃となる誓約書だ。そなたが書いたのであろう？」

そういえば、小部屋で寝る前、陛下と私は王妃になるって話から結婚の書類の話をしてて、途中で終わっていたんだった。だから、陛下は私をここに連れてきたのか。すっかり忘れてた。

「そうね。これは私が書いたわ。でも、この辺、何て書いてあるの？」

「そなた、古語は読めぬのか。そこには王と結婚すること、他の者とは結婚していない、結婚しないことを誓うと書いてあるのだ」

文章量からするとそれだけじゃないと思うけど、細かいことは目をつぶるとして、とにかくこれが結婚の書類らしい。そして、私の署名がアレということ。

「そなたの名とは違っておるようだが、そなたは何と書いたのだ？」

陛下は私の名前の漢字を覚えているらしい。まあ、文字数が違うし、こっちはひらがなだから、はっきり覚えてなくても違うのはわかるかもしれない。

「んーと、ここはどこかな？　って」

「ここは王宮書庫の」

「そうじゃなくて。私が書いたこれ、『ここはどこですか？』って書いてあるのよ」

私は私の字を指差しながら言った。

「この文書の内容はわからなかったし、そもそもあの時、何のために何をしてるかなんて、全然わかってなかったから、適当に書いたのよ。何か書かないと刺されそうだと思って」

背後から回された腕にぐっと引き寄せられた。背中が陛下の温もりに包まれる。

「……そうか……」

陛下に意味が通じたようだった。しかし、私に答えた声は疲れたような呆れたような声で、まあ結婚の誓約書に『ここはどこですか？』って書かれてると言われても困るよね。この件に関してはカルダン・ガウ国の奴等が悪い。絶対に悪い。全て悪い。

でも、これって私の結婚、成立してないってことでは？　妃ですらない可能性が、あったりする？

もしかしなくても、マズいのでは。

「陛下……、ここ、書き直しておいた方が、いいよね？」

「これを書き換えても、神殿にある写しは変えられぬ」

あー、写しがあるんだ。それはさすがに書き換えられないってことらしい。でも、まあ、誰も読めない文字なのだから、私の名前じゃないとは思わないだろう。今までもそれでバレなかったのだから、大丈夫なはず。と思いつつ、何だかモヤモヤする。

私もちょっと考え事してたけど、陛下もその間沈黙を続けていたことに気づいた。陛下は何を考えてるんだろ。私は顎下に回された陛下の腕をグイっと掴み、背中をそらせるようにして真上を見上げる。そこにあった私を見下ろす無表情な陛下の顔は、顔が引きつりそうなくらい気味が悪かった。

「へ……陛下？」

無表情でも、近くで見れば、微妙に不機嫌そうとか気が抜けてるとかちょっとした違いを感じたりするけど、気味悪いと思うなんてよっぽどだと思う。暗い場所だから？　灯りの位置を下げたせいで、下から顔を照らす角度が悪いから？

とにかく、陛下は不機嫌か、呆れてるのかもしれない。結婚の誓約書に疑問文を書いてるって知らされれば、嬉しくはないだろうし驚きもするだろう。一応、私もそこには住所や名前を書くのかなと思わなくはなかったけど、理解できない契約書にサインはできない。それって社会人として常識よね。

「えー、あのー……」

「そなたの故国には、結婚という概念はあるのか？」

陛下が唐突に口を開いた。

結婚という概念？　はいはい、ありますけど、いきなりどうした？　と思いながら答える。

「あるわよ？」

「どのようなものだ？」

「そうね、この国と同じようなものよ」

「同じようとは？」

私は結婚の書類を提出すれば結婚が成立すること、でも、実際には結婚の前に婚約期間があって、結婚の儀式を準備、結婚の儀式の前後で書類を提出するんだと大雑把に説明してみた。結婚したことがないから詳しくはわからないけど、だいたい合っているはずだから、これでいいでしょ。

「確かに、我が国の結婚制度と似ているようだな」

「そうでしょ？　王様の結婚とは違うけど、似てるのよ。私の国も一夫一婦制だし」

「王妃の儀式も同じようなものだ。王にとって王妃が一人であることも」

「王様だと妃は何人でもＯＫだけどね」

と笑って言ったら、睨まれた。陛下の雰囲気が普通に戻っていたのに、やや不機嫌になってしまっている。でも、不気味からは脱出してるからいいけど。

「そなたは、王妃になるのは嫌か？」

王妃になるのは、どうだろう。王様である陛下は毎日が超忙しいし、責任も重大だ。国を背負っているのだから当然ではあるけど。その王の妻である王妃というのは、それなりに責任もあって重要な存在じゃないだろうか。でも、そんなに重要な役割なら、陛下が出自の怪しい私を選びはしないのでは？　陛下は王として国民に敬われているようだし、騎士達の陛下への忠誠心も本物だし、王都の繁栄ぶりをみれば政務もしっかりしてると思う。だから、たぶん陛下はできる王様なのだ。その王様が私にさせてもいいと考えているなら、誰でもできることに違いない。

と思いつつ、一応、確認してみる。

「王妃って、何をするの？　私に難しいことはできないわよ？」

「王妃に求められることは子を産むことだけだ。問題はなかろう？」

「それだけ？」

「それが全てだ。他は何をしても、しなくてもよい」

陛下はきっぱりと言い切った。この国は、というか、この世界は子供を産むことが重要なんだった。陛下の父親も、何人も妃がいたはずなのに、結局、子供は陛下とジェイナスくんの二人だけ。本当に子供ができにくい世界なのだ。私を王妃にというのも納得、納得。

「そっか。妊娠したから王妃なのね。今までと変わらないなら、いいわ」

「では、王妃の儀の準備はこのまま進める。結婚の誓約書は、王妃の儀の中でもう一度書くよう調整させよう」

「そんなこととして、いいの？」

「署名する書類が一枚増えるだけだ。問題はあるまい」

問題ないはずはないと思う。けれど、あんなわけもわからず書いたものが結婚誓約書なのは気持ち悪いので、もう一度書くことにはとても賛成。

生まれてくる子供のことを考えると、子供にはちゃんと市民権というか、この国の人としての権利は確保しておきたいし。私の子供というだけではなく、陛下の子供であると証明するためにも、結婚誓約書が不成立になっては困るのだ。

「もし結婚の誓約書を書けないなら、離婚したらいいんじゃない？　そうしたら」

「離婚の必要はない」

「だから、もしもの時よ」

「必要ない」

さっき少し陛下の不機嫌モードが緩和されたようだったのに、むっつりと黙り込む。私は喉をそらし、真上を見上げた。そこには、私を背後から腕の中に抱え込み、無表情で見下ろす陛下の顔。でも、不機嫌というより拗ねているように見えるのは、辺りが暗いせいだろうか。離婚って言葉が気に入らなかったのかな。陛下の反応に、ちょっと顔が緩む。

「そろそろ戻りましょ？」

私は背中で陛下を押して訴えた。

すると、ひょいと持ち上げられ、あっという間に口を塞がれた。機嫌を損ねる陛下を私が笑ったのが気に入らなかったようで、私は陛下から濃厚なキスによる逆襲を受けたのだった。

二．誓約書と指輪

アルフレドはナファフィステアを王宮奥まで送り届けた後、すぐさま執務室へと引き返した。そして事務官吏を呼び、王妃の儀式について進行内容や必要書類などを洗い出させる。

一通り目を通した後。

「王妃の儀式に、結婚の儀を簡略して含めさせよ」

アルフレドは事務官吏に伝えた。

いつもは即答する官吏も、この時ばかりは躊躇《ちゅうちょ》した。新しく妃を迎える話があるなどとは、全く聞いていなかったからである。王は密かに妃を娶ろうとしているのかもしれないと考え、官吏は声を潜めて尋ねた。

「王妃の儀式を執り行った後、結婚の儀式を行われるのでしょうか？　それとも、結婚の儀式を行った後、王妃の儀式を？」

「ナファフィステアは結婚の儀式を行っているが、正式な名で執り行われておらぬ。それゆえ、王妃となるにあたり正式な名で結婚の儀を行っておきたいのだ。全てをもう一度執り行う必要はない」

アルフレドの言葉に、官吏は自分が大きな勘違いをしていることに気づいた。妃を新しく迎えるのではなく、王はナファフィステア妃にもう一度結婚の儀式を行わせようとしているのだ。

「承知いたしました。結婚の儀は他の方だと思っておりました。誠に申し訳ございません。陛下とナファフィステア妃との結婚の儀を王妃の儀式に組み込むよう、さっそく神官と協議いたします。当日のナファフィステア妃のご衣装ですが、いかがいたしましょう？　結婚の儀ですと、それまでの過去を消すという意味を込めた衣装となりますが」

「王妃にふさわしい装いとさせよ。結婚の儀はあくまで正式な名を記すためだけだ」

「はい。承知いたしました」

官吏が執務室から出ていき、アルフレドは息を吐いた。

ナファフィステアは、妃であると知っていながら自身が結婚しているとは思っていなかった。彼女自身が誓約書に記したという事実がある以上、その記載の内容が何であれ、結婚がなかったことにはならない。

だが、たとえば彼女が他の誰かと結婚するため誓約書にナファフィステアの名を書き、以前の結婚書類は文字が読めない時に書いたもので結婚に同意したのではないと主張すれば、神殿によってそれが認められる可能性がある。そんなことになれば、彼女は王妃どころか妃ですらなくなってしまうのだ。彼女を排除したい貴族達に知られれば、厄介なことになる。そう考え、アルフレドは、ナファフィステアに結婚の誓約書に署名していないなどと口にしないよう、書いた内容にかかわらず結婚は成立しているのだと伝えるべく、彼女を王宮書庫へと連れて行ったのである。

しかし、彼女が誓約書に書いた内容を語った時、アルフレドは愕然《がくぜん》とした。ナファフィステアがアンデに滞在している間に、彼女がカルダン・ガウ国の使者達によって攫われアルフレドのもとに置き去りにされたことを知った。当時の彼女はさぞ恐ろしい思いをし、心細かったに違いないと考えた。彼女の状況を理解していたつもりだったのだが。

名を記すことに意味があると理解しており、周囲に敵しかいないと知りつつ、他者には読めないとわかっている自国の文字を彼女は記した。そこに、怖いという感情ではなく、助けを訴えるでもなく、ここはどこかと問いかける文章を書いたのだ。その異常性に、アルフレドは言葉が出なかった。その時、彼女はどれほど帰りたいと望んでいたのだろう。言葉もわからない異国の地で、帰るすべをどれほど必死に探していたのだろうか。彼女の望みは、それだけだったのだ。

あれから二年が経ち、彼女は、ここに留まる決意をした。戻ることを諦めたのだ。

アルフレドは、貴族達がナファフィステアの結婚誓約書を利用する可能性など、どうでもよくなっていた。それよりもはるかに、彼女に自分の意思で結婚の誓約書に名を書かせることが重要に思えた。名を記せば遵守の義務を負うと理解している彼女に、その手で記させることで、彼女を今だけでなく未来もこの地に縛ることができる。

アルフレドは王宮騎士団の中にあったナファフィステア妃付き騎士達を王妃付き警護隊として組織を格上げし、より一層の警護の充実を指示した。外からも内からも彼女を護り、アンデの町には二度とナファフィステアを近づけさせないように。

「ナファフィステア妃がいらっしゃいました」

「陛下ぁー、奥で休ませてもらうわね」

ナファフィステアは新しい通路を通り、機嫌よく執務室へ入ってきた。執務室の室内に漂う緊張感など、まるで感じていないかのような素振りである。実際、ほとんど感じてはいないだろう。

「リリア、後でお茶をお願い」

「承知いたしました」

執務室の者達は妃と侍女という邪魔者に対し、あからさまに顔をしかめて冷ややかな視線を向けた。しかし、それに対する妃の反応も皆無だが、侍女にしても全く意に介さない態度であるため、効果はまるでない。

それをアルフレドは面白く感じていた。主人が図太いと、仕える者もそれに倣うのだろうか。

「しばらく休む。残りは後にせよ」

「はい、陛下」

アルフレドは席を立ち、小部屋へと向かう。

そこでは、ナファフィステアがベッドで大きなクッションに背中を預けて横たわっていた。アルフレドに気づいた彼女は、にこやかな笑みを浮かべる。少し顔は赤いが、非常に機嫌がよさそうだ。体調は落ち着いてきたらしい。

「陛下も休みをとるの？　私が邪魔しに来てるみたいじゃない。でも、陛下は働きすぎだから、邪魔するくらいがちょうどいいのかしらね」

アルフレドはベッドに腰を下ろした。そして彼女の顔を覗き込む。

「顔が赤いが、調子は良いようだな？」

「ちょっと気持ち悪くなる時もあるけど、今は大丈夫。吐くのも慣れたし、吐けばスッキリするから」

「……」

「仕方ないでしょ？　そういう時期なんだし」

と言うナファフィステアの左手に指輪があるのに気がついた。青い宝石の付いた指輪である。貴族達の間では結婚相手の女性には男性から自分の瞳の色と同じ宝石の宝飾品を贈るものだと知り、アルフレドも彼女に贈ったのだ。

「ん？　これ？　陛下が贈ってくれたものよ。ありがとう」

アルフレドの視線に気づいたナファフィステアは、指輪を見せるように左手をヒラヒラさせた。彼女の小さな手には一粒の大きな青い石の付いた指輪と、指輪からのびる三連の銀と青石の細い鎖が手首を飾っている。しかし。

「それは………、そのように小さなものだったか？」

「あぁ、それね。ごめんなさい。勝手に小さくしちゃった。だって、陛下がくれた宝飾品は、そのままだと大きすぎるし重すぎるしで使い勝手が悪いんだもの」

彼女はペロッと舌を出し、悪びれもせず笑って言った。

小さくするにしても限度がある。アルフレドが贈ったのは、首元に大きな青い石を配し、銀細工と青い宝石を連ねた、首や肩から腕までを飾る大きなデザインの宝飾品だったはずなのだ。それが、ほぼ左手の指輪一つになっており、元の形など見る影もない。

もともと彼女は宝飾品を身に着けることを好まない。アルフレドはそれを知ってはいたが、どうしても彼女に結婚にちなんだ何かしらの行動を示したいと思ったのだ。王から王妃となる妃への形式的なものではない何かを、彼女へ。それは、彼女に故国を捨てさせることへの代償であったのかもしれない。

そんなアルフレドの贈り物を、あっさり小さくしてみせるナファフィステアに、アルフレドは大きなため息を漏らした。内心、彼女を喜ばせるものを贈れない己を、不甲斐《ふがい》ないと笑いながら。

「私の国ではね、男性が結婚する前に女性に指輪を贈るものなのよ。で、婚約期間中は左の薬指にその指輪をしておくわけ。私は婚約してますってね。もう一度、結婚の誓約書を書くんだし、陛下が贈ってくれた宝飾品がその婚約指輪にちょうどいいかなと思って」

その発言にアルフレドは驚いた。彼女が結婚の誓約書を再び書くことを、そういう意味にとらえていることに。まるで彼女はアルフレドとの婚約を楽しみ、結婚を喜んでいるように見える。彼女のそうした態度は全く予想していなかったのだ。

「結婚前に指輪を贈る？　そのようなこと、言っていなかったではないか」

「忘れてたのよ。婚約指輪がなくても結婚って成立するし」

左手を見る彼女の顔は、とても嬉しそうに綻んでいる。今日、彼女の機嫌がいいのは、この指輪のせいだったらしい。

「指輪を付けるのは婚約期間だけなのか？」

「そうね。結婚したら違う指輪を付けるわ。婚約だとこういう派手な指輪だけど、結婚指輪は石の付いてないシンプルなデザインの指輪にするのが一般的なの。夫婦お揃いで同じ指輪を結婚している間ずーっと付けるものだから、飽きなくて、邪魔にならないようにね。まあ、婚約指輪と同じで、結婚指輪もしたい人だけ付けるんだけど。面白いでしょ」

彼女は楽しそうに語った。自国の話はあまり口にしない彼女だが、今日は饒舌《じょうぜつ》だった。アルフレドが何かあるのではと少々疑ってしまうほどに。

「指輪のお礼に、当分、陛下の枕になってあげるわ」

ナファフィステアはクッションから背中を起こし、アルフレドの首に腕を伸ばした。そして、肩にしがみついてくる。首に手を回したり、肩を摑んだり、とにかく何かしようとしているようだが、彼女が何をしたいのかわからない。

「何をしている？　余にしがみついていては寝られまい」

彼女の手を引きはがそうとすると、膝立ちで一層むきになってしがみついてきた。

「だから、枕になるって言ってるでしょ。ちょっと、力を抜いてよ」

「何を」

「ほら、こっち」

ナファフィステアはアルフレドの頭を抱えて、背中からベッドに倒れ込んだ。アルフレドは彼女を押しつぶさないよう倒れ込む前に腕で支え止める。

「ナファフィステア」

「椅子だと休めないでしょう？　だから、陛下もここで休みましょうよ？　はい、ここに頭のせてね」

どうやら彼女は自分の身体をアルフレドの枕にしようと考えたらしい。ぽんぽんと胸を叩いて見せる。ところが、アルフレドが実際に頭をのせると、

「ダメ、やっぱ重いわ。無理」

ナファフィステアはすぐに頭を押しのけた。そのくらい少し考えればわかるだろうと呆れつつ、アルフレドは彼女のしたいようにさせる。しばらくごそごそと動いていたが、彼女はちょうどいい姿勢を見つけ動くのをやめた。

「これぐらいでどう？」

「どう、とは？」

「陛下は寝られる？」

「……そなたは、これでよいのか？」

「私は問題ないわ。陛下もいいなら、これで休みましょ」

「……」

「何よ？」

「……」

「私、ちょっとふくよかになってきたから、胸枕してあげようと思ったのよ。陛下、胸、好きでしょ？」

「…………」

ナファフィステアはアルフレドの答えを聞かず、頭を胸に押し当てるように抱えたまま目をつぶった。枕というより、アルフレドの顔に彼女がのしかかるような体勢と表現する方が近い。柔らかな乳房に顔を埋めるのはもちろん嫌いではないが、共寝に誘われても一切手が出せないこの状況でどうしろというのか。

戸惑うアルフレドをよそに、ナファフィステアの身体からはしだいに力が抜け、眠りに入ろうとしている。

「んー……」

彼女の手がアルフレドの頭を探り、髪を撫でた。ゆっくりとした呼吸が、乳房に押された頬にかかる。が、彼女が言うほどふくよかになっているとは思えなかった。もっと食べさせなければと考えながら、アルフレドも目を閉じる。そして、彼女が完全に眠るまで、しばらくそうして身体を休ませたのだった。

◇　◇　◇　◇　◇　◇

それから毎日、ナファフィステアは散歩がてら執務室に寄るようになった。

王宮では王妃の儀式へ向けて明るい雰囲気があり、王太子誕生への期待に浮足立つような空気でもある。その影響は執務室にも及び、数日もすれば妃の来訪に眉をひそめていた者達も寛大な心で迎えるようになっていた。

そんな執務室では、先王時代から宰相を務めていたトルーセンスが病のため退くことが決定した。トルーセンスは以前より高齢を理由に地位を退くことを王に願い出ていたが、この度、静養のためようやく承認されたのだ。しばらく前から副宰相という地位を設け、次代宰相として周知させてきたため、宰相が交代することに支障はない。これを機に、他の古参の側近達も今の地位から引き、様々なところで代替わりが進められることとなった。人材の入れ替わりは執務室にも及び、新顔の事務官吏が一人配置された。

執務室は王宮の中でも国が動く場所である。新顔を温かく迎えるような穏やかな空気は、どこにもない。国王が足を踏み入れた瞬間から、室内の空気は緊張が支配する。新しく加わった事務官吏はエリート中のエリートであり、頭脳も出自も選《え》りすぐりの者だ。できて当たり前、ミスは絶対に許されないとの高いレベルの要求が新顔官吏にも求められた。

新顔の彼は、その場の雰囲気に呑まれまいと執務室の末席で自分を奮い立たせた。しかし、張り詰めた空気がジワジワと彼を追い詰めていく。そのせいか、彼はうっかり執務室に入ってきた人物を直視してしまった。案件が途切れた合間だったため、気を抜いてしまったのだろう。

重々しい空気の中に現れた、小さな黒髪の娘の姿は非常に異質だった。はじめて見る黒い毛、黒い瞳の少女、それが妃ナファフィステアであることは頭ではわかっている。執務室の事務官吏として、もうすぐ王妃となる高貴な人物に、このような目を向けるべきではないことも重々理解している。それでも彼は動けなかった。彼の頭の中は、これほど真っ黒な髪だったとは、こんなに小さい娘だったとは、どうして子供が出入りすることを咎めないのか、などという疑問すら浮かぶほど混乱をきたしていた。

執務室で、ただ一人、身体を硬直させ不躾な視線を送っているのだから、さすがに妃も彼の視線に気がついた。彼女は彼の方に顔を向け、にっこりと笑みを浮かべて頭を動かして見せる。その時、ガタンという大きな物音がして、ようやく我に返ったのだが。

物音の方へ目を向けると、彼を我に返らせたのは王が立ち上がった音だった。

「余は、休む」

「承知いたしました」

副宰相の返事を待たず、王は妃へと歩み寄り、奥の小部屋へと姿を消した。

続いて宰相や側近達が執務室から退出し、騎士達が位置を変える。執務中断のため、事務官吏達も二名を残し一旦事務局へと引き上げようとした時。

「ベッドで立ち上がるでない！」

小部屋から王の怒声が執務室まで届き、皆、動きを止めた。

「だって陛下の肩が高すぎて、叩けないんだもの」

「余の肩を叩いてどうする⁉」

「叩いてほぐすのよ。陛下って長い間、執務してるから、肩が緊張で硬くなってると思うのよね」

「それならそうと先に言え、ベッドで立つ前に！　そなたは妊娠している自覚があるのかっ。もしベッドから落ちたらどうする？」

「そうそう落ちやしないわよ」

「そなたは、ベッドから落ちたことがあるではないか」

「それは身体が怠かった時で……今は大丈夫なのよっ」

王と妃が言い争っているが、事務官吏達はここに残る必要はないとの判断から事務局へと戻った。

執務が中断されたからといって、事務官吏の仕事が休みになるわけではない。先程までの執務内容をまとめ、書類を処理しなければならず、次の執務がはじまるまでに準備したり行わなければならない作業など仕事は山のようにあるのだ。休む間などない。事務局に戻るなり、各々が担当する作業に取り掛かる。

そうした中、先輩官吏の一人が新顔の彼に声をかけた。

「ペトロ、どうして妃様にあのような態度をとった？　まるで部屋を間違えた女官を見るような顔をしていたぞ。妃様が執務中にいらっしゃることは聞いていただろう？」

事務局に戻った後、先輩の一人が口を開いた。

「醜態を晒して申し訳ありません。知ってはいたのですが、妃様のお姿を拝見したのははじめてだったので驚きのあまり……」

「妃様にお会いしたことがなかったのなら驚くのも無理はない。それはわかるが、問題はそこではない。お前の妃様に対する軽々しい気持ちが、態度に表れているのが問題なんだ」

「私は……決してそのようには」

「ナファフィステア妃に対して様々な噂が流れているのは知っている。しかし、陛下が非常に大事になさっている唯一の妃であり、近々王妃となられる方だ。わかるな？」

「はい」

新顔のペトロは頷いた。ペトロはここにいる先輩官吏達と同様に貴族家を実家に持つ。そのため、彼が抱く妃ナファフィステアへの印象は貴族社会のそれに染まっており、先輩官吏達にしてもさほど違いはない。つまり、皆、妃に対してあまりいい印象は持っていないのだ。

妃が妊娠している今は、王が新たな妃を娶る絶好の期間である。妊娠している妃では、夜の務めが果たせないため、王がナファフィステア以外の娘を娶るのは時間の問題だった。貴族達の間では娘を妃にするため、執務室や王が行く先々で出会う機会を狙い王宮に送り込んでいる。王の目にとまりさえすれば、抱けないナファフィステアから他の娘に寵愛が移るのは容易い。貴族達は我が家から妃をと他貴族の動向を探り、競い合っていた。

王は妃ナファフィステアが王妃となれば妃を娶ってもよいと明言している。そのため、今は側近達が妃にと推薦する娘達にも王の目通りがかなう。もちろん全てではないが、以前は全く王の許しが得られなかったことを考えれば大きな違いである。寵愛を得るのは誰になるのか、どの家の娘なのか、それが現在の社交場で大いに注目されている話題だった。ナファフィステアは王妃という名ばかりの存在になるとして、重要視されてはいない。

ペトロをはじめ多くの官吏達は、妃ナファフィステアを恐れ敬う気持ちは薄いが、それを表に出してしまうほど愚かではないと思っているのである。

「絶対にナファフィステア妃の注意を引くな。いいな？」

先輩官吏は強く念押ししたが、ペトロは引っかかりを覚えた。注意を引くなというのは、驚きのあまり態度に出てしまったことを改めさせるのに適したアドバイスとは言い難い。

「注意……ですか？」

「そうだ。ナファフィステア妃は、人の顔を覚えるのが得意ではない。しかし、さっきはお前を見て微笑まれた。おそらく、ペトロが驚いていたからだろうが、ナファフィステア妃がお前の顔を覚えて反応を示されるようなら、この部署から異動してもらわなければならなくなる」

「何故です⁉　今回のような失態は二度と繰り返しません。必ず認めていただけるだけの働きをしてみせます。それでも、ナファフィステア妃の注意を引くというだけで、異動させられてしまうのですか？」

「わかっていないようだが、ナファフィステア妃の注意を引くということは、〝それだけ〟で収まる話ではない」

先輩官吏は苦笑交じりにそう言うと、ペトロとの話を切り上げた。納得がいかないまま、ペトロは自分の仕事に取り掛かった。

しばらく後に執務再開の連絡を受け、ペトロ達は執務室へ戻った。

ところが、執務室では王が妃とともに部屋を出ようとしているところだった。

「陛下、どちらへ？」

「王宮奥だ」

「今じゃなくてもいいんじゃない、陛下、忙しいんでしょ？　後で私の事務官吏に届けさせるわよ？」

「細工師に依頼するには少しでも早い方がよい。儀式まで日がない」

「陛下、ナファフィステア妃がおっしゃるように届けさせてはいかがでしょう？」

副宰相が王に食い下がった。ナファフィステアとともに王宮奥へ行くのでは、戻りがいつになるかわからない。王にとって妃との時間は精神的な休息となるため、必要であるとは副宰相も理解しているのだが。

「ナファフィステアがおらねば見ても意味がない。すぐに戻る」

「……左様でございますか……、いってらっしゃいませ」

「陛下、大丈夫なの？」

「そなたが気にする必要はない。そなたは自分のことを気にしておれ。なぜ何もないところで躓くのだ」

「それはっ……たまたま、よ」

王は小さなナファフィステアを腕に抱え上げ、執務室を出る。警護の騎士や女官達も続き、残された者達は王が戻ってくるまで時間を持て余すこととなった。

沈黙が室内を支配する。王がいる時とはまた違ったたぐいの重苦しい空気があった。

「陛下が誰かを見初めたという話は聞いていないか？」

副宰相は王の帰りを待つ側近達に尋ねた。問われた者達は顔を見合わせ、首を振る。副宰相はちらりと事務官吏等へ問いかけるように目を向けたが、誰も副宰相の欲しがる答えを口にする者はいない。

側近の一人が口を開く。

「陛下はナファフィステア妃のご懐妊から、以前にも増して妃様をご寵愛になっておられるようですので、まだ他の娘に目移りしないのではありませんか？」

「王太子のご誕生を考えれば、陛下が妃様を殊更大事になさるのは当然です。陛下もあと二カ月もすれば落ち着かれ、他の娘に目を移す余裕もできるのでは？」

他の側近も意見を述べはじめた。事務官吏達が認識していたように、王宮に新たに妃が入るのは間違いない。ただ、妃を選ぶのは王であり、その王がどの娘にも興味を示さないために、全く話が進まないのだ。

「単に、陛下の興味をそそるような娘がいないのではありませんか？ 陛下はあのナファフィステア妃をご寵愛なさっているのです。ただ美しいだけの娘に興味はないでしょう」

「ナファフィステア妃ほど特異な容姿は、そうあるものではない。以前は美しい娘を妃に迎えておられたのだから、いずれは陛下のお目にとまる者が出るかもしれないではないか」

「しかし、陛下にお目通りの機会を得た娘達が、陛下の好みを満たしていないのは間違いありません。娘達は、もっと趣向を凝らして、陛下の目にとまる努力をすべきでしょう。陛下の前で突っ立っているだけで選ばれる、などと思っているのではありませんか？」

「陛下は若い娘の方がお好みかもしれません。まだ社交場に出られない娘を、何人か陛下に会わせてみてはいかがです？ 妃となれる年齢に満ちていなくとも、陛下の興味を惹《ひ》く娘を探す方が重要でしょう」

副宰相と側近達は議論に熱が入ったのだが。

「そういえば、ナファフィステア妃が入ってきた時、笑顔を向けられていた事務官吏がいたな？」

側近の一人がぽろりと零した発言により、視線が一斉にペトロに向けられた。ペトロは先輩官吏に言われた言葉を思い返す。『ナファフィステア妃の注意を引くな』が『この部署から異動』につながる理由がわからなかったのだが、その理由は側近のこの後の言葉で明らかになる。ペトロは続く言葉を待った。

「ペトロはナファフィステア妃のお姿を拝見したことがなく、今日がはじめてであったため、あのように不躾な態度となってしまいましたが、今後、そのようなことはございません」

先輩官吏が尋ねた側近に答えた。

「ふむ、少し背が低めで、穏やかそうな顔……だな」

側近達はペトロをじろじろと眺める。ペトロには、背が低いことや穏やかな顔立ちであるという言葉に何の意味が含まれているのかわからない。しかし、それが『この部署から異動』につながるのだ。せっかく執務室に出入りできる超エリート事務官吏という地位に就けたというのに、力を発揮することもできずに異動させられてはたまらない。妃のせいで脱落者になるなど理不尽だ。自身の失敗ならまだしも、容姿のせいであればなおさらである。ペトロは助けを求めるように先輩官吏に目で訴えた。

「それほど低くはありませんし、ペトロはよくある凡庸な顔立ちです。今日のように大げさに驚いていなければ、ナファフィステア妃のお目にとまることはなかったでしょう」

「不注意な行動がナファフィステア妃の目を引き、結果、陛下にナファフィステア妃を放すのを躊躇わせ、未《いま》だ執務が再開されない原因となったのは事実だ。陛下はナファフィステア妃へのご執心が強い。この後しばらく、陛下が妃候補の娘達にお目通りなさらない可能性も高いのだぞ」

側近の言葉に、ペトロは驚愕した。妃の注意を引くことが王に影響するとは、考えもしなかったのだ。社交界において妃ナファフィステアは唯一の妃でありながらその存在を軽んじられている。妃は王宮で催されるパーティーには出席するが、王都の社交場に姿を現すことはなく、国内のどの貴族家ともつながりがないため、彼女の発言や行動が社交界に影響を与えることはない。それが、貴族達がナファフィステアには何の力もないと考える理由である。彼等は、王が彼女を溺愛していることには目をつぶり、耳を塞いだ。王から少しばかり寵愛されているとしても、彼女の甘言に惑わされる王ではない。彼女が我々を脅かすことなどできはしないのだ。取るに足らない存在なのだと彼等は妃を軽んじることで自らに言い聞かせているのだ。ナファフィステアが王に与える影響力を全力で否定するために。

その社交界の考えにどっぷり染まっているペトロは、妃の存在を軽んじるべきと意識の中に刷り込まれている。社交界にあってはごく普通のことだ。だが、その考えは、王に影響を与えられる妃を恐れているからに他ならない。妃には王の心を動かすことができると知っているのだ。社交界で妃を軽んじた発言が繰り返されるのは、彼女の側に立とうとする者を裏切り者としてあぶりだすためである。社交界に属し穏便に過ごしたければ、話題に同調して妃を軽んじるか、口をつぐむしかない。

ペトロは、社交の場でそうした話題の際に口をつぐんでいた者が、少なからずいたことに思い至る。王が子供のように小さく、奇異な黒毛の妃を寵愛しているのだと、ペトロは自分の頭で理解した。妃がペトロにほんの少し笑顔を向けたというだけで（ペトロが妃に軽んじる目を向けたことを含めて）気分を害してしまうほどに、王は妃に溺れているのだ。貴族達が認めようと認めまいと、それが事実だと執務室の人達は皆知っている。王の妃に対する行動や態度を見ていれば、わかってしまうのだろう。

ほどなくして王が執務室へ戻ってきたため、執務が再開された。

翌日、ペトロは執務室の事務官吏から異動となった。先輩官吏に妃の注意を引けば異動と忠告された時とは違って、とても穏やかな気持ちで報せを受けた。異動に納得できたからである。彼自身、妃ナファフィステアという存在に対する考えを頭ではわかっていても、感情的に拒絶する部分も多く、すぐには変えられない。そんな精神状態でここにいるべきではないと悟ったのだ。

「新しい妃が入れば状況も変わる。それまで、他所《よそ》で頑張ってこい」

先輩官吏はペトロの異動を阻止できなかった悔しさを滲ませて言った。

「はい。お世話になりました」

対してペトロは爽やかに答え、先輩官吏達はほっとしたのだった。

昼過ぎ、執務室に今日も妃ナファフィステアが訪ねてきた。

「あら？　あの私に驚いていた人、今日はいないのね？」

室内に呑気な妃の声が響く。

「そなたが顔を覚えるとは、珍しいな」

王は静かに言った。朝から王の機嫌はよくなかったが、今の妃の発言で、室内は一気に冷え込んだ。近頃は平穏な日々が続いていただけに、執務室は久々の緊張状態となった。

「そう？　執務室にいる人くらいは覚えるわよ。いつも同じ顔触れなんだから」

「同じではない。毎日、誰かは入れ替わっている」

「え？　そうだった？」

首を傾げる妃を王は急かすように小部屋へと誘った。その後、小部屋からは二人が言い争う声が外に漏れ聞こえたが、執務室の人々が心配したような内容ではなかったため、皆、ほっとした。ちなみに争点は、王の髪が短い方がいいか（王の主張）、もう少し長い方がいいか（妃の主張）という非常にくだらない内容である。

休息後の王は機嫌を回復し、妃は来た時同様のマイペースな様子で帰っていった。そして、側近達の懸念通り、王は他の娘と会う機会をことごとく却下したのだった。

◇　◇　◇　◇　◇　◇

私は散歩を終えて王宮奥の自室に戻った。

王妃になると陛下に答えてから、できるだけ毎日、執務室まで散歩するようにしている。

階段使用禁止を言い渡されたせいで庭園には行けないからというのが一番の理由なんだけど、私が悪阻で部屋に閉じこもっていた間、陛下は心配だったのかもしれないと思ったから。それに、私の身体が小さすぎて出産は難しいと話しているのを耳にしたことがあり、私の階段の上り下りが不安というだけでなく、いろんな意味で私が陛下の不安要素になっているのは間違いないだろう。

ということで、少しでも陛下を安心させてストレスを軽減するのが、執務室散歩の目的なのだ。もちろん、私の気分転換のためでもある。王宮奥に閉じこもってばかりでは気が滅入《めい》るので。

「ナファフィステア妃、結婚の儀の衣装が出来上がってまいりました」

その声に顔を上げると、リリアが衣装を手に立っていた。私は声をかけられるまで、自分の左手薬指にある薄青い色の宝石が付いた婚約指輪を眺めて、ちょっとぼんやりしていた。

「あぁ、そう。ありがとう」

私は生返事をしながら立ち上がる。

リリアが手にしているのは王妃の儀式で私が着る衣装で、薄い緑青の布地のとてもシンプルなドレスだ。パーティーなどで着用するのではなく、儀式のためだからだろう。

リリアがドレスを広げて見せてくれる。シンプルだけど光沢があって、とても高級品だ。王妃の儀式の一回しか着ないというのが非常にもったいない。

この前の青系でまとめられていた陛下からの贈り物が似合いそう。だけど、すでに左指の部分を切り取ってしまった。私が大きな宝飾品を身に着けることはないと思って、さっさと加工してもらったけど。儀式に必要だったり、する？

「この前、陛下が贈ってきた宝飾品は、これに合わせていたのね。儀式に必要なものだった？　どうしよ、左の指輪だけ切り離しちゃったわ」

「いいえ、あの陛下の贈り物は儀式用ではございません。ランクが違いますので」

ランクが違う……って。陛下が贈ってくるものは、当然だけど全てランクが高いと思う。デザインに文句はあっても、品質とかそういった部分は最高レベルのはず。リリアが言うランクが違うという意味は、王妃の儀式ではそんな最高レベルではなく、とてつもなく超超高価な宝飾品ってこと⁉　質素シンプルが求められる儀式に豪華さは必要ないからランクが下がる……なんて可能性は、ないだろうな。当日は、どれだけ重い宝飾品を身に着けることになるのやら。

「そうなのね、それならよかったわ」

私はため息をつきながら答えた。贈り物のお返しに、胸枕やら肩叩きやらいろいろ考えて試しているんだけれど、今のところ陛下の反応はどれもいまいち。それなのに、儀式のための宝飾品を台無しにしたなんてことになってたら、お返しどころの話ではない。よかった、そんなことにならなくて。

「ナファフィステア妃は、その指輪がとても気に入っておられるのですね」

「これは、まあね。陛下には悪いことしちゃったわ。せっかく贈ったのに、勝手に加工されたら、いい気はしないわよね」

そうなのだ。私はこの指輪がとてもとても気に入っている。大きな宝飾品を身に着けたくないし、私は陛下にそう伝えてもいたから、今回も加工することに微塵も躊躇いはなかった。そもそも陛下に悪いなんて発想がなかったし。陛下、ごめん。

陛下が、この指輪が贈った宝飾品の一部だと気づくとは思わなかった。今までにも贈られた宝飾品から一部を切り取って髪飾りにしたことは何度もあって、陛下がそれについて何か言ったことはなかったから。言わないだけで、気づいてはいたのかな？

「陛下は妃様がいつもその指輪を付けておられることを大層お喜びでございます。指輪を作らせるために細工師をお呼びになったそうですので、次は指輪をお贈りくださるのではないでしょうか」

「私、別に、指輪が好きってわけじゃないんだけど」

「陛下の瞳の色に似た石がよろしいのですね！　陛下にお伝えいたします」

リリアは目を輝かせながら言った。この国では、男性が自分の瞳の色の宝石を使った宝飾品を女性に贈るのが好意を示す意味になり、それを女性が身に着けることでその返事になる。リリアはそういう意味で喜んでいるんだろうと思う。

贈られた宝飾品から指輪の部分だけ切り取ったのは、陛下に儀式の時に結婚の誓約書を書くって言われて、私は結婚するんだなって思ったから。すでに結婚しているとはわかってるけど、いわば籍だけ入れたけど実質の結婚はまだ、みたいな。ちょっと違うかもだけど。とにかく、その状況を婚約期間と考えた私は、婚約指輪が欲しくて切り取ったというわけだ。

喜んでるリリアには悪いけど、切り取った指輪にたまたま陛下の瞳の色に近い石が付いていた、というだけでしかない。別にこの色じゃなくても喜んで付けてたと思う。

けど、水を差したくなくて、私は黙って頷いた。私がこの指輪を気に入っているのは本当だし、陛下からの贈り物をそのまま身に着けられるならその方がいい。

何だかんだ言いつつ、私は王妃の儀式に向けて浮かれているらしい。この婚約指輪を毎日付けて、しょっちゅう触ったり眺めたりしてしまうのは、そういうこと。王妃は子を産むことだけだとか陛下は言ってたけど、妃業から王妃業へと昇格になり、責任とか重要性とか少々面倒になるだろうと思っている。そこに喜びやら感慨は特にない。でも、結婚の誓約書にサインするのは、全然別。書類を一枚書き直すためだけなんだけど、意味がね。

日に日に私は結婚するんだと実感が湧いてきて、それが私が浮かれている理由なのだ。リリアや周囲の人達には、王妃になることを喜んでいるように見えているだろうけど。

何せ、私が結婚をするのだ。私が、結婚を。

この世界で結婚するとしたら変態しか相手はいないと思っていたし、陛下もロリコンで変態だけど普通に近い変態だし、王様として頑張ってるし、優しいところもあるし、割といい相手よね。

「妃様、バルコニーでお寛ぎになってはいかがですか？　本日はよい風でございますし」

いつの間にか衣装を片付けたリリアが、にこにことした笑顔で言った。

私はうっかりまた指輪を眺めていたらしい。これでは、指輪が相当気に入っていると思われるのも当然だ。

「そうね。外でお茶にしましょうか」

私はバルコニーに出て外を眺めながら、時々、指輪を見てることに気づいては、それを誤魔化すようにお茶を飲んだ。浮かれ具合が相当なのだと、ようやく自覚した私だった。

三．王妃の儀

王妃となる儀式が午前中に執り行われる。

私はこの前見せられた薄緑青の衣装に身を包んだ。耳には陛下の瞳の色と同じ色のイヤリング、頭には青と銀の髪飾りを付けており、動くとシャラシャラと揺れて軽い音がする。それは私にしか聞こえないくらいのごく小さな音で、軽く涼しげで耳に心地いい。

首には陛下から贈られた大きな三粒の真珠と青い宝石をあしらったネックレスを付けている。この国で宝飾品といえば、首元から肩まで宝石や金銀細工でゴテゴテと飾り立てるものだから、これだけシンプルな形にするのは異例だろう。少なくとも私は、こんなの見たことがない。

何度かドレスに合う宝飾品を選ぶために宝飾メーカーを呼んで、私好みのシンプルなネックレスを作ってもらおうとしたことがある。けれど、結局どこのメーカーもあまりに貧相すぎるという理由からデザインで合意できず、作ってもらえたことはない。もう諦めて、頼むのもやめた。

陛下はそれを知っていて、こういうデザインにしてくれたのだろう。陛下はセンスが悪いと思っていたけど、撤回する。陛下はドレスに関してだけセンスが悪いのだ、と。

私はアクセサリーとしては硬い石の宝石より真珠が好きだから、これはすごく嬉しい。二十歳の時、父が冠婚葬祭に使えと真珠のネックレスを贈ってくれた。それを手にすることはもうできないけれど、真珠を身に着けて儀式に臨めることが嬉しい。

今日、結婚するんだと思うと、何だか落ち着かない。別に豪華な披露宴があるなんてことはなく、神官たちが居並ぶ部屋で書類にサインするくらいで難しいことは何もない。王妃の儀式は、段取り的にも雰囲気的にも私が前に結婚の誓約書にサインした時と同じようなものだというから、それほど硬くなる必要もないはずなんだけど。何故かソワソワしてしまう。結婚するっていっても、ただの書き直しで、結婚している事実は儀式の前も後も何も変わらないのに。

私はスーハーと大きく深呼吸をしてみる。が、効果はゼロ。

刻々と儀式の時間が迫るにつれて、私の心臓のバクバクが大きくなっていく。こんな緊張する？と自分に突っ込むけど収まる様子はなし。

そんな私の前に、女官達が並んで腰を落とした。その後ろに騎士達も居並ぶ。騎士達は警護のため全員ではないけれど。

「ナファフィステア王妃、王妃ご就任に一同お喜び申し上げます。王妃様にお仕えできますこと、誠に嬉しく光栄に存じます。誠心誠意お仕えし、王妃様のため王家のために力を尽くすことを誓います」

リリアが静かに述べ、深々と礼の姿勢を取ると、皆もそれに倣った。

この部屋での暮らしもこれが最後。儀式の後は、王妃の部屋に移ることになっている。リリアをはじめ私に付いていてくれた女官達は王妃付きとなり、これからも仕えてくれるという。騎士達は王妃付き警護隊として独立組織となり、真新しい騎士服姿が清々しい。

私の結婚というだけでなく、今日は私が王妃となる日。王妃の地位が、私の胸にずしんときた。王妃って、この国でただ一人の地位なんだった。陛下は、王妃と妃は大して違わないような言い方してたけど、違うよね？　これ、絶対、違うと思う。王妃って、きっと重い地位だよね？　と、ちょっと焦ってしまったけど。

「ありがとう、皆。これからも、よろしくお願いね」

私の口からは意外にするすると言葉が零れた。私に向けられた彼等の瞳は喜びと決意に溢れていて、明るくて頼もしく心強い。彼等はきっと私を支えてくれる。今までそうだったように、これからも。

「ナファフィステア妃、お時間です」

事務官吏ユーロウスが戸口で恭しく礼をした後、告げた。

私はゆっくりと立ち上がる。

「さあ、行きましょうか」

私の声に一斉に動き出す。ドキドキと戸惑い、不安、緊張、そしてほんの少しのワクワク感。色々な感情を胸に、私達は儀式の行われる本宮へと向かった。

目的の部屋へと歩きながら、私は遠くにいる家族を想《おも》った。私はもうすぐ結婚する。それを両親に伝えることはできないけれど、ここにいたら、結婚する私の姿を見たら喜んでくれるだろうか。

他の国の王様と結婚するなんて知ったら驚くだろう。今までのことを話したら、絶対に反対すると思う。ロリコンだし、変態だし、王様だし。不愛想で偉そうで、優しくもない。残念ながら、考えれば考えるほど、私には両親を説得できる気がしない。

だけど、あれでたまに優しかったり、護ってくれたりする。愛嬌があるというか、あんな図体して私の黒髪が大好きでよく触りたがったり、煩いくらい心配しすぎたりする人で、陛下のおかげで、私はここで笑って楽しく暮らせてる。だから、遠いところで、何も伝えられないまま嫁ぐことをどうか許してください。

私は儀式が行われる部屋に到着した。

目の前の扉が開けば、もう後戻りはできない。私はじわじわと身体が強張っていくのを感じた。自分に何が起こっているのかわからず戸惑う。でも、時間は進む。

部屋の扉がゆっくり静かに開かれた。中では白い衣装に身を包んだ神官が、道を作るかのようにズラリと列を作って並んでいる。窓からは明るい陽射しが差し込み、一面白く眩い。室内も白い神官達も、全てがぼんやりした輪郭に見えた。

神官達の作る白い道の先に、陛下が立っている。すごく遠い。

私は大きく息を吐いた。父に導かれていることを想像して、母が見守っている姿を思い描き、足を踏み出す。戻れなくて、ごめんなさい。

一歩一歩と前に進むにつれて、少しずつ近くなる大きな陛下。手が震える。馬鹿みたいに心臓がドクドクするせいで息が苦しい。喉が渇く。足が重い。自分がどうやって歩いているのかも、わからない。

焦りながら、なんとか足を前に出しているような状態の私に、

「どうした？」

陛下が私の方にまっすぐ近づいてきたかと思うと、目の前で立ち止まり、声をかけてきた。私も足を止める。

こんなのは聞いてない。私は陛下がいたところまで行かなくてはならないはずで、どうして陛下がこっちにくるの？

私は混乱しながら、顔を上げた。大きな陛下が、無表情で見下ろしている。いつもよりも柔らかな素材の濃緑の生地に金刺繍の衣装が、白装束の神官たちの中にあって非常に目を引く。私はこんなにしんどい思いをしてるというのに、涼しげな王様姿がカッコいいけど恨めしい。

「ナファフィステア？」

陛下が私の前で片膝をつき、私の右手を掴んで問いかけた。さすがに膝をついた陛下は、私より低い。青い瞳が探るようにじっと私を見つめる。

「……っ……」

答えようと口を開いたけど、声にならない。私はひどく緊張しているのだ。どうして、と思いながら、私は震える手を陛下の顔へと伸ばした。動かずに、黙って私のすることを見ている陛下。手に触れた頬は温かかった。私の手の上に陛下の手が重ねられ、私の冷たかった指先が熱を取り戻していく。

しだいに震えが止まり、呼吸が緩やかになり、身体の強張りも解けていった。

大丈夫。陛下がいるんだから。

緊張はまだ残っているけど、私は何とか自分を取り戻した。目の前に膝をつき心配してくれている陛下に、もどかしいような何とも言えない気持ちが込み上げる。

私はこの人と結婚するんだ。この国の人となって、この国で一緒に生きていく。

目を伏せ、衝動的に陛下にキスをした。

珍しく驚いた表情を浮かべる陛下。こんなに驚くなんて思わなかった。陛下はキスなんて慣れていると思っていたから。

「緊張、してた。でも、もう大丈夫だから。儀式を進めましょ？」

私は陛下に言った。声はもう震えてないし、落ち着いてきたと思う。

「……今の、は？」

「内緒」

私の返事が気に入らなかったのか陛下は眉間に皺を寄せたけど、それ以上追及することなく立ち上がり、私と一緒に正面に置かれた台へ向かった。

台の上に置かれているのは、何枚かの文書とペン。静かな室内にはサワサワという私と陛下の立てる衣擦《きぬず》れの音だけ。虫除けか或《ある》いは儀式のための香が焚《た》かれ、あちこちから細く白い煙が立ち上っている。そんなことにも、緊張が緩んだ今になってようやく気がついた。陛下に触れられるまで、私は本当に緊張の極致にいたらしい。

文書に目を落とすと、そこには読み取るのが難しい古い文字で埋め尽くされていた。私にはほぼ全部が解読不能で、どれが王妃になる宣書で、どれが結婚の誓約書なのかわからない。私は勘で判断し、書類の空白の箇所にペン先を下ろした。

私、加奈は、今日、アルフレドと結婚します。

そんな神妙な気持ちを込めて、ローマ字で本名を、それからこの国の文字でナファフィステアと二段で記入する。漢字じゃなくわざわざローマ字にしたのは、陛下が二人きりの時にしか本当の名前を呼ばないから。あの文字を知るのは、陛下だけ。官吏や神官達が目にするのは、違うものにしたかった。これに関しては、本当に日本語っていろんな表記ができて便利だと思った。パスポートもローマ字で作ったし、陛下とは国際結婚ということを考えても、ちょうどいいはず。

私が書き終えると、今度は陛下の番だ。

少し下がって陛下がサインするのを見守るはずだったのに、それはできなかった。私がサインしている間もずっと陛下が私の身体を支えてくれていたんだけど、今も全く私を離そうとしないからだ。もう大丈夫と手や表情で訴えてみたけど、陛下の腕は全然緩まず。私がじたばたしていると儀式が進まないので、そのまま陛下の隣に居座ることにした。

そうして儀式は進み、神官たちが古語で何かを唱えたり、謎の技であっという間に書類の写し（文字は全て逆だったけど）を作り上げたりと、全てが滞りなく執り行われたのだった。

儀式も終わり退出しようという時、陛下が私を抱き上げた。

「各国から使者が来ている。出られるか？　疲れたなら休むか？」

囁くような小さな声で私に尋ねた。おそらく王妃として顔を出すべきで、でも、無理なら出なくてもいいように陛下が何とかしてくれるつもりなのだろう。

「動かなくていいなら大丈夫。それでもいい？」

「それでよい」

「なら、いいわ。でも、喉が渇いたから、お茶を飲みましょうよ。まだ時間はあるでしょ？」

私の誘いに、陛下の表情が和らいだ。そのほんの少し緩んだ顔がかわいく見えて、笑ってしまった。

「リリア、お茶の用意をして。ストレスが減る効果があるお茶をお願い。陛下にもね」

「承知いたしました」

陛下は黙って私を抱えて歩く。

私はちょっと疲れていたけど、陛下が支えてくれるから何とかなると思いながら、大人しく運ばれたのだった。

◇　◇　◇　◇　◇　◇

アルフレドはナファフィステアと茶を飲んだ後、彼女を連れて迎賓の間に移った。続々と訪れる各国の使者から、祝いの言葉を受けるためである。

王妃の儀式を終えた王宮は慶祝に沸いていた。儀式が行われる前もすでに明るい空気に満ちていたが、今日の様子は比較にならない。解放された人々の喜びが王宮中を駆け巡り、活気を溢れさせているのだ。

十数年前にアルフレドの母である前王妃が亡くなり、昨日まで王妃不在だった。王妃という存在自体は不可欠ではなく、空位であっても支障はない。だが、それは王太子の不在を意味し、国の未来を暗く陰らせる。後宮の諍《いさか》いや、それに伴う上位貴族家の没落がそれを一層色濃くしてしまった。そのため、王妃をとの声が強まっていたのである。

過去には国内の上位貴族家の娘のみが王妃となる資格を持っていた時代もあり、王妃にはそうした地位の高い貴族家に縁のある娘が選ばれてきた。それが今回王妃となるナファフィステアは、隣国カルダン・ガウ国の身分的な後ろ盾を得たとはいえ遠い異国の娘で、見目麗しくもない非常に小柄な、黒髪という特異な容姿を持つ娘だ。彼女が王妃となることに、国民がどのように反応するかが案じられていた。妃としては国民に人気を得ていたが、王妃として受け入れられるかは別なのだ。

しかし、それらは全て杞憂《きゆう》だったらしい。王宮内には笑顔が溢れ、威厳のある静けさは影を潜め、どこか浮かれている。早く王妃をと急かされ、人々が望んでいると知っていたはずのアルフレドでさえも、これほど待ち望んでいたのかと驚くほどだった。

近隣諸国には王妃誕生の予定を前もって報せていたが、王都には先程ナファフィステアが王妃となったことを告示したばかりである。しかし、すでに国内の貴族や商人、国民等から王宮に祝いの品がひっきりなしに届けられているという。王妃は現在妊娠しており、もうじき王太子が誕生するという期待が、人々の慶《よろこ》びを煽っているのは間違いない。

だとしても、ここまで強い歓喜の声が上がるとは思っていなかったのだ。アルフレドは謁見の間で使者達の祝辞を聞きながら、嬉しい驚きを嚙み締めていた。

今日は祝辞をもって訪れた各国からの急使のために、少しだけ新王妃ナファフィステアを披露すべく場を設けているが、正式な祝賀は彼女が出産を終えてからとなる。王宮内の王妃誕生の興奮は、じきに王都内、そして地方へと伝わり、国中に拡散するだろう。王妃誕生の祝賀に向けて、国内はさらに期待が増し、それが活気となり浸透していく。ゆっくりと滅びへの道を辿っているとも囁かれていたが、王妃の誕生がこの国に活気を取り戻す契機となるのだ。

そうした周囲の興奮は、アルフレドに王としての自信を与えた。王としての己に自信がなかったわけではない。父王から引き継いだ政務は側近達の支えもあり、すぐに軌道に乗った。それほどの混乱もなく治められていた。

しかし、国の情勢に大きな変化を与えられず、アルフレド自身も血脈をつなげられないことへの焦りから、閉塞感にもがいていた。それが変わったのは、ナファフィステアと接するようになって以降だった。

後宮の諍いが貴族家の粛清《しゃくせい》にまで及んだのは、ナファフィステアの様子を探らせるために後宮へ目と耳を向けていたことが影響している。妃をナファフィステア一人残して後宮を閉じ、貴族家の勢力図も大きく変化した。国内は少なからず混乱し、それは衰退への加速とも思われたが。新しく上位貴族家へと格上げされた家々は、王都に新しい秩序を作りつつある。ナファフィステアは身籠り、王家が続いていけることを示した。それらにより、アルフレドは己が下した数々の決断が正しかったのだという確かな実感を得たのだ。

もちろん全てが正しかったわけではない。彼女に与えた苦痛や、他にも誤った決断はいくつもあった。誤りを正しても、全てがなかったことにはできないこともわかっている。王としての正しい決断が、必ずしも正義と一致しないことも十分に理解している。苦い嫌悪とともにアルフレドの中にそれらは残り、消えることはない。

アルフレドは生涯、王として国をさらなる繁栄に導き、次代へとつなげる責務を負う。王のそばにいる者達の声が正しいとは限らない。それでもアルフレドは人々の声を聞き考え決断し、それが正しかろうがなかろうが立ち止まることは許されないのだ。国が続く限り。

常に王らしくあるべく努めてきたアルフレドだったが、それは父王や歴代の王、この国の過去の踏襲であった。衰退し消えていった国々と同じ道を辿らないためには脱却しなければと感じつつも、慣例や現状から離れることができずにいたのである。歴史を持つゆえに大きな変化を起こすことを躊躇っていたのか。それとも、新たな国の未来を明確に描けなかったせいなのか。

アルフレド自身が変化を欲していた時に、ナファフィステアは現れた。彼女は子供のようなひ弱な身体の小さな娘でしかない。何物にも染まらない真っ黒な髪を持つ、間抜けかと思えば狡賢《ずるがしこ》く、そうかと思えば愚かで。強かに生きる彼女の姿が、アルフレドに過去の踏襲から脱却させ、未来へと目を向けさせた。彼女へ向かう感情の昂《たかぶ》りが、それまでさほど激昂《げっこう》することのなかったアルフレドを大いに揺さぶった。彼女でなくともそれは起こったかもしれないが、それは仮定でしかない。

彼女がアルフレドに変化をもたらしたのは厳然たる事実。彼女が望んだとしても、手離せるはずがないのだ。

アルフレドの目前で黒髪が動いた。

「どうした、ナファフィステア？」

ナファフィステアは薄緑青色の儀式用ドレス姿でアルフレドの膝に座り、祝辞を受けているのだが、また気分でも悪くなったのか。アルフレドが彼女の顔を覗き込む。

「長いわね。まだ続くの？」

儀式の時に比べると頬に赤みが差し、随分と顔色が良くなっている。一時は蒼白で震えていたため心配していたが、この様子であれば途中退出させる必要はなさそうだ。

「そうだな。当分は終わらぬ」

彼女はふーっとため息をつき、肩にかかる黒髪を手で払った。その首元にはアルフレドが贈った大粒の真珠が輝いている。彼女が付けているのは、宝石を身に着けることを厭《いと》う彼女が真珠であれば身に着けてもよいと言っていたため、探させていたものだ。カルダン・ガウ国を越えた、海のある国で採れた品である。

カルダン・ガウ国とは、しばらく前にナファフィステアがその国の王族と同格の地位を得、それと同時に友好関係を築くことを約したが、国境付近では競り合いが絶えない間柄であることに変わりはない。真珠は海の国で産出される特殊な宝石であるため、王妃が身に着けているのを見れば、他国からの使者達にも、海の国との交流があると知れる。カルダン・ガウ国は、自国を挟んだ二国の交流友好を快くは思わないだろう。

ナファフィステアに贈った真珠には、カルダン・ガウ国には牽制《けんせい》を、そして他国にはカルダン・ガウ国に縁のある王妃であり手は結ぶが、従うわけではないと知らしめる意味があった。そのため、宝飾品嫌いの彼女に今日は何としても真珠の首飾りを身に着けさせる予定であったが。本当に『真珠』を知っていた彼女は一目でそれがわかったらしく、喜んで身に着けたという。真珠を知らない者であれば、虹色に輝く乳白色の珠は宝石に大きさで劣り重さも軽すぎるため、その価値を理解できなかっただろう。彼女の首にあるのは、海の国が王妃のために選んだ特別に大きく美しい真珠の粒だった。貴族家の娘が簡単に目にできるレベルの珠ではないのだ。

「ねえ、あそこにあるのが私の椅子よね？　なのに、どうして私はこうしてるの？」

ナファフィステアが小声で問いかけてきた。アルフレドは彼女が示した隣の座席に目を向ける。彼女の言う通り、王の座席の隣に新たに設《しつら》えられた王妃の席が、本来彼女があるべき場所だ。しかし、そこに座らせていては彼女の様子がわからない。膝に座らせていればこそ、体調の急変にも気づくことができ、すぐに対応できるのだ。儀式の時の彼女の顔色を見ていれば、回復したとはいえ隣に一人座らせておくことなどできない。

そういう意味でなくとも、彼女が膝にいれば、使者達からの退屈な祝辞を聞く時間が無駄ではなくなる。アルフレドは席を移りたがっているナファフィステアに却下の意味を込めて言った。

「そなたを一人にするのは危険だからだ」

「一人って……隣じゃない」

彼女はブツブツ文句を呟くが動こうとはしないので、アルフレドは聞き流した。

それよりも気にかかっていたことを尋ねる。

「儀式の途中、顔色が悪いようだったが、気分が悪かったのか？」

「ん？　んー……そうねぇ……」

彼女は言い渋った。

儀式の部屋に現れたナファフィステアは、血の気のない白い顔をしていた。最近、彼女の体調は以前に比べて安定していたが、急変することはよくあり、今回もそれかと危惧した。引きつった笑みを浮かべながら重い足をゆっくり進める彼女の姿は痛々しく、思わず駆け寄った。

儀式の中断も考えたが、彼女が大丈夫だと言うのでそのまま続行した。だが、儀式の間中、彼女がくずおれはしまいかと彼女から手が離せなかった。彼女の言うようにその後は持ち直したようだったが、アルフレドは心配でならなかった。

茶を飲むついでに、彼女を担当医に診せ、問題ないとの報告を受けた。妊娠中は感情の起伏も激しくなりがちであること、極度の緊張はお腹の子にも影響しかねないので気をつけた方がよいとの助言もあり、ナファフィステアは担当医の言葉に神妙に頷いていた。

儀式の間、彼女は緊張していたのだ。それも、ひどく。硬い表情でぎこちなく神官達の前を歩く彼女の様子は確かにそう見えたが、あのナファフィステアである。緊張とは無縁な無神経さを持っている彼女が、何にそれほど緊張したというのか。今になって王妃となるのが嫌になったのか。だが、そうであれば彼女はそう言うに違いない。王が命じたからといって、何にでも従う彼女ではない。嫌なら嫌だと言い、気に入らないことがあれば文句を言うはずである。彼女に何が起こっていたのか。言い渋るような理由なのか。

「ちょっと緊張しちゃったのよ」

「緊張？　そなたが、か？」

王の前でも一切緊張しない彼女が、一体何に緊張するというのか。神官達が居並んでいたためか、マナーを覚えるのも苦手な彼女が儀式の進行について懸念を抱いていた可能性はあるが、それが緊張につながるとは考えにくい。

「失礼ね。私だって緊張するわよ。女性は繊細なの。女医先生も言ってたでしょ？」

「なぜ緊張した？　王妃の儀式はそなたが後宮に入る際に行った儀式と似たような手順だ。難しくはないと、わかっていたであろう」

「そうだけど……、今日は、ね、結婚式のつもり、なの」

膝の上で横向きに腰かけているナファフィステアは、アルフレドの背中に腕を回し、くったりと身体を預けてきた。ふーっと息を吐き、少し疲れた様子ではあるが、笑みを浮かべている。不機嫌ではないようだが、彼女が何を言いたいのかは全く理解できない。

「一生に一度のことだから」

「……」

「結婚したから、私はこの国の人になったのよね。変な感じ」

すでに結婚は成立しており、今日の儀式で彼女は王妃の地位に就いたのだが、彼女にとって王妃という地位は全く重要ではなかったらしい。この儀式で彼女は結婚という事実をようやく実感した、そして、この国の民になったことを認めた、ということのようだ。

「そなたはすでに余の妃であったのだ。今、余の民となったわけではない」

「そんなの、私、知らなかったもの」

ナファフィステアはのんびりとした口調で言い放った。いつもの彼女らしい言い草に、アルフレドは呆れながらもほっとする。

「……身体はもうよいのか？」

「大丈夫だってば。陛下は心配しすぎなのよ」

「あれほど白い顔をしていれば、何事かと思うのは当然であろう」

「そんなに私の顔色って悪かった？」

「悪かった」

「そっか。ごめんなさい」

謝っている割にぞんざいな口ぶりで言った。王に対してこれなのだから、このナファフィステアが緊張していたというのは、やはり納得しかねるのだが。

アルフレドは彼女を抱えなおし、頬に手を添え顔を覗き込んだ。

「何？」

ゆっくりと黒い睫毛が瞬き、アルフレドを見つめ返す。少し間延びした発音なのは、疲れているせいか、眠いためか。アルフレドは彼女の黒髪に、そして唇にキスを落とした。

「もうっ、人が見てるでしょ？」

ナファフィステアは不満そうに口を尖らせて言った。が、その顔は恥ずかしそうでもあり、さらにキスをしようと顔を寄せても抵抗はない。それほど嫌がっているわけではないのだ。

「儀式の時は、そなたがしたのではないか」

耳元で囁き、再び唇を重ねる。彼女の唇は緩慢だが素直にアルフレドに応じた。

「あ、れは……」

「何だ？」

「あれは、結婚の、誓いのキスなの。死が二人を別つまで、添い遂げることを誓いますっていう」

今まで彼女からキスすることなどなく、人前でキスすることも嫌がる彼女が儀式中にキスしたことに驚いたのだが、それには意味があったのだ。彼女の国では、そうした誓いを込めてキスをするのだろう。そして、彼女は、死が二人を別つまでアルフレドとともにいると誓ったのである。

本当に、今日の彼女には驚かされる。

ナファフィステアが、あふっと小さな欠伸《あくび》を漏らした。人前でのキスにもそれほど抵抗しないのは、眠気が勝っているせいなのだろう。使者達が祝辞を述べながら、新王妃へ興味津々の視線を投げかけてくる。彼等は王妃の様子を母国に伝えるべく観察しているのだが、彼女はまるで気にならないらしい。儀式の時などより、よほど注目されているのだが。

アルフレドの前では、使者が持参した贈り物の品が広げられていた。それらを宰相らが采配を振るい、対処していく。今回は非公式の場であるため、王と王妃は玉座から見守るのみで発言はしない。使者達が目にした通りに、王と王妃の仲睦まじい様子をそれぞれの国に報告すればよい。

「んっ」

こっくりと揺れた頭がアルフレドの胸にあたり、ナファフィステアがふと目を開けた。が、重そうに瞼が瞬き、頭が揺れ、眠くてたまらなさそうである。彼女の肩を抱き胸に引き寄せると、彼女の手がアルフレドの上着を摑み、ちらりと見上げてきた。黒く艶光る瞳がアルフレドを捕らえ、甘えてくる。

「眠いのか?」

「んー、やっぱりダメ。眠くて」

さっきから動いたりアルフレドに話しかけたりしていたのは、眠気を払おうとしていたためだったのだ。

「寝ていい?」

「よい」

「おやすみなさい、アルフレド」

満足そうな笑みを浮かべ、彼女は目を閉じた。寝心地のいい角度を探してアルフレドの胸元で頭を動かした後、しばらくすると細い寝息を立てはじめた。彼女の身体から力が抜け、アルフレドはその柔らかな身体を抱えなおす。

ナファフィステアは生涯ここにいることを選んだ。それでも己は満足しないのだろう。彼女への執着が薄れない限り、死が二人を別たぬ限りは。

「おやすみ、加奈」

アルフレドは寝息を立てる彼女の頭に囁いた。

いつか陛下に愛を2

著者　Aryou

2020年5月5日　初版発行

発行人　神永泰宏

発行所　株式会社 J パブリッシング
〒102-0073　東京都千代田区九段北1-5-9 3F
TEL 03-4332-5141　FAX03-4332-5318

製版　サンシン企画

印刷所　中央精版印刷株式会社

ISBN:978-4-86669-287-6
Printed in JAPAN